No laço do amor

EMMA LUCY

No laço do amor

Tradução de Thais Britto

ROCCO

Título original
LIVE, RANCH, LOVE
A Willow Ridge Novel

Primeira publicação por HarperCollins Publishers Ltd, 2025

Copyright © Emma Lucy, 2025

O direito moral de Emma Lucy de ser identificada como
autora desta obra foi assegurado por ela.

Nenhuma parte desta obra pode ser reproduzida ou transmitida
por meio eletrônico, mecânico, fotocópia, ou sob
qualquer outra forma sem a prévia autorização do editor.

Imagens de abertura: Freepik

Direitos para a língua portuguesa reservados
com exclusividade para o Brasil à
EDITORA ROCCO LTDA.
Rua Evaristo da Veiga, 65 – 11º andar
Passeio Corporate – Torre 1
20031-040 – Rio de Janeiro – RJ
Tel.: (21) 3525-2000 – Fax: (21) 3525-2001
rocco@rocco.com.br
www.rocco.com.br

Printed in Brazil/Impresso no Brasil

Preparação de originais
PEDRO SIQUEIRA

CIP-BRASIL. CATALOGAÇÃO NA PUBLICAÇÃO
SINDICATO NACIONAL DOS EDITORES DE LIVROS, RJ

L974L

Lucy, Emma
    No laço do amor / Emma Lucy ; tradução Thais Britto. - 1. ed. - Rio de Janeiro :
Rocco, 2025. (Willow ridge ; 1)

    Tradução de: Live, ranch, love a willow ridge novel
    ISBN 978-65-5532-567-6
    ISBN 978-65-5595-370-1 (recurso eletrônico)

    1. Ficção inglesa. I. Britto, Thais. II. Título. III. Série.

25-97804.1   CDD: 823
                      CDU: 82-3(410.1)

Gabriela Faray Ferreira Lopes - Bibliotecária - CRB-7/6643

Este romance é interamente uma obra de ficção. Nomes, personagens e incidentes retratados nele são produtos da imaginação da autora. Qualquer semelhança com pessoas reais, vivas ou não, acontecimentos ou localidades é mera coincidência.

Para qualquer pessoa que já teve dificuldade
de acreditar em si mesma — é hora de começar
a confiar de olhos fechados na sua capacidade.
Porque você é mágico.

1.
Aurora

Na adolescência, sempre que eu assistia ao meu filme de Natal favorito, *Simplesmente amor*, tinha esperanças de acabar sendo uma Keira Knightley, com um lindo Andrew Lincoln confessando seu amor por mim em cartazes escritos à mão. Ou então uma Martine McCutcheon, flagrada de chamego com o gostoso do primeiro-ministro, que com sorte se pareceria com um Hugh Grant jovem.

Mas, no fim das contas, eu sou o maldito Colin Firth.

Aquela que flagra a traição do parceiro.

Como exatamente uma influenciadora de positividade e bem-estar, cuja carreira foi construída ensinando as pessoas a terem relações significativas, serem mais felizes e bem-sucedidas, dá a volta por cima numa situação dessas?

A rejeição é apenas um redirecionamento! Às vezes você precisa ser traída para poder seguir em frente e encontrar a pessoa certa!

Aparentemente, o jeito de dar a volta por cima é fugir para outro continente depois de passar um mês se escondendo na casa da mãe. Para o único lugar que talvez possa te salvar da crescente falta de autoconfiança e inspiração. Basicamente as duas coisas das quais sua carreira depende.

Quando o táxi se aproxima da arcada de madeira da entrada, vejo RANCHO DO PÔR DO SOL escrito com letras de ferro penduradas nela, e lembranças saudosas amenizam a tensão restante da viagem, me dando esperança de realmente estar certa.

Eu me lembro de sempre ter amado esse longo trajeto de carro do aeroporto até a casa da minha tia-avó. Observar a cidade aos poucos ir se transformando em vilas pitorescas e uma extensão de campos com montanhas ao fundo. Dirigir pela longa estrada desde Willow Ridge e ver o casarão de madeira lá no alto, no fim da estrada de terra, perfeitamente posicionado diante de dois cumes de montanha entre os quais o sol se põe e banha tudo com um brilho alaranjado. Exatamente como agora.

Foi assim que a tia Grace escolheu o nome do rancho. Por isso e também porque seu ditado favorito sempre foi: o pôr do sol é a prova de que, não importa o que aconteça, todos os dias podem terminar lindos. Um lembrete do qual ando precisando.

Tenho que reprimir o soluço que começa a se formar no meu peito quando me dou conta de que ela nunca mais vai me dizer essas palavras — ela teria sido a melhor pessoa para me animar depois do que aconteceu com Jake. A tia Grace sempre tinha uma solução para tudo. Ela era como a personificação de um livro de autoajuda.

Acho que vou ter que encontrar um jeito de ser forte e repetir o ditado para mim mesma. É o que ela me diria para fazer.

Ainda assim, acho que não me sinto tão relaxada desde que voltei do enterro dela em Londres. Só precisei de dez horas de viagem de avião de um lado a outro do mundo. Um pouco demais, mas tenho esperança de que isso seja um bom sinal — que vir aqui para organizar as coisas e vender a casa seja meu tão necessário momento de parar e recarregar as energias.

Se eu quero mesmo continuar com a minha carreira, vou precisar muito disso.

As pinceladas densas de âmbar e amarelo vão se dissipando aos poucos no céu azul-ciano, os últimos raios dourados de sol passando entre as montanhas para cobrir as pastagens ao redor. O táxi para diante da arcada, o letreiro refletindo a luz do sol.

— Muito bem, senhorita Jones. Aqui estamos — anuncia o motorista, um homem de meia-idade chamado Luke que passou a maior parte do trajeto me perguntando sobre as coisas que chamamos de outro jeito lá do outro lado do oceano, tipo "biscoito" em vez de "bolacha", e "sinal" em vez de "farol".

Mas não me incomodei com isso, até ajudou a me distrair do fato de não ter conseguido escrever uma única frase para um novo texto, nem mesmo uma postagem para o Instagram, durante o voo inteiro. Não tenho nem coragem de conferir os e-mails agora porque sei que terá um do pessoal da revista com os prazos anexados e um espaço em branco ao lado do meu nome.

Meu Deus, eu preciso *desesperadamente* que essa viagem me ajude a reencontrar minha paixão pela escrita, porque ainda que eu consiga tirar uma foto bonita ou fazer um vídeo para postar, é das legendas que meus seguidores gostam. Eles estão lá pelas frases inspiradoras e pelo conhecimento que me ajudaram a construir meu negócio. É por isso que eu faço o que faço: adoro ensinar as pessoas e compartilhar o que aprendi.

Ciente de que estou com duas malas enormes e abarrotadas para carregar até a casa, que fica ainda a uma pequena caminhada dali, eu franzo a testa.

— Ah, se incomoda de ir até a casa, por favor?

Luke tira o cinto de segurança e sai do carro para abrir a porta para mim. Impossível não amar um cavalheiro à moda antiga.

— Sinto muito, senhorita, mas o senhor Hensley prefere que não entremos na propriedade particular. — Ele estende a mão para me ajudar a sair.

Dou uma bufada de leve. Pode até ser uma propriedade particular, mas tecnicamente é a *minha* propriedade particular agora. No entanto, mordo a língua, porque na minha cabeça dizer isso parece meio presunçoso, e ainda nem consegui processar essa informação direito.

O Rancho do Pôr do Sol é *meu* agora.

Não acredito que ela o deixou para mim.

Porque ele é muito mais do que apenas um casarão onde eu passava todos os verões na infância. É um grande negócio que minha tia enfrentava dificuldades para manter por causa da economia. Não à toa, antes de eu herdá-lo, tia Grace já tinha começado a reformar muitas das instalações antigas para transformá-las em hospedarias, tentando encontrar uma maneira de compensar o investimento de que o rancho precisou de repente.

E agora está nas minhas mãos resolver tudo isso. A sobrinha-neta que sempre foi ansiosa demais para aprender a montar um cavalo.

Tenho uma leve preocupação de que esta viagem não vá ser tão relaxante quanto eu pensei.

Ainda assim, desço do carro e começo a vasculhar a bolsa.

— Quanto eu te devo?

— Nada, o senhor Hensley já acertou tudo. — Luke dá a volta no carro até o porta-malas, de onde tira minhas duas malas roxas. Ele seca a testa depois. — Você trouxe a família real inteira aqui dentro?

Dou uma risada e fecho a bolsa, surpresa que o sr. Hensley, o rancheiro que trabalhava para minha tia-avó, não tenha mencionado isso. Mas ele nem respondeu minha mensagem mais cedo, na qual eu informava que já estava no táxi a caminho. Alguma coisa me diz que ele é um senhor não muito ligado à tecnologia.

— Ha, ha, ha. Não, mas vou ficar aqui algumas semanas, então não queria que faltasse nada.

Luke sorri e assente.

— Bom, se precisar de um táxi para Willow Ridge, você tem meu número. Aproveite sua estada, senhorita Jones.

— Obrigada, Luke. Tenha um ótimo dia.

Tiro minhas malas do caminho e observo Luke ir embora. Olho para a estradinha de terra que terei que enfrentar e respiro fundo, me preparando para suar em bicas durante o percurso de dois minutos até a casa.

Em trinta segundos já estou sem fôlego. Eu até posso ter feito corpo mole na minha rotina de exercícios nas últimas semanas — apesar de ter postado vídeos antigos de ioga que, por sorte, eu tinha salvado para fingir para os meus seguidores que estava em dia —, mas não estou completamente fora de forma. O fuso horário também não deve ajudar. Ou talvez seja porque eu nunca aprendi a fazer malas mais comedidas e agora estou sofrendo por isso.

Paro um segundo para dar uma respirada e admirar a casa lá na frente — de madeira escura, com longas janelas, pilares grossos de madeira e chaminés de pedra, além de uma varanda rodeando todo o imóvel, onde fica meu balanço favorito, lá nos fundos. O estilo da tia Grace sempre teve um contraste muito elegante — a mistura perfeita entre rústico e moderno.

Mesmo a cozinha e a área de estar, no interior, são um grande espaço aberto, com alguns poucos cômodos feitos para um escritório e um bar aconchegante escondido atrás das portas. E no entanto, ela preencheu aquela atmosfera arejada com tapetes persas descombinando, almofadas bordadas coloridas e um número absurdo de plantas.

Meu Deus, como eu estava com saudade desse lugar. Queria ter me esforçado mais para vir aqui nos últimos tempos. Aí talvez eu pelo menos soubesse que ela estava doente.

Agora que estou aqui novamente, não sei como vou vender este lugar. Tenho tantas lembranças queridas aqui e...

Não, eu preciso vender.

Não consigo administrar um rancho estando em outro continente. Mesmo que isso signifique manter um pedacinho da tia Grace viva...

Deixo de lado esse pensamento e passo os olhos pela varanda até a porta da frente, que está aberta e...

Tem um cara saindo da casa da tia Grace... da *minha* casa. E não é o velho sr. Hensley. Como assim?

A visão de repente me dá um gás e começo a caminhar rápido pela trilha de terra, ignorando o modo como meus músculos gritam e a velocidade com que estou tentando arrastar minhas malas.

Considerando que não conheço ninguém aqui, e que estamos num rancho no meio do nada, eu provavelmente não devia estar correndo como um raio na direção de um estranho que pode ou não ter invadido a minha casa, mas é isso que faço.

O homem me vê e então se recosta num dos pilares ao lado da escada da varanda, os braços cruzados. Está me observando.

Quando chego mais perto, ofegante e pingando de suor, ele desce as escadas. Está usando uma calça jeans escura que envolve bem suas coxas grossas e uma camisa vermelha de flanela aberta com a camiseta branca aparecendo por baixo, que contrasta com sua pele marrom-clara. Um chapéu de caubói faz sombra sobre seu rosto e esconde a maior parte do cabelo escuro, embora dê para ver alguns cachos.

— Hum, com licença. — Mal consigo falar enquanto tento recuperar o fôlego, o que me faz parar com as malas. Uma delas cai no chão e eu derrubo minha bolsa ao tentar reerguê-la. — Merda.

Não é o melhor começo.

Só respira, Rory.

Depois de me recompor e resgatar minha mala, eu encaro aquele homenzarrão que ainda está ali me observando de braços cruzados, com os olhos mais escuros que já vi na vida.

Meu Deus, agora que consegui olhar para ele direito, estou chocada e sem palavras para descrever quanto é atraente — um queixo largo e forte coberto por uma barba por fazer, maçãs do rosto altas e um nariz levemente arrebitado. A camisa mal dá conta de envolver o bíceps robusto, daquele tipo que facilmente arremessa uma mulher de um lado para o outro. A minha versão adolescente e quietinha iria querer dar no pé, e sinto esse impulso com mais força desde que minha autoconfiança foi abalada pela loira alta cujas pernas encontrei envolvidas no meu ex-namorado.

Esse homem não pode ter mais de trinta anos, então provavelmente deve ser um dos ajudantes que trabalha para o sr. Hensley, o que sem dúvida não lhe dá o direito de estar dentro da casa. Tenho a sensação de que o conheço de algum lugar.

Ele inclina a cabeça para o lado, olha para mim de cima a baixo, e então diz com uma voz grave, meio rouca e com sotaque claramente do interior:

— Perdida?

Fico chocada com a cara zangada que ele está fazendo e aquilo imediatamente quebra qualquer feitiço que seu belo rosto tenha jogado em mim. Faço um som de deboche e levo as mãos aos quadris.

— Eu que pergunto... O que você está fazendo na mi-minha casa?

Ele dá uma risada e faz uma careta. Levanta uma sobrancelha e mais uma vez olha para mim de cima a baixo.

— *Sua* casa? Acho que você está bem longe de casa, querida.

Semicerro os olhos. Pelo jeito, vai ser difícil manter a minha positividade de sempre hoje. Eu entendo que não me encaixo perfeitamente neste lugar — com minha roupinha de ginástica lilás e um cardigã branco, cabelo ruivo ondulado preso num rabo de cavalo alto, em vez de jeans e xadrez. Mas minha tia-avó também não se encaixava, e eu duvido que ele tivesse a audácia de questioná-la.

— Sim, a casa era da minha tia Grace. O sr. Hensley está por aqui?

— Espera aí. — Ele abre a boca e deixa cair os braços — *Você* é a sobrinha da Grace? Eu estava esperando uma pessoa mais... velha. — Ele passa a mão no rosto e murmura: — Puta merda.

Que boas-vindas acolhedoras. Eu sempre achei que os americanos eram mais simpáticos do que nós, britânicos, mas toda regra tem uma exceção.

— Bom, tecnicamente eu sou sobrinha-*neta* dela. Olha, não sei por que você estava dentro da minha casa, mas pode, por favor, me dizer onde encontro o sr. Hensley?

— Está olhando para ele — responde o sujeito, a expressão totalmente neutra, os olhos quase perfurando os meus, mais escuros que o céu noturno.

Ele acha que eu sou idiota? Eu conheci o sr. Hensley. Sei que meu corpo ainda está no fuso horário inglês e normalmente eu estaria dormindo a essa hora, então meu cérebro está mais lento que o normal, mas tenho certeza absoluta de que ele não é o senhorzinho que vi pela última vez sete anos atrás.

— Hum, não, o sr. Hensley tem uns setenta anos. Um homem alto e bem magrinho com um bigodão.

— Ele tem oitenta, na verdade, e já não trabalha mais aqui faz quatro anos. — O sujeito cruza os braços de novo e abre um sorrisinho, uma covinha aparecendo na bochecha. — Sou o neto dele.

Meu queixo bate no chão.

Então era *com ele* que eu vinha trocando mensagens esse tempo inteiro?

O homem estende a mão, um tanto relutante, e acrescenta:

— Meu nome é Wyatt. Mas fique à vontade para continuar me chamando de sr. Hensley se quiser, princesa. — Ele termina com uma piscadinha.

Agora sou eu quem está murmurando um *puta merda*. Ele tem a exata personalidade do caubói arrogante e intimidador, e isso está me dando nos nervos. Em geral, não sou assim tão fácil de irritar. Costumo ser sempre radiante e otimista, características que me orgulho de ter — e que sou paga para mostrar ao mundo.

Mas acho que o cansaço da viagem pode estar me influenciando. Eu não sou de já sair julgando as pessoas, e pode ser que eu esteja pondo a carroça na frente dos burros com a minha primeira impressão dele. Além do mais, não é como se ultimamente eu fosse a melhor juíza do caráter das pessoas. Nunca imaginei que Jake fosse infiel e nem que eu fosse alguém que deixaria as atitudes de um homem influenciarem minha autoconfiança, mas mesmo assim.

Estendo a mão, que fica parecendo a de uma criança quando aperto a daquele homem. A mão dele é áspera e calejada, e isso me causa certo formigamento.

— Aurora Jones, mas todo mundo me chama de Rory.

Ele franze a testa, olha para a própria mão e então a enfia no bolso.

— Isso não é nome de homem?

A memória dos garotos adolescentes dizendo exatamente isso para minha versão tímida na escola me volta à mente. Respiro fundo e afasto aquele pensamento, tentando me lembrar do quanto me esforcei para me tornar a mulher segura e confiante que sou hoje. Ou costumava ser.

E aqueles mesmos adolescentes são hoje adultos que tentam chamar minha atenção por DMS — sem sucesso.

— É unissex. — Aperto os lábios, sem conseguir abrir um sorriso. Ele nunca assistiu *Gilmore Girls*?

— Se você diz — responde Wyatt, e dá de ombros, fazendo uma careta de novo. — Enfim, respondendo sua pergunta anterior, eu estava na *sua* casa para me certificar de que você tivesse tudo que precisasse para os primeiros dias. Imaginei que chegaria cansada e que não ia querer ir até a cidade hoje.

— Ah... — Olho para ele, mas com alguma dificuldade de encarar o peso que aqueles olhos escuros estão depositando em mim. — Bom, obrigada. Agradeço muito.

— É só o meu trabalho. — Ele coloca a outra mão no bolso.

— Certo... Bom, para ser honesta, eu só quero dormir, já passou *muito* do meu horário. — Dou uma risada e tento quebrar o climão entre nós, mas o rosto de Wyatt permanece impassível. — Hum, mas seria incrível encontrar com você amanhã para entender melhor a situação atual do rancho e podermos organizar o que for preciso, assim eu vendo a propriedade e volto pra casa.

Com sorte, já de volta com a minha inspiração e minha autoconfiança.

— Ótimo, mal posso esperar. — As pálpebras dele tremem, como se estivesse tentando esconder o revirar de olhos, sem sucesso. Ele abre um sorriso forçado e me entrega uma chave. — Vou te deixar à vontade.

Ele sai andando na direção da trilha de terra e me deixa ali sozinha tendo que lidar com duas malas gigantescas. Queria tanto que Luke ainda estivesse aqui.

Fecho os olhos, inspiro bem fundo por cinco segundos, e então solto o maior...

— Ei, Aurora — chama Wyatt, e sinto um formigamento na pele diante do modo como ele fala meu nome. Eu me viro e ele está caminhando de volta, coçando a nuca.

— Oi.

Wyatt dá alguns passos rápidos e chega mais perto, meus olhos na mesma altura de seu peito largo. Tento fingir que não estou sentindo um frio na barriga. Olho para cima e não consigo ignorar seu maxilar retesado.

— O que é que você faz da vida mesmo?

Estou prestes a responder quando ele vem e pega as malas ao meu lado. Não tem como não notar a facilidade com que ele as carrega até a varanda escada acima, a camisa mal dando conta de conter seus músculos. Imagino que duas malas de viagem nem se comparem aos outros tipos de trabalho pesado que faz no rancho.

Quando ele volta, cruza os braços e tamborila os dedos nos músculos.

— Ah, sim, eu sou influenciadora de positividade e bem-estar — respondo, com um sorriso orgulhoso.

— Perfeito. — Ele dá uma risada debochada, balança a cabeça e se vira para ir embora de novo. Meu sorriso some na mesma hora.

À distância, consigo ouvi-lo resmungar:

— Puta. Merda.

Estou prevendo que lidar com esse homem vai me exigir muitas respirações profundas e horas de meditação para aliviar o estresse.

2. Wyatt

Gosto de pensar que sou uma boa pessoa. Trabalho muito, cuido bem da minha família, principalmente dos meus irmãos caçulas e do meu avô. Até doo dinheiro todo mês para iniciativas culturais indígenas nas quais minha mãe de vez em quando participa como voluntária.

Ainda assim, por *algum motivo*, o mundo resolveu me castigar mandando uma princesa britânica ruiva para acabar com a fatiazinha de felicidade que consegui construir.

Ela literalmente tem o mesmo nome de uma princesa da Disney — uma informação que sei contra minha vontade porque minha irmã mais nova me obrigou a assistir a esses filmes.

Meu pai ia rir e dizer que é isso que eu ganho por ter largado tudo para trabalhar para alguém num rancho. Aquele clássico sermão do *eu te avisei* que eu venho morrendo de medo de ouvir de novo. Já foi torturante o suficiente de ouvir quando Holly me deixou, porque se eu tivesse arranjado um emprego chique, como meus pais queriam, ou então ido atrás da minha carreira no futebol, aquilo nunca teria acontecido, pelo visto.

Ainda que eu já soubesse há um tempinho que meu futuro aqui era incerto, desde que Grace ficou doente, eu realmente não imaginava que tudo iria por água abaixo tão rápido. Muito menos por causa de uma *influenciadora de positividade e bem-estar*. Seja lá o que for isso.

Enquanto caminho a passos rápidos para casa — uma espécie de cabana, pertinho do casarão —, eu me dou conta de que minha mãe também diria que eu fui criado para ser um cavalheiro, e sem dúvida não agi assim com a Aurora. Seco o rosto com a mão e resmungo, pois me sinto mal de não ter sido mais acolhedor.

Mas a maneira acelerada como ela chegou na casa, como se já fosse a dona de tudo, apesar de provavelmente não ter a mínima noção de como funciona um rancho, me deixou irritado.

E aí ela falou de vendê-lo, e então qualquer paciência que eu tinha — que já não é muita mesmo nos dias bons — evaporou.

Eu precisei de todo o meu autocontrole, até a última gota, para me obrigar a voltar lá e pelo menos levar as malas dela até a porta. Embora tenha sido meio engraçado vê-la tentando carregá-las, porque tinham praticamente o dobro do tamanho dela.

Também não importa quanto aquela mulher seja atraente — com a pele dourada cheia de sardas, os grandes olhos castanho-claros, e um cabelo ruivo impressionante —, assim que ela começou a falar com aquele sotaque britânico esnobe, já fiquei furioso. Ainda que o conjuntinho roxo de academia caísse muito bem nela e fosse uma distração.

Não importa.

O lugar dela não é aqui.

Ela não vai compreender quanto esse lugar é importante.

Aurora já não está à vista quando chego em casa — só vejo a varanda dos fundos daqui.

Sei que, se eu entrar, vou sentar no sofá e ficar pirando, então desço de volta os degraus da varanda e entro no meu velho Ford F250 vermelho. Ligo o rádio bem alto e deixo que a música do Zach Bryan, meu cantor favorito, abafe meus pensamentos. Vou com a caminhonete até os estábulos, onde Dusty, minha égua da raça quarto de milha, está descansando. Ela me fuzila com os olhos quando começo a pôr a sela nela.

Faço um carinho e a conduzo para fora do estábulo.

— Foi mal, garota, mas preciso espairecer um pouco. Eu trago cenouras extras amanhã, prometo.

Dusty me responde com uma bufada rápida, mas sei que no fundo ela tem um espírito livre como eu, e nunca resiste a um passeio ao redor do lago. Assim que monto, faço uma leve pressão com as pernas e ela sai galopando feliz da vida pelos campos, provando que eu a conheço muito bem.

Eu administro o Rancho do Pôr do Sol para Grace desde que meu avô teve um AVC quatro anos atrás. Nunca foi o rancho mais lucrativo do mundo, mesmo quando meu avô estava à frente, mas eu mantive todas as contas no azul da melhor maneira possível, apesar de os custos terem aumentado muito nos últimos anos. Grace me deixou cuidar do rancho como se fosse tão meu quanto dela — a única coisa que importava era manter seu porto seguro funcionando.

Acho que ela tinha noção do quanto eu compreendia o que este lugar significava para ela — Grace largou o trabalho no ramo corporativo em Londres para começar isso aqui, indo contra tudo que a família queria para ela. Sempre vou me lembrar da conversa que tivemos um pouco antes de eu ir para a faculdade, quando ela me lembrou de arranjar tempo para fazer as coisas que me davam prazer, mesmo que não parecesse o certo.

E, para ser honesto, o Rancho do Pôr do Sol se tornou o meu porto seguro também. Ainda que minha família não compreenda, é o único lugar onde me sinto cem por cento eu mesmo. O único lugar onde já me senti livre de verdade, capaz de voar como um pássaro.

É por isso que desisti de tudo para ficar aqui. E é por isso que vou fazer de tudo para não perdê-lo.

O mundo já me mostrou que não posso ter tudo o que quero, mas essa aqui é a única coisa pela qual sempre vou lutar.

Não sei o que eu faria sem este lugar.

Não sou ingênuo a ponto de fingir que não sei o que está acontecendo nos outros ranchos: todo mundo vendendo suas propriedades porque o dinheiro que ganhamos por esse trabalho não é o suficiente. E essa angústia está se espalhando por Willow Ridge.

Mas eu ainda nem me permiti pensar nisso direito, na esperança de que, ao não falar sobre o assunto, ele deixe de existir. Na esperança de não precisar voltar para a casa dos meus pais com o rabo entre as pernas. Na esperança de não ter que me candidatar a empregos muito abaixo do meu nível de experiência em outros ranchos, onde todo mundo sabe quem eu sou, e dar novamente gás àquela história de "esse aí teve o auge na época da escola".

Sei que as pessoas vão dizer que talvez eu possa continuar trabalhando aqui depois que o rancho for vendido, mas a chance de ele ser comprado por outra Grace é muito pequena. Sim, se alguém comprar o rancho para ganhar dinheiro transformando-o em uma pousada de férias — como ela queria, dado que já tinha começado a reformar as instalações antigas —, pode manter alguns de nós para cuidar da terra, mesmo se dispensarem os animais. Mas de jeito nenhum vão pagar o mesmo salário que Grace nos pagava, muito menos me deixar ficar na minha casa. Tecnicamente, eu não sou dono dela, é só parte do contrato, em troca do pagamento de um aluguel modesto. Então ainda tem mais essa questão.

A outra opção é provavelmente aquilo que mais preocupa os outros rancheiros de Willow Ridge. Ou o lugar vai ser comprado por um milionário babaca que só quer aquela terra para si, às vezes para pescar, andar a cavalo ou só para ter, mas sem a necessidade de manter funcionários. Ou então vai ser comprado por uma construtora que vai dividir a terra em mil cantinhos antes de vender, ou então transformar tudo num shopping.

Basicamente, estou ferrado.

Em geral, bastam alguns minutos cavalgando para minha mente se esvaziar e relaxar, o ar fresco e o brilho do pôr do sol aliviando as minhas tensões.

No entanto, hoje, está difícil deixar de lado essa sensação que me ronda. Uma sensação que nem mesmo os cascos de Dusty batendo no chão ou o brilho âmbar por cima do lago consegue afastar. Uma sensação de um capítulo chegando ao fim, e não sei muito bem se estou a fim de virar a página.

Aurora: Bom dia! Adoraria conversar sobre todas as coisas que precisam ser feitas no rancho hoje, então fique à vontade para aparecer aqui quando puder! Provavelmente estarei lá fora nos fundos quando chegar! Obrigada!

Quase consigo ouvir o sotaque britânico animado ecoando naquele uso excessivo de exclamações. Por acaso essa mulher não sabe que as mensagens de texto foram criadas justamente para reduzir a quantidade de coisas que temos que dizer uns aos outros? Uma das minhas invenções favoritas, aliás.

A manhã ainda nem acabou e meus músculos já doem. A noite mal dormida provavelmente não ajudou, e ainda por cima um dos funcionários não veio trabalhar. Josh faltou porque está doente, o que fez minha carga de trabalho dobrar. Mas, ainda que alguns pudessem reclamar, a ideia de passar mais tempo nos campos ou montado em Dusty de alguma maneira me deixa mais aliviado.

Quando me aproximo do casarão, vejo um naco de cabelo ruivo reluzindo sob o sol da manhã na varanda dos fundos. Preciso inclinar a cabeça ao chegar mais perto para tentar entender como é que Aurora está contorcida daquele jeito sem gritar de dor. Na verdade, ela até sorri, uma perna dobrada na sua frente e o braço esticado por cima da cabeça para alcançar o outro pé.

Uma princesa masoquista.

Uma música clássica e animada soa de uma caixinha de som em cima do tapete de ioga lilás decorado com borboletas brancas. Ela está de olhos fechados, então não me vê subindo as escadas. Isso me dá tempo de respirar fundo algumas vezes e acalmar meu corpo já tenso diante da mulher que está prestes a destruir todos os meus sonhos.

Também me dá tempo de reparar no conjunto de short e top verde-claros que ela está usando, e que revela ainda mais de seu corpo tonificado do que a roupa de ontem. Trechos transparentes do tecido nas coxas mostram músculos delineados, e outro no meio do peito expõe uma tatuagem toda elaborada de borboleta no esterno, que é um pouquinho sexy demais para o meu gosto neste momento.

Tem alguma coisa em mulheres com tatuagens que me excita. Especialmente quando é uma mulher que passa um ar doce e inocente, como é o caso de Aurora. É como se as tatuagens fossem uma janelinha para o lado mais obscuro que ela esconde.

— Qual é seu lance com borboletas? — pergunto.

Aurora leva um susto e solta a perna com um gritinho. Abre os olhos e imediatamente sorri ao se posicionar sobre os joelhos. Ela é muito animada de manhã, não gosto disso.

— Bom dia — diz ela.

A voz está bem mais suave do que ontem, e muito menos afobada. Imagino que deve ter tido uma boa noite de sono depois de tanto tempo viajando — não deve ser difícil dormir quando você acabou de ganhar um rancho de mão beijada.

Quando ela se levanta, a pele suada reluzindo sob o sol, eu me dou conta de que ela é toda cheia de cores — o cabelo laranja, a roupa verde, os lábios reluzentes da cor de morango. Estou tão acostumado com a madeira escura e as montanhas sombreadas daqui que esta é uma visão quase ofuscante.

— Borboletas são meu sinal de bom presságio.

— *Bom* presságio?

Eu preferia nem ter perguntado. Isso parece uma dessas bobagens dela que não faço questão de saber.

— Um sinal de que alguma coisa boa vai acontecer. Quando vejo uma borboleta, significa que estou no caminho certo.

E não estou brincando quando digo que uma borboleta passa voando naquele exato momento, deixando-a radiante.

Decido que não gosto mais de borboletas. Não gosto nada que elas estejam incentivando Aurora a pensar que ela devia estar aqui.

— Espera um segundo — diz Aurora, e se abaixa para pegar o celular preso a um pequeno tripé.

Vejo de relance uma outra tatuagem com diversas borboletas ao longo do ombro e das costas, parecida com a que eu tenho, só que de pássaros. Quantas tatuagens mais ela esconde? Aposto que tem alguma debaixo do short.

— Desculpe. — Aurora se levanta e toca no telefone, as unhas fazendo barulho enquanto franze a testa. — Estava filmando minha ioga. É melhor eu cortar você do final.

Tento segurar uma risada.

— Por que diabos você está se filmando?

Ela pisca os olhos castanhos e me encara, meio hesitante. Há um certo fogo dentro daquele marrom-claro, algo que Aurora tenta esconder com mais um sorriso, que levanta suas bochechas sardentas.

— Para os meus seguidores. — Ela dá de ombros. Como se fosse idiota eu não saber disso, o que me faz sentir um velho.

— Certo, isso faz parte da coisa toda de ser *influenciadora*? — Faço um sinal de aspas com as mãos ao dizer "influenciadora", porque ainda não entendi muito bem como isso é uma profissão.

Quando Grace enfim contou que estava doente e não lhe restava muito tempo, ela me garantiu que a sobrinha para quem estava deixando o rancho era muito competente e sabia cuidar de um negócio. Disse até que achava que nós íamos nos dar bem. Ela deve estar se revirando de rir no túmulo agora.

Aurora aperta os lábios e os olhos, e continua me encarando. Põe a mão nos quadris e franze a sobrancelha. Aquele fogo em seus olhos parece ter voltado.

— A *coisa de ser influenciadora* é o meu trabalho, com o qual ajudo pessoas a transformarem suas vidas e a serem indivíduos mais felizes e bem-sucedidos. E parte disso inclui vídeos de ioga para diminuir o estresse.

Meus olhos disparam na direção do céu, implorando pelo autocontrole que vai me impedir de falar mais do que devo. Murmuro baixinho:

— Claro, tenho certeza que uns alongamentos vão me deixar milionário rapidinho.

Aurora joga os cabelos para trás e balança o quadril.

— Me segue lá no Instagram, de repente você aprende alguma coisa, tipo sorrir.

— Parece péssimo — resmungo, chocado com aquela audácia.

Ela parece toda certinha, mas tem um lado claramente mais afrontoso. Se é assim que ela quer brincar, pode vir.

Cruzo os braços e me recosto no cercado.

— Mas como é que funciona, afinal? Você sacode um cristal, me manda *viver, sorrir e amar*, e todos os meus problemas desaparecem?

Aurora retesa o maxilar, e então respira fundo e se abaixa para enrolar o tapete de ioga. Ao se levantar de novo, pergunta:

— Essa pasta é pra mim?

Aquilo me traz de volta à realidade, afinal aquele foi o motivo que me trouxe até aqui, e não para ficar discutindo com ela.

Respiro fundo.

— Reuni tudo que você precisa saber.

Aurora segura a pasta, hesitante, e nossos olhos se encontram rapidamente quando seus dedos frios tocam sem querer os meus. Cruzo os braços de volta na mesma hora. Dispenso saber qual é a sensação daquele toque. Quanto menos eu souber sobre ela, melhor.

Aurora folheia o conteúdo da pasta — tudo que juntei ontem à noite enquanto não conseguia dormir — com mapas do rancho, detalhes e os horários de trabalho dos funcionários e todos os empreiteiros responsáveis pela obra para tornar a propriedade vendável. Tudo que eu vinha resolvendo para Grace desde que ela morreu. Com sorte, se Aurora tiver todos os documentos, vai ter menos motivos para me perturbar.

— Uau, isso está superorganizado — comenta, um tom de descrença em suas palavras. — Tem muita coisa aqui.

— É, e é tudo problema seu agora. — Abro o portão do cercado.

Tá, eu admito, provavelmente estou sobrecarregando-a com uma quantidade absurda de informações que até eu teria dificuldade de processar de uma vez só quando cheguei aqui. Mas se ela faz tanta questão de dizer que agora este é o rancho *dela*, e que cabe a ela determinar o futuro deste lugar, então vai ter que aprender bem rapidinho como tudo funciona.

— Espera aí. — Aurora se vira à medida que vou caminhando. — Você não vai me explicar as coisas?

Antes que eu possa evitar, uma risada escapa de mim.

— Desculpa, *princesa*, mas eu tenho um rancho para administrar. A não ser que você queira subir num desses cavalos e ajudar.

Ela abre os lábios cor de morango.

— Eu... não ando a cavalo.

Balanço a cabeça e sorrio de tão previsível que ela é. Dona de um rancho e não sabe montar um cavalo. Não podia ser melhor.

— Claro que não anda, princesa.

3.
Aurora

O que meus leitores precisam ler agora? Dou batidinhas com a caneta no caderno, deixando pontinhos de tinta na página em branco que estou encarando há horas.

Eu sabia que me obrigar a escrever assim que chegasse aqui não ia funcionar. Depois da ioga ontem de manhã, passei umas boas horas vasculhando as coisas da tia Grace, juntando sacolas de roupas antigas para doar. Por mais que fosse doloroso, com um filme passando pela minha cabeça, eu precisava começar a organizar o Rancho do Pôr do Sol. Senão vou acabar ficando em Willow Ridge por muito mais tempo que o necessário, e o que eu de fato preciso é que tudo volte ao normal o mais rápido possível.

Felizmente, isso afastou meus pensamentos daquele e-mail da minha agente que me aguarda na caixa de entrada, pedindo o rascunho do meu próximo livro de autoajuda. Também ajudou a me acalmar depois do jeito grosseiro como Wyatt me tratou, sem qualquer motivo. Ele não está ajudando *em nada* a minha situação.

Até topei com umas lindas botas de caubói vermelhas que eu nem sabia que a tia Grace tinha, e não tenho vergonha de dizer que as experimentei. Podia imaginá-la usando aquelas botas e dançando alguma música de Emmylou Harris pela casa, os longos cabelos brancos esvoaçando atrás dela. Ela com certeza teria combinado as botas com um batom vermelho bem vivo.

Então, no fim da tarde, enfim criei coragem para mergulhar nos documentos da pasta que Wyatt me entregou — e entender em que pé as coisas foram deixadas. Tia Grace já tinha começado a converter uma parte da propriedade em quartos para hospedagem, então a maioria deles já está em fase de decoração. Imaginei que dar ao meu cérebro algo totalmente novo para se concentrar seria revigorante, e me deixaria inspirada a escrever hoje.

Mas acho que é muita informação para processar — o trabalho do rancheiro, dos diferentes empreiteiros que estavam se ocupando da futura pousada e outras coisas, as finanças da minha tia-avó —, e minha mente está cansada demais agora. A máquina do meu cérebro foi sobrecarregada e as engrenagens não querem mais girar.

É isso que acontece quando você pega no sono com a cara numa pasta, eu acho. Ainda assim, me sinto um pouco mais confiante de que sou capaz de administrar o rancho e de vendê-lo, o que vou considerar uma vitória.

Observo a luz do sol do fim da manhã brilhando sobre o lago mais à frente e iluminando a área sob a superfície, mostrando quão limpa é a água. O lago fica a uma curta caminhada a oeste a partir do casarão e separa o rancho do terreno ao seu redor. Uma fileira de árvores cor de esmeralda se estende por quase toda a sua margem, a não ser por um pequeno pedacinho, onde a tia Grace sempre dizia que iria construir um deque, mas nunca construiu.

Quase consigo ouvir sua risada gostosa ao meu lado, onde ela estaria sentada com um livro, observando enquanto eu mergulhava no lago. Seu sorriso, mais reluzente que o sol, sempre iluminava o ambiente.

Sinto um arrepio. Sei muito bem que nunca mais vou me sentir acolhida desse jeito por ela de novo. Odeio o fato de que, quanto mais o tempo passa, mais eu me esqueço dessa sensação, porque sempre achei que estava ocupada demais para vir ao rancho. Mas agora que estou aqui, abençoada pela mesma sensação de paz e liberdade de sempre, que irradia das folhas das árvores e se espalha pelas montanhas, eu não consigo pensar em nenhum bom motivo para não ter vindo.

A vida adulta realmente dá um jeito de limitar a nossa visão.

Talvez eu pudesse escrever algo sobre aproveitar ao máximo o tempo que temos com as pessoas que amamos... mas, considerando que ainda dói um pouquinho a ausência dela e que meus leitores estão acostumados com textos positivos e animados, tenho medo de que vá soar um pouco deprimente demais.

Felizmente, recebo uma injeção de ânimo quando meu celular começa a vibrar e o lindo rosto de Sofia, minha melhor amiga, aparece quando atendo. Ela está trabalhando até mais tarde hoje, sei disso porque vejo a lousa branca da sala de aula atrás dela.

— Oi, Sofia!

— Oi, amiga! Espera aí, você está pelada? — Os cachinhos pretos de Sofia pulam quando ela inclina a cabeça.

— Até parece. Estou de biquíni. — Inclino o telefone para mostrar meu biquíni branco tomara que caia, depois viro a câmera para o lindo lago à frente. — Eu ia me recompensar com um mergulho depois que escrevesse alguma coisa.

— Aaah, está linda. Ainda com dificuldade para encontrar inspiração?

Minha resposta é apenas um longo e choroso gemido, e então apoio a cabeça nos joelhos.

O problema é que eu *consigo* escrever. Consigo escrever horrores sobre o que estou sentindo. Tenho feito isso dia e noite no meu diário desde que peguei Jake com a boca na botija depois do enterro.

Posso escrever horas a fio sobre como a loira de pernas compridas em quem ele estava dando uns amassos foi embora aos prantos, magoada por ter acreditado que ele era solteiro. Sobre como ele foi atrás dela primeiro e me disse para esperar, que ele voltaria para se explicar.

Posso escrever horas a fio sobre como, apesar de saber que sou uma ótima pessoa, ainda me pergunto o que fiz de errado ou por que a outra garota era melhor do que eu. O que eu poderia ter feito para deixar o Jake mais satisfeito? Devia ter me podado mais? Ou menos?

Todos aqueles questionamentos e aquelas autocríticas que eu tinha me esforçado tanto para deixar para trás, desde que era uma adolescente tímida às voltas com o porquê de os garotos da escola falarem com todas as outras garotas, menos comigo. Acho que não importa quanto tente, parte da sua versão mais jovem sempre sobrevive dentro de você.

Mas nada disso fazia parte da minha marca. Luto e abandono não são características que condizem com uma influenciadora bem-sucedida de positividade e bem-estar.

Parece tão idiota ter que obedecer a isso, mas é o meu trabalho. Essa é a carreira pela qual eu tanto me dediquei e que transformei num negócio lindo. Uma carreira que me anima a acordar todo dia de manhã. Esse é o sonho, né? Quando eu escrevia cartas para a eu do futuro — uma técnica da lei da atração que tia Grace me ensinou —, sempre começava dizendo quanto era incrível passar os dias escrevendo sobre algo pelo qual eu tinha tanta paixão.

Mas as únicas coisas sobre as quais consigo escrever agora são as que me deixam triste. As pessoas de quem sinto falta. A solidão que pesa no meu peito todos os dias. Que minhas atividades favoritas atualmente são sentar na varanda dos fundos e apreciar o pôr do sol, ou então ouvir os barulhos da natureza ao meu redor, em vez de fazer uma sessão intensa de lei da atração. E nenhuma dessas coisas vai me gerar dinheiro, seja das revistas, das marcas ou das editoras.

Acho que preciso encontrar algo que produza aquela faísca de novo e esperar que a paixão siga queimando.

— Ai, Rory — lamenta Sofia. — Bom, se serve de consolo, estou sentada aqui já faz uma hora tentando descobrir uma maneira de tornar a Lei de Saúde Pública de 1848 interessante para um bando de adolescentes de catorze anos, e sei que metade deles vai rir da palavra "pública" porque se parece com "púbica".

Aquilo me faz dar uma risada.

Acho que se alguém conhecesse eu e Sofia separadamente nunca ia compreender como somos amigas, já que nossas vidas são tão diferentes — eu, uma influenciadora cuja vida inteira gira em torno da internet, enquanto ela não tem perfil em nenhuma rede social por causa do trabalho. Um aluno que descobriu seu perfil no Instagram e mandou uns emojis de foguinho foi o suficiente para fazê-la apagar tudo logo nas primeiras semanas como professora.

Mas, sete anos atrás, acabamos nos encontrando nos corredores da universidade em Exeter, e o resto é história.

— Quer trocar? — pergunto.

Sofia fecha os olhos, um sorriso esperançoso no rosto.

— Eu bem que gostaria, mas preciso ensinar isso amanhã, e acho que você nem sabe o que é essa lei.

— É um argumento bem forte.

— No entanto, quem sabe eu possa ajudar e servir de inspiração pra você. — Sofia começa a falar com a voz mais baixa: — O que você diria pra alguém que quer pedir demissão mas não tem a menor ideia de que caminho seguir?

Sinto uma pontada no coração por ela. Sofia estava muito animada para virar professora, mas acontece que nem todos os adolescentes são fãs de aprender, como ela era.

— Ah, Sofia, ainda está insuportável?

— Demais. Pra você ter ideia, tive que expulsar um aluno da sala hoje porque estava fazendo barulhos sexuais toda vez que eu escrevia alguma coisa na lousa. Ele tem *onze* anos! Qual é o problema dessas crianças de hoje em dia?

Quando estou desanimada com a vida, sempre posso contar com Sofia para lembrar que minha situação não é tão ruim assim, já que não preciso dar aulas para adolescentes o dia inteiro. Ideia para o próximo texto: *Ei, a vida não é tão ruim assim, pelo menos você não é professor.*

— Sério mesmo, Sofia, você sabe que se pedir demissão pode vir morar comigo até achar outro trabalho, né?

— Eu sei, você é a melhor. E se você não vender o rancho e eu for morar aí? Posso encontrar uma linda garota americana e me apaixonar perdidamente. — Ela faz uma expressão sonhadora, e eu dou risada. — E eu malho, tenho certeza que consigo carregar umas pilhas de feno.

— Olha, acredite em mim, cuidar disso aqui é muito mais trabalhoso do que carregar feno. Eu não fazia *a menor* ideia. Além do mais, o rancheiro agora é o neto do sr. Hensley, e ele é um mau humor só. Acho que você não ia querer lidar com ele.

Não consigo evitar um revirar de olhos ao pensar em Wyatt e sua audácia falando comigo. O rosto de Sofia se ilumina.

— Espera aí, o rancheiro é, tipo, da nossa idade? Meu Deus... ele é gato?

— Sofia... — resmungo.

— Isso quer dizer que é! — Ela dá uma risada, joga a cabeça para trás e rodopia na cadeira. — Então você está me dizendo que se mudou por algumas semanas para outro país, está recém-solteira e que tem um caubói gostoso e misterioso na jogada? Eu te odeio, sério. Você está vivendo um filme.

— Não estou mesmo. Além do mais, tenho certeza de que *ele* me odeia.

— Sei. — Sofia dá uma piscadinha e sorri. — Enfim, acho que vou pra casa tentar terminar isso aqui. Só queria ver como você estava. Espero que encontre inspiração para escrever e um caubói para montar. Te amo, estou com saudade.

Eu balanço a cabeça sem conseguir evitar uma risada.

— Também te amo muito. Saudade.

Sofia sopra um beijo pela tela e então desliga.

Escrevo a pergunta dela no caderno e desenho alguns pontos abaixo, pronta para as ideias que surgirem. Uma brisa fresca sopra sobre o lago e balança meu cabelo, me chamando para a água. Talvez um mergulho limpe a minha mente e aí as ideias voltem a fluir. Vou andando pé ante pé pelas pedras até a beira da água.

Na verdade, Sofia estava certa — tenho muita sorte de estar aqui. O rancho parece mesmo um cenário de filme, como sempre foi, e de repente essa é minha oportunidade de ser a protagonista. Eu sempre achei que já desempenhava esse papel — minha carreira progredindo dia a dia, o dinheiro aumentando na conta, no auge da minha saúde e forma física, vivendo o que achei ser um relacionamento feliz e amoroso. Parecia um felizes para sempre. Eu tinha começado como uma garota tímida e insegura e me transformado numa mulher confiante e bem-sucedida.

Mas talvez isso tenha sido só os primeiros minutos.

Talvez este seja o começo real do meu filme, e eu tenha a chance de renascer. Eu só não sei como é que o filme vai terminar, e isso me assusta.

De todo modo, vou aproveitar ao máximo meu tempo aqui. Se essa for minha última chance de curtir este lugar, a única coisa que sobrou da tia Grace, então eu vou mergulhar de cabeça na água, e não apenas molhar os pés. E quando vejo uma borboleta cruzando meu caminho, sei exatamente o que preciso fazer.

Fiquei flutuando na água por mais tempo que o planejado, mas já não me lembrava da última vez que me sentira tão leve nas últimas semanas. Quando me convenci a sair do lago e me enrolei na toalha, começaram a brotar algumas ideias para responder ao dilema da Sofia. Eu me lembro de sentir aquele pânico ao perceber que todas as pessoas ao meu redor pareciam estar com o futuro decidido, enquanto você só enxerga centenas de caminhos possíveis, sem saber qual escolher.

Levei um tempo para construir a vida que tenho hoje, e tive que dar muitas explicações para os meus pais enquanto todos os meus amigos arranjavam emprego depois da faculdade e eu estava tirando selfies e escrevendo num blog sobre minhas técnicas favoritas da lei da atração.

Mas eu sempre pensava nas palavras da tia Grace — *faça por você, e não pelos outros* —, que era exatamente o que ela tinha feito ao se mudar para o Colorado. Aquilo me incentivou a seguir em frente, porque sua vida não é sua de verdade se você ficar bitolado com o que os outros pensam.

Caramba, aí está a Rory Jones que eu conheço.

Talvez esse lago tenha propriedades curativas, porque assim que acabo de me secar no sol e visto meu vestidinho de verão, eu me sinto outra. Estou pronta para organizar esse rancho, reiniciar tudo e voltar para a realidade.

No caminho de volta para o casarão, decido parar nas casinhas da pousada para conferir o andamento do trabalho dos decoradores e encanadores que estão lá hoje. Quando passei ali a caminho do lago de manhã, os caminhões e equipamentos estavam do lado de fora, mas agora já não tem mais nada. Não é possível que já tenham encerrado o trabalho. Sei que peguei o caminho mais longo e mais bonito para voltar, mas olho para o relógio e vejo que ainda estamos no início da tarde.

Perambulo pelas casinhas, confusa, e percebo que quase nada foi feito. Há ripas de madeira espalhadas e uma das pias ainda não tem torneira, algo que me lembro especificamente de ter ouvido um dos encanadores dizendo que faria hoje. Confiro o telefone; está funcionando, então se aconteceu algum problema, ninguém me ligou — o que eles deveriam ter feito, como orientei ontem ao dar meu número para todos os empreiteiros.

Caminho de volta, o telefone ainda nas mãos enquanto procuro o contato dos decoradores. Ouço gritos à distância, levanto a cabeça e vejo três pessoas montadas em cavalos, uma delas vindo em minha direção.

Quando ele chega mais perto, percebo que é Wyatt. Seus músculos grandes estão contraídos enquanto ele cavalga, a pele marrom-clara reluzindo. Sinto minha pulsação acelerar e, quando vai chegando mais perto e desacelerando o cavalo, ele levanta a aba do chapéu, mostrando seu rosto forte e esculpido.

É irritante quão gostoso ele fica em cima do cavalo, os ombros relaxados, a postura confiante. Do mesmo jeito que ele estava ontem, recostado no cercado, me provocando.

Nossa, Sofia ia se divertir se o visse agora. Ele exala masculinidade, e minha boca está tão seca que me pergunto se é dele que preciso para matar minha sede.

Meu Deus, Rory. Não tem tanto tempo assim que você está sem transar, por que está pensando nessas coisas?

— Opa — cumprimento com a voz meio aguda.

— Tudo bom, princesa? — pergunta ele, e pela primeira vez aquele apelido bate de um jeito diferente.

Tenho que fazer um esforço a mais para fechar a boca quando ele joga a perna por cima da sela e pula para o chão de modo muito casual, os músculos marcando a calça jeans. Wyatt amarra o cavalo e então se vira para mim, recostado num dos postes diante da pousada, os braços cruzados. Pela primeira vez, percebo que seu antebraço é coberto por uma tatuagem que parece ser de uma cordilheira.

Ignorando o frio na barriga, abro um sorriso educado.

— Sabe onde estão os empreiteiros?

Wyatt tira o chapéu e seca a testa suada com o dorso da mão, o que faz seu bíceps flexionar.

— Ah, sim, eu os mandei pra casa.

Meu corpo fica tenso ao lembrar com quem estou lidando. Claro que mandou. Afinal, por que Wyatt facilitaria minha vida? Ele deixou bem claro ontem que essa não era a ideia.

Respiro fundo algumas vezes, expiro o mais calmamente possível e me pergunto por que o universo colocou esse homem no meu caminho. Eu já sou uma pessoa paciente, o que mais preciso aprender com ele?

— Hum, por quê? — pergunto.

Wyatt dá de ombros, mas há um leve brilho atrás de seus olhos escuros.

— Tinha uma cerca caída e a gente precisava mover alguns dos animais. Não queria que eles atrapalhassem.

— Tudo bem, mas eu realmente gostaria que tivesse me consultado primeiro. Você podia ter me ligado.

— Sinto muito em te informar, princesa. — Wyatt se afasta do poste e chega mais perto. — Mas ligar para bater um papo com você foi a última coisa em que pensei quando uma parte do gado estava perambulando pela estrada. — Ele dá um sorrisinho de lado, me desafiando.

Eu puxo o ar pelos dentes, então dou um passo em sua direção, chegando bem perto dele. Sei, só pelo jeito de Wyatt, que ele acha que aqui não é o meu lugar.

— Olha, eu entendo, mas este rancho é *meu* agora, e preciso que as coisas passem por mim antes. Tenho que vender este lugar e não quero que nada atrase o cronograma. Entendido?

Agora sou eu quem cruza os braços, e Wyatt abre um sorrisinho sarcástico.

— Desculpa, *chefe* — ironiza ele, o maxilar tenso, e então levanta os braços. — Deus me livre você não receber seu dinheiro a tempo. Deve ser mesmo muito difícil ficar o dia inteiro com a bunda colada no sofá imaginando quando é que a bolada vai cair na conta.

4.
Wyatt

Aurora fica de queixo caído, o rosto sardento tomado por uma expressão de choque. A vermelhidão vai subindo pelo pescoço até corar as bochechas.

Pode ser que eu tenha sido duro demais, mas estou cansado de bancar o simpático. Vim aqui avisar a ela para tomar cuidado, porque ainda não conseguimos encontrar todos os bois que fugiram — e acho que alguém do tamaninho dela não ia querer se deparar com um deles.

O Rancho do Pôr do Sol não é o maior se comparado aos outros ranchos de Willow Ridge, o que significa que há poucos de nós para trabalhar e administrar tudo. Então, quando algo assim acontece, todo mundo coloca a mão na massa. Eu e os outros rancheiros estávamos nos matando para reunir todo o gado, pôr os animais no lugar e ainda consertar a cerca, isso além de cumprir nossas outras tarefas habituais. Aquela era a última coisa de que precisávamos, já que o plano essa semana era levar parte do gado para as pastagens que alugamos no rancho da família do meu amigo Sawyer — um dos maiores ranchos de Willow Ridge.

Aurora, por outro lado, parece ter passado a manhã nadando e tomando sol, e ainda acha que tem o direito de questionar minhas decisões. Não tenho a menor dúvida de que ficarei até tarde limpando os estábulos enquanto ela provavelmente estará pintando as unhas ou se arrumando para dormir cedo. A vida é boa para alguns, né?

É claro que mandei os empreiteiros embora. Não queria que atrapalhassem. Eu não tinha tempo nem condições de lidar com qualquer questão que eles tivessem por causa de tudo que eu estava tentando resolver hoje. Foi só um dia.

Se Aurora trabalhasse num rancho, ela saberia disso.

Preciso apertar os lábios para evitar um sorrisinho sarcástico quando ela cruza os braços e levanta a cabeça na minha direção, tentando parecer ameaçadora. Só faz seu rosto ter ainda mais linhas de expressão.

Tem alguma coisa divertida nessa facilidade que tenho para irritá-la. Em quão rápido consigo arrastar nuvens de chuva para o seu céu azul e limpo, que sei muito bem que é como ela gosta de ser vista. Tipo quando eu a chamo de princesa. Fico pensando quanto mais eu posso provocá-la e o que, afinal, vai ser a gota d'água que a fará explodir.

Pode me chamar de imaturo, mas talvez essa seja a única coisa que torna minimamente suportável o fato de tê-la no rancho e precisar encarar o fim dos meus dias aqui.

Apertando mais o braço contra o peito, Aurora diz:

— Isso... É realmente isso que você pensa de mim?

Respiro fundo e percebo que Aurora observa meu peito subir e descer, depois volta o olhar para o meu rosto. Se fosse num outro dia — ou com alguma outra garota — eu pensaria que ela estava me secando, mas estou irritado demais.

— Acho que tem muito mais a se fazer neste rancho do que você imagina, querida. Não é só um laguinho para nadar ou uma varanda pra você se filmar se alongando. É o nosso ganha-pão.

Eu aponto para trás, tentando fazer parecer que isso não tem só a ver comigo, embora os outros rancheiros não estejam tão irritados com a venda desse lugar quanto eu.

A pele sardenta do nariz de Aurora se enruga.

— Bom, se é tão importante assim pra *você*, por que não o compra?

Preciso levar a mão ao rosto para impedir minha risada incrédula de sair tão alta. Se ao menos fosse assim tão simples — mas imagino que tudo na vida dela provavelmente seja.

— Porque, *princesa*, alguns de nós não têm um fundo fiduciário a que recorrer e ainda precisam cuidar de outras pessoas.

Aurora franze a testa e uma linha aparece entre suas sobrancelhas.

— Eu não tenho um fundo fiduciário. Nem sei o que é isso.

— Tudo bem. Você tem razão, o rancho é *seu*, você é a chefe. Vou me certificar de te informar cada um dos meus passos de agora em diante. — Ponho o chapéu de volta e aproveito a sombra que ele faz no meu rosto. Está muito quente hoje. — Agora vou subir na minha égua e checar se todas as vacas estão bem, pode ser?

Eu aguardo a resposta e junto as mãos de propósito. Com um olhar fuzilante, Aurora assente. Não espero nem um segundo e vou desamarrar Dusty. Monto nela e saio em disparada de volta para a estrada, onde encontrarei pessoas que de fato entendem como se administra um rancho.

— Está tentando causar um incêndio? — grito para Aurora e vou correndo na direção da varanda dos fundos, onde ela sacode um graveto em chamas.

Estou com os olhos fixos no movimento que ela faz e na fumaça que se dissipa quando enfim chego à escada. O conhecido cheiro de terra me atinge logo em seguida.

Com os cabelos ruivos balançando, Aurora dá um pulo de susto, o rosto lívido. Ela pisca os olhos arregalados para mim, como se estivesse cedo demais para já estar de pé, e faz um muxoxo, o rosto ficando mais tenso. Depois de um momento, ela levanta o queixo, como se tivesse levado um tempinho para criar coragem — o que é meio divertido. Então fecha a cara.

— O que *você* está fazendo aqui?

Bem, pelo menos dessa vez ela não está bancando a simpática. Acho que enterrei oficialmente a positividade da influenciadora de positividade. Foi mal, galera.

— O que *você* pensa que está fazendo pondo fogo em um graveto e o sacudindo por aí? — rebato, cruzando os braços e tentando desacelerar meu coração, que parece pronto para sair pela boca de tanta frustração com a proximidade daquela mulher.

Aurora aperta os olhos na minha direção.

— Se chama sálvia.

— Você deu um nome para o seu graveto? — provoco, sabendo bem o que é aquilo e que, mais uma vez, as redes sociais popularizaram uma prática indígena sem levar em conta sua origem.

Mas não quero entrar nesse assunto agora. Além do mais, já imagino que se eu mostrar algum conhecimento a respeito dessas práticas de bem-estar, ela vai começar a pular de felicidade. Não quero ter que lidar com isso.

Não consigo tirar o olho da ponta daquele bastão queimando, o modo como Aurora o segura de forma tão displicente com seus dedos delicados, como se não estivesse numa casa — um rancho inteiro, na verdade — praticamente toda feita de madeira. Pelo menos se ela transformar tudo em cinzas, não vai poder vender para aquelas empresas podres de ricas que andam farejando a propriedade. Talvez eu até ganhe um dinheiro do seguro se minha própria casa for destruída.

Aquela história de tudo tem um lado bom etc.

Aurora abre a boca para falar, mas então para, põe os dedos no peito e respira fundo. Será que estou sentindo um leve prazer por ela ter que se acalmar perto de mim? Bom, sem dúvida faz com que a distração que ela provoca no meu trabalho seja menos irritante. Eu tinha acabado de pisar em casa para cuidar de um machucado que fiz ao consertar a cerca, quando saí e vi a fumaça no ar.

— Não, não dei um nome. Isso aqui — diz ela, exibindo com a mão — é um bastão de incenso feito de ervas, no caso, sálvia. Ajuda a limpar a energia do espaço.

Ela olha para mim de cima a baixo duas vezes e abre um sorrisinho. Então sacode o bastão na minha direção algumas vezes.

— Só estou tentando tirar qualquer energia negativa *indesejada*.

Cerro os dentes, mas consigo responder:

— Eu devia ter usado isso antes de você aparecer — digo, revirando os olhos. Eles vão acabar paralisados nesta posição se ela ficar aqui por muito tempo.

— No entanto — diz Aurora, ignorando meu comentário e enfim colocando o bastão dentro de uma tigela para apagar. *Graças a Deus*. Quando ela olha de volta, uma das sobrancelhas está levantada. — Estou pensando se deveria passar por todo o rancho agora... Onde você andou trabalhando esta manhã?

Preciso fazer uma força enorme para relaxar o maxilar. Aurora está inflamada hoje, certamente por causa do que eu falei ontem. Não que eu fosse retirar o que disse — ainda mais por ter despertado esse novo e intrigante lado dela, que deixou de ser um raio de sol e foi direto para as chamas.

— Que seja. — Balanço a cabeça e suspiro. — Só não fica sacudindo esse negócio por aí. A última coisa que preciso é de um incêndio no meu rancho. Já tenho muita coisa para fazer hoje.

— Ah. — Aurora cruza os braços e se aproxima, a cabeça inclinada. Há chamas tremulando nos seus olhos castanhos. — É o *seu* rancho?

O que sai da minha garganta é quase um grunhido.

— Não vai ser de ninguém se você atear fogo em tudo.

Ela dá mais uma risadinha sarcástica, descruza os braços e sai de perto. Pega o telefone que estava no balanço e começa a olhar alguma coisa nele, como se de repente estivesse entediada com a minha presença.

Acho que é minha deixa para ir embora... mas parte de mim quer ficar mais um pouquinho, só para irritá-la. Eu não gosto muito disso em mim, mas também não gosto muito de tê-la aqui. E, como esperado, ela olha de cara fechada para mim, os olhos semicerrados na minha direção enquanto sustento seu olhar, o que me dá uma imensa satisfação.

No fim das contas, Aurora dá uma bufada e guarda o celular no bolso de trás do short jeans que está vestindo. Um short incrivelmente *curto*, aliás, que mostra cada centímetro de suas pernas torneadas...

Não que isso me afete. Ainda que eu leve um segundo a mais do que eu gostaria de admitir para desviar o olhar.

— Fica tranquilo — diz ela, caminhando em direção à porta dos fundos. — Não estou planejando defumar mais nenhum outro lugar. Só queria dar uma limpada na casa antes do cara da Crestland chegar aqui.

Uma sirene começa a tocar na minha cabeça na mesma hora.

— Não! — Sem pensar muito eu basicamente dou um pulo na frente de Aurora com o braço esticado para segurar a porta. Mas eu acabo tocando nela e, antes que me dê conta, estou segurando seu braço.

Chocada, Aurora olha boquiaberta para o ponto onde estou segurando seu antebraço, que parece muito pequeno em contraste com a minha mão. A pele dela se arrepia, assim como a do meu próprio braço, e o calor de seu corpo faz a palma da minha mão formigar... como se fosse um aviso de que essa garota pode me queimar.

Mas ela não se desvencilha de mim. Fica só olhando.

Assim como eu, observando o ponto onde a estou segurando.

Porque nunca imaginei um dia segurá-la.

E tampouco queria saber como seria a sensação...

De repente, percebo a respiração profunda dela, o peito subindo e descendo, e me dou conta do que acabei de fazer.

— Merda, desculpa — digo, enfim tirando a mão. Recuo um pouco para criar uma distância confortável entre nós. — Eu não, hum, costumo segurar mulheres assim. — *E nem ficar paralisado ao tocá-las...*

— Eu espero que não.

Aurora dá uma quase risada, o sotaque britânico mais forte do que nunca ao falar. Mas seus olhos estão tão arregalados que parecem prestes a saltar do rosto. Tanto que, pela primeira vez, percebo que sua íris é uma mistura de diferentes tons de castanho, alguns mais puxados para o mel, outros para o marrom...

— O que foi isso?

— Eu... — Solto um grunhido, tiro o chapéu e passo a mão no cabelo.

Eu entrei em pânico, foi isso que aconteceu. Estou muito à flor da pele — mais do que jamais estive na vida —, porque não sei quando meu tempo no rancho vai terminar. E tampouco sei como impedir que minha liberdade seja tirada de mim. E as últimas pessoas que queria que fossem responsáveis por isso são os malditos donos da Crestland.

Posso conviver com a presença de Aurora pelas próximas sei lá quantas semanas que ela está planejando ficar. Mas viver em Willow Ridge sabendo que uma empresa como a Crestland deixou sua marca aqui, isso não sei se vou aguentar.

Com as mãos agora apoiadas firmes no quadril, Aurora me olha, decidida. Ela comprime os lábios, esperando uma resposta.

Solto um suspiro e devolvo o chapéu à minha cabeça.

— Por favor, não venda o rancho para a Crestland.

— Ah. — Aurora pisca os olhos e sua expressão fica mais suave. — Por quê?

— Porque eles não passam de uma corporação imensa que não dá a mínima para o que este lugar representa para as pessoas, nem para o que a pecuária representa para nossa cidade. — Eu não me seguro e levanto as sobrancelhas para ela, como se dissesse "mais ou menos como alguém que eu conheço". Ela mal revira os olhos. — Conheço um rancho numa cidade vizinha... A Crestland o comprou e prometeu que continuaria tocando o negócio para a comunidade, mas depois destruiu tudo. Construíram uma merda de um shopping no lugar. Não precisamos que isso aconteça aqui.

Não gosto de expor todos os meus medos assim tão abertamente para ela, ainda mais quando vejo em seus olhos algo que se parece com pena. Cerro os punhos na lateral do corpo.

— E se você soubesse alguma coisa sobre este lugar, se entendesse no que se meteu, você compreenderia.

Essa frase a faz semicerrar os olhos e balançar a cabeça.

— Hum, você não pode ficar com raiva de mim por não saber disso. Você podia ter me explicado, mas preferiu jogar uma pasta no meu colo e picar a mula.

Empurro a parte de dentro da bochecha com a língua.

Aurora respira fundo.

— Às vezes uma mudança pode ser boa — diz ela, mas é quase um murmúrio, como se estivesse tentando convencer a si mesma.

— Eu duvido.

Preciso voltar para o campo. E também para o lombo de Dusty, considerando quão tenso fiquei desde que segurei o braço de Aurora. Estou perdendo tempo aqui com ela, achando que ela vai dar a mínima para o futuro do Rancho do Pôr do Sol agora que Grace se foi.

— Se precisa mesmo vender o rancho, só... tenta pelo menos escolher alguém que se importe, está bem?

Aurora aperta os lábios, faz que sim e abre a porta dos fundos.

Eu me viro para ir embora e...

— Wyatt — chama Aurora, olhando para trás e com uma gentileza um tanto assustadora no modo como pronuncia meu nome. Encaro seus olhos castanhos. — Vou cancelar a reunião com a Crestland.

Sinto uma onda imensa de alívio me invadir. Faço que sim para ela e me viro para a escada sem olhar para trás. Embora eu sinta as primeiras flores de esperança brotando em meu peito, sei muito bem que, seja lá o que o futuro reserva, elas estão a poucos passos de serem pisoteadas e esmagadas.

5.
Aurora

— Ah, fala de novo — murmura June, a senhorinha simpática que fica atrás do balcão do brechó de Willow Ridge, o Nifty Thrifty.

Para a sorte dela, ainda estou eufórica depois de ter tomado coragem de ir com a velha caminhonete da tia Grace até a cidade, apesar de já não dirigir do lado oposto da estrada há sete anos. Então eu obedeço com prazer.

— Sou de Londres.

Sim, isso é literalmente o que ela queria que eu repetisse, mas pelo visto soa como música para seus ouvidos, porque ela tem um sobressalto de alegria e bate palmas. Exatamente do mesmo jeito que fez quando comecei a falar.

Sem dúvida, é muito melhor do que os olhares que recebi dos moradores ao estacionar a caminhonete e começar a andar pela rua principal. Tia Grace sempre dizia que Willow Ridge demorou um tempinho para se acostumar quando ela se mudou para cá — um sintoma de ser uma cidade do interior, eu acho.

— Ah! — exclama June com um sorriso largo ao vasculhar as bolsas cheias de coisas da tia Grace que eu juntei no início da semana.

No entanto, agora que estou dando uma boa olhada no brechó, tenho quase certeza de que minha tia-avó comprava a maioria de suas roupas aqui, então provavelmente só as estou devolvendo. Tem mantas e tapetes bem espalhafatosos nesta loja que, tenho certeza, ela ia adorar.

— Eu adoro o sotaque britânico, sabe? Eu me lembro de quando Grace se mudou pra cá... A gente não se cansava do sotaque dela. Os homens, principalmente, amavam. — June levanta as sobrancelhas na minha direção. — Tenho certeza que você vai atraí-los logo, logo.

Preciso forçar o sorriso dessa vez, ciente de que ela não se deu conta de que, em primeiro lugar, a tia Grace tinha quarenta e poucos anos quando veio para cá, então, a não ser que eu esteja interessada num coroa, acho que não vou atrair os mesmos homens que ela. E, em segundo, estou passando por uma depressão pós-término, o que significa que conhecer alguém é a última coisa que passa pela minha cabeça.

O que de fato passa pela minha cabeça neste momento é que só tenho uma postagem agendada para as redes sociais e preciso voltar a produzir conteúdo. Mais uma postagem para manter essa fachada de mulher feliz e autoconfiante que sempre aleguei ser. E a maior ironia de todas é que é um texto que fiz um tempão atrás sobre técnicas para atrair o parceiro perfeito. Acho que preciso reler esse texto. Claramente não fiz um bom trabalho da última vez.

Foi isso que me obrigou a enfim me aventurar na cidade de Willow Ridge hoje: resolver umas coisas na esperança de me distrair e, quem sabe, encontrar inspiração num... brechó?

Para falar a verdade, eu queria ter vindo à cidade antes. Não consegui evitar uma risada enquanto dirigia pelas ruas e percebia que Willow Ridge não havia mudado nadinha desde a última vez que estive aqui. As lojinhas locais continuam se estendendo ao longo das ruas; alguns prédios são de tijolos vermelhos, enquanto outros têm fachadas e toldos com painéis de madeira em diversas cores. Os postes de ferro preto se espalham pelas calçadas, e o café favorito da tia Grace, o Sitting Pretty, ainda está lá na esquina da rua principal, suas paredes cor de menta agora um tanto desbotadas. Mas não tive coragem de parar e tomar uma vitamina; o peito pesou com as memórias das nossas tardes de verão sentadas ali fora.

Quem sabe em uma próxima ocasião. Um passo de cada vez, certo?

— Tudo parece ótimo, senhorita Rory. Pode deixar que vamos arranjar um bom lugar para as coisas da sua tia-avó. — June coloca a bolsa ao lado das outras que eu trouxe. — Espero que aproveite seu tempo aqui! Tenho certeza que o neto do senhor Hensley está cuidando bem de você.

Sou obrigada a reprimir uma gargalhada. Como é que Wyatt consegue dar um jeito de me irritar mesmo sem estar por perto?

— Ah. — Mais um sorriso forçado. — De fato.

— Aproveite seu dia, querida. — June acena para mim enquanto saio da loja, o sininho tocando em cima da porta.

Passo a mão no peito e sinto uma sensação estranha ao perceber que me desfiz dos primeiros pertences da tia Grace. A certa altura, vai ser o rancho inteiro e... bem, quando eu chegar lá, eu começo a pensar.

Nesse momento, preciso ir atrás de comida — as compras que Wyatt fez para mim quando cheguei duraram até mais do que eu imaginava, mas agora só restam migalhas, e estou morrendo de saudade da minha granola caseira. Minhas esperanças de que o mercadinho de Willow Ridge atenda minhas preferências gastronômicas são bem poucas, mas vou dar um jeito de sobreviver até ganhar confiança o suficiente para dirigir até algum lugar mais longe, com mais opções.

Além do mais, passar a tarde fazendo compras numa cidadezinha pitoresca com montanhas como pano de fundo e o brilho dourado do sol não é exatamente a pior coisa do mundo. Na verdade, perambulando pela rua principal, eu me permito romantizar um pouquinho esse momento. Fecho os olhos e sinto o calor do sol no rosto, ouço as conversas quando passo pelas lojas, além do zunido baixo dos caminhões que passam e...

De repente eu esbarro em algo.

Dois braços grandes e quentinhos envolvem minha cintura. Abro os olhos e vejo um peitoral largo sob uma camisa xadrez, com alguns botões abertos revelando uma pele marrom-clara e pelos escuros no peito. Um cheiro forte de couro e madeira me envolve, e eu inspiro com vontade, saboreando uma certa familiaridade naquilo. Por um segundo, considero relaxar e apreciar a vista.

Até que ele abre a boca.

— Está tudo bem aí, querida... Ah, é você.

Wyatt inclina a cabeça para trás, as sobrancelhas franzidas ao olhar bem para o meu rosto. Seu chapéu de caubói bloqueia o sol e faz sombra em suas feições marcantes e misteriosas, de modo que não consigo me decidir se quero sair correndo ou chegar mais perto.

Mas então me dou conta, perplexa, de que ele ainda está com aquelas mãos enormes espalmadas nas minhas costelas. Sua pegada é gentil, mas firme, como se ele pudesse me segurar facilmente caso eu caísse.

Eu me remexo um pouco sob suas mãos.

— Desculpa, eu...

Na mesma hora ele recua e me solta. Algo parecido com aversão aparece em sua expressão, acompanhado de um balanço sutil de cabeça. Ele demora um pouquinho mais do que o normal para também parar de me encarar e voltar à carranca de sempre.

— De onde você saiu? — Eu dou uma risada fraca, tentando sustentar um sorriso enquanto olho para a esquina de onde Wyatt brotou.

Pensei que ele ainda estivesse no rancho. Vai ver June o invocou de alguma maneira ao dizer seu nome... "Falando nele", essas coisas.

— Você precisa olhar para onde anda.

Isso é tudo que ele diz, os braços agora cruzados, escondendo aquele peitoral de mim. Sem disposição para conversinhas. Eu já devia ter aprendido a essa altura. Se nossa interação for igual às últimas vezes, ele já, já vai começar a revirar os olhos e suspirar.

Talvez eu devesse escrever um livro sobre como irritar um caubói, porque de alguma maneira eu tenho um talento natural para isso. Posso até transformar num tipo de experimento científico — tentar fazer uma série de práticas de bem-estar na frente dele para ver qual vai deixá-lo mais irado. Ah, eu aposto que ele iria *adorar* a lei da atração. Sem dúvida ainda tenho meus antigos livros da faculdade de psicologia. Infelizmente, não acho que essa seja a ideia que minha editora e minha agente estão esperando.

— Uau, obrigada pelo conselho — digo, com um sorriso meloso, alisando os vincos do meu vestidinho branco bordado. — Vou postar essa frase no Instagram mais tarde. Tão inspiradora.

Wyatt praticamente bufa, os braços tensos contra o peito, quase fazendo explodir as mangas dobradas da camisa. Dou uma olhada de novo para sua tatuagem de montanhas. Não é muito diferente das que se vê no fundo de Willow Ridge.

— Você é uma influenciadora de positividade tão *positiva*, né?

Minha respiração seguinte é bem mais longa que o necessário — e isso o atinge de um jeito que eu nem imaginava. Ele me observa, a boca se contorcendo num sorrisinho e os olhos arregalados, esperando minha resposta. Minha retaliação. Mas o que aquele homem quer que eu diga?

Posso conhecê-lo há apenas poucos dias, mas já dá para dizer que a última coisa que ele quer ouvir agora sou eu despejando meus pensamentos caóticos e minha falta de autoconfiança.

Até eu já estou ficando de saco cheio disso.

Então, eu respondo:

— Pensei que você tinha dito que não costumava segurar mulheres aleatoriamente assim.

Ele toca a parte de dentro da bochecha com a língua. Mas então dá de ombros, como se desdenhasse do meu comentário.

— Também não costumo lidar com princesinhas irritantes invadindo meu território, mas os tempos mudaram.

Território dele? Estou quase esperando que ele saque duas pistolas do coldre e comece a dizer coisas do tipo *Essa cidade é pequena demais pra nós dois*. Meu Deus, dai-me paciência. Talvez a presença de Wyatt seja o universo me dizendo para arregaçar as mangas e resolver logo a situação do rancho.

Respiro fundo para me acalmar, confiro o relógio e me dou conta de que, se quiser ligar para alguém em casa — quem sabe minha meia-irmã mais velha, Sophie, se ela não estiver de plantão noturno —, vou precisar acelerar essas compras.

— Bom, vejo você por aí.

Saio sem acenar nem sorrir. Só quero atravessar a rua para o mais longe possível dele. Dou uma olhada para checar se vem algum carro, piso na rua e...

— Aurora!

Meu corpo inteiro é puxado para trás num solavanco, envolto novamente nos mesmos braços grandes do minuto anterior. Mas dessa vez estou ainda mais imprensada contra o peito de Wyatt, cambaleando na direção dele a ponto de nós dois tropeçarmos. A força de suas pernas nos impede de nos estabacarmos no chão. Quero acreditar que o jeito que meus dedos agarram sua camisa, como se minha vida dependesse disso, também o ajudaram a se manter de pé, mas é só porque não consigo parar de tremer.

Alguém grita do meio da rua, um ronco de motor de caminhão sai a toda e finalmente entendo o que acabou de acontecer. Mas eu mal consigo ouvir alguma coisa além do meu coração disparado. E do coração disparado de Wyatt, atrás de seu peitoral firme onde minha mão está pousada agora, sentindo cada um de seus músculos — músculos firmes e tensos, exatamente como imaginei que seriam quando o vi cortando madeira ontem, sem camisa, para a fogueira que ele acendeu à noite. No mesmo dia que me deu uma bronca por supostamente quase incendiar o rancho.

Não me permiti olhar muito para ele, apenas vi de relance algumas outras tatuagens pelo corpo, mas seus amplos músculos eram muito aparentes e era impossível não admirar, cheios de suor...

— Meu Deus, Aurora — diz Wyatt, em tom de bronca.

Quando me viro para ele desta vez, seu olhar está perturbado — as pupilas tão dilatadas que só vejo o preto dos olhos. Brilhavam com o mesmo desespero que reparei ontem, quando ele tentou me impedir de encontrar com o pessoal da Crestland. Mesmo que suas feições frias e fechadas tentassem esconder como ele se sentia, dava para ver. E sentir também, em seu toque.

Reconheci aquele mesmo desespero no meu rosto muitas vezes, enquanto implorava a meu reflexo no espelho para encontrar um jeito de voltar aos trilhos. Para conseguir escrever e voltar a ser a velha Rory Jones.

Wyatt passeia os olhos pelo meu rosto, depois rapidamente pelo corpo, onde param por alguns segundos, e voltam para cima. Sinto a estática de seus dedos em meus braços, onde ele me segura com um pouco mais de força que da última vez.

— Eu *acabei* de dizer pra você olhar por onde anda.

— Eu... olhei. Eu conferi...

— O lado errado — interrompe ele, a voz grave e um pouco alta demais. Impossível não reparar nas pessoas diminuindo o passo ao passarem por ali. Parece que vou ser o assunto da cidade hoje. — Você não está mais na Inglaterra, princesa. Podia ter se machucado pra valer.

Não que eu acredite que Wyatt fosse gostar de ver alguém sendo atropelado, mas estou levemente chocada com sua preocupação pela minha quase-morte. A não ser que ele quisesse estar atrás do volante, e eu estivesse prestes a tirar essa oportunidade dele...

Mas a ferocidade com que ele ainda olha para mim, a respiração ofegante, como se estivesse com tanto medo quanto eu, me diz outra coisa. É meio avassalador tentar compreender essa mudança repentina de comportamento e o modo como meu corpo vai se derretendo na estabilidade dos seus braços. O cheiro de Wyatt me envolve de novo, e é esmagador, mas ao mesmo tempo me ancora naquele lugar — uma lembrança do rancho, de um lugar seguro. Inspiro profundamente duas vezes para me recompor.

A única coisa que consigo dizer é:

— Você podia ter me deixado ser atropelada e depois falsificado meu testamento e dito que deixei o rancho pra você, sabia?

Wyatt ri. Ele ri *de verdade*. Não é uma risada sarcástica nem aquela bufada de frustração com as quais ele normalmente me responde, mas uma gargalhada sincera. Meu corpo inteiro se agita junto com ele, ainda em seus braços, e seus músculos me apertam mais forte. Um calor se espalha pela minha barriga.

— É verdade — diz ele, como se considerasse a ideia, os lábios ainda curvados num sorriso. — Mas aí não ia mais me divertir irritando você todo dia.

E agora sou eu que estou rindo, meus ombros sacudindo sob as mãos dele, esfregando minha pele exposta. É uma sensação que eu não me incomodaria de ter novamente.

Ele arregala os olhos. Então enfim olha para baixo, para o ponto onde está me segurando de novo. Um músculo treme de leve em seu queixo, e dessa vez ele tira as mãos de mim devagar, os dedos roçando suavemente os meus braços, deixando um rastro de arrepios — junto com uma sensação estranha de frio e vazio, agora que já não estou mais envolta por seu calor.

Wyatt vira a cabeça e olha para todos os cantos, menos para mim — a calçada parece superinteressante neste momento.

— Por favor, me diga que você não veio dirigindo?

Eu aperto os lábios.

— Talvez eu tenha vindo.

Ele esfrega o rosto com a mão.

— Precisa ir me seguindo de volta pra casa? Não estou mesmo a fim de receber uma ligação da polícia mais tarde porque você causou um engavetamento de sete carros por dirigir do lado errado da estrada.

Quero rir de novo, mas sinto uma pontada dentro de mim quando ele diz *casa*. Não sei exatamente o que é esse peso no meu peito, esse aperto. Talvez seja porque, quando ele disse essa palavra, não foi Londres que me veio à mente. Não tenho vontade de corrigi-lo e dizer que o rancho, na verdade, não é a minha casa. Não, é mais uma sensação de que a palavra parece... apropriada.

Olho para a rua principal, tentando me distrair desse sentimento. Desse rancheiro que está diante de mim e me lembra que, por mais que eu queira chamar aquele lugar de casa, ali não é o meu lugar.

Então, em vez disso, abro um sorriso de leve e vejo quando a expressão reluzente no rosto de Wyatt volta à sobriedade de sempre. Já estou caminhando para longe quando respondo:

— Não, tudo certo. Vou tentar ficar longe do seu caminho de agora em diante.

6.
Wyatt

— Uau, ela é gata! — exclama Cherry, minha irmã mais nova, enquanto abotoo a camisa e saio do quarto para encontrá-la deitada no sofá, olhando o celular.

Faz dois minutos que ela chegou e já está se sentindo em casa. Mas não posso dizer que não adoro tê-la de volta em Willow Ridge depois que ela foi embora para fazer faculdade, dois anos atrás.

— Quem? — pergunto, sentando na beira do sofá.

Cherry se vira para mim, os longos cabelos pretos caindo sobre os ombros. Ela segura o telefone diante do meu rosto, onde uma foto de Aurora em uma posição de ioga ocupa toda a tela. Está com aquele conjuntinho verde com pedaços de tecido transparente que mostram a tatuagem no esterno.

— Sua nova chefe. Tem mais, olha.

Ela continua rolando a tela do que parece ser o Instagram de Aurora e me mostra inúmeras fotos de vitaminas, roupas de academia, selfies e as frases positivas mais ridículas do mundo, tudo publicado pelo usuário *roryjbemestar* para suas centenas de milhares de seguidores. O perfil inteiro é tão radiante e animado que me deixa desconfortável.

— Como foi que você achou isso? — pergunto.

Ela senta e dá de ombros.

— Só joguei o nome dela e "influenciadora de bem-estar" no Google, e *voilà*! A internet é bem útil. Você devia tentar usar de vez em quando, homem das cavernas.

Reviro os olhos e dou um empurrãozinho nela.

— Que seja. Eu devia avisar a ela que vou voltar tarde hoje, caso ela quebre a unha e não encontre ninguém para ajudar.

— Wyatt! — Cherry faz um muxoxo e levanta as sobrancelhas, o que lhe deixa assustadoramente parecida com a nossa mãe, quando ela me dava uma bronca. Eu desdenho e me levanto, e minha irmã se levanta atrás de mim. — Espero que você esteja sendo legal com ela.

Evito encará-la e solto um longo resmungo, deixando claro que não quero tocar nesse assunto. Só quero entrar no carro, ir até o bar do Duke e ficar bêbado com minha irmã e meus amigos. Passei o dia inteiro ansioso por uma cerveja gelada.

— Eu fui *legalzinho* — murmuro, ao pegar a jaqueta jeans no gancho atrás da porta.

— Que surpresa — retruca Cherry, sarcástica, enquanto usa a tela do telefone como espelho para retocar o batom vermelho-escuro. — Você devia pegar leve com ela, sabe. Ela acabou de perder uma pessoa da família. Além do mais, o Instagram tem um monte de fotos dela com um cara *bem* sarado, e aí do nada ele desaparece, então imagino que também tenha passado por um término. A última coisa que ela precisa agora é lidar com seu mau humor.

Cruzo os braços e olho para Cherry, sem querer admitir que provavelmente ela tem razão. Pode ser que eu não tenha levado em conta o impacto que a morte de Grace teve em Aurora. Eu estava mais preocupado com o impacto que a morte de Grace causou em mim.

Caramba, quando foi que minha irmã mais nova ficou tão sábia? Às vezes ainda acho que ela é aquela menina de oito anos, implorando para eu brincar com ela e aquela quantidade absurda de Meu Querido Pônei, e não essa linda mulher crescida de vinte anos, que provavelmente está partindo corações a torto e a direito na faculdade.

— Então vai lá logo avisar a ela pra gente poder sair — ordena Cherry, fazendo um sinal com a mão para eu abrir a porta.

Vou caminhando pela estrada e, ao chegar perto do casarão, começo a ouvir música. Não está muito alta, mas logo percebo que é "How to Save a Life", do The Fray, uma música de cortar o coração.

Então eu vejo Aurora — sentada no balanço enrolada num cobertor, os joelhos encostados no peito, olhando para a frente com lágrimas caindo nas bochechas avermelhadas e sardentas. Aquela cena me fez hesitar.

Merda. Eu nunca a vi assim antes. Parece tão… *pequena*.

Sempre pensei nela como uma princesa radiante demais, falastrona, nem aí para o que vai acontecer com o rancho. Mas, neste momento, parece que ela vai quebrar em mil pedacinhos se alguém sequer a tocar.

Talvez Cherry tenha razão e as coisas estejam sendo bem pesadas pra ela.

Sinto uma ânsia assustadora de pegá-la nos braços e envolvê-la até que caia no sono. Uma ânsia que eu *não* esperava sentir em relação a *ela*. Mas ter uma irmã mais nova sempre me fez ter esse lado mais sensível, apesar de tudo que faço para escondê-lo. Se fosse Cherry chorando, eu faria tudo pra que ela se sentisse melhor. E Aurora pode ser a irmã mais nova de alguém que não está aqui para lhe oferecer um ombro amigo.

Aurora obviamente não me viu chegar, então soluça alto mais uma vez, o que me faz entrar em ação e subir as escadas. Não que eu tenha a menor ideia do que fazer para ajudar.

— Ei, você está bem? — pergunto. *Claro que ela não está bem, Wyatt, ela está chorando de soluçar.*

Aurora dá um pulo ao ouvir minha voz e imediatamente seca o rosto e o nariz com a manga do casaco rosa.

— Merda, desculpa.

Ela põe o cabelo atrás da orelha uma quantidade desnecessária de vezes e faz um esforço para descer do balanço. Eu o seguro para deixá-lo parado.

— Por que está pedindo desculpa?

— Por você estar sendo obrigado a me ver chorando.

— Eu sou um homem adulto — digo, dando de ombros e rindo um pouquinho, o que provoca um breve sorriso nela. — Quer dizer, até pode ser que qualquer demonstração de emoção me deixe extremamente desconfortável, mas sei lidar com isso.

Agora ela ri de verdade e finge revirar os olhos.

A onda de dopamina que sinto ao fazê-la rir é meio desconcertante. Achei que gostava de irritá-la, mas não imaginei que fosse gostar do contrário também.

Eu devia perguntar se ela quer conversar a respeito — é o que Cherry me diria para fazer —, mas não sei se ela está a fim de falar, ainda mais *comigo*. Não fui exatamente a pessoa mais amigável do mundo desde que ela chegou, o que Cherry deixou bem claro. Além do mais, Aurora está olhando para mim, esfregando o braço com a mão, num silêncio um tanto constrangedor.

Talvez ela queira que eu vá embora.

Mas ao mesmo tempo sinto que não posso deixá-la sozinha agora.

— Hã, eu estava indo com a minha irmã pro bar do Duke, que é meu melhor amigo, encontrar o pessoal. Quer vir? Conhecer uns moradores? Podemos apostar quantas vezes alguém vai pirar com seu sotaque. — Abro um sorrisinho e arqueio as sobrancelhas sugestivamente.

Para dizer a verdade, Aurora parece meio chocada, os olhos arregalados e vermelhos, provavelmente porque é a primeira vez que abro um sorriso de verdade pra ela. Ela mordisca a unha do polegar e olha pro chão, como se estivesse refletindo.

— Hum, tudo bem. Acho que seria legal. — Aurora abre um leve sorriso. — Apesar que... espera aí. Não é um daqueles bares onde as pessoas dançam, é? Porque o único estilo de dança country que conheço é o "Hoedown Throwdown".

— Hoedown o quê? — pergunto, com uma careta.

Aurora arregala os olhos, incrédula.

— Você sabe... a dança do filme da Hannah Montana?

— Por que eu saberia...? Deixa pra lá. — Balanço a cabeça e passo a mão no rosto. Quando olho pra ela, Aurora está mordendo o lábio e escondendo um sorriso. — Fica tranquila, é um bar normal.

— Beleza, ótimo. Hum, preciso de um tempinho para me vestir.

— Claro. Minha irmã vai levar a gente de carro, então aparece lá em casa quando estiver pronta.

Aurora aparece exatamente quinze minutos depois. Para ser honesto, eu achei que ia tomar um chá de cadeira. E graças a Deus por isso, porque Cherry passou o tempo inteiro mergulhada no Instagram de Aurora, mostrando as fotos e lendo legendas filosóficas que me deram vontade de vomitar. A essa altura também já ouvi umas dez resenhas do livro que, eu jamais imaginaria, ela escreveu. É bem impressionante, na verdade.

Cherry se levanta correndo do sofá antes de mim e abre a porta com um "Oi!" bem agudo.

— Ah, oi — responde Aurora, meio tímida, pondo o cabelo para trás da orelha.

Caramba, ela está bem bonita.

Ao me levantar, não consigo evitar olhá-la de cima a baixo. Os cabelos ruivos estão soltos, reluzindo sob os últimos raios de sol. Uma saia jeans curtinha com a borda desfiada mostra suas pernas torneadas, e o top branco em formato de espartilho realça os seios pequenos, deixando claro que eles caberiam perfeitamente em uma única mão. Também usa uma camisa xadrez *oversized*, com um dos ombros caídos, as sardas aparecendo na pele exposta.

Completando o visual, botas de caubói vermelhas, que garanto que não são dela. Na verdade, posso jurar que já vi Grace as usando. Apesar disso, estou impressionado ao ver como o estilo country combina com Aurora. Como, de repente, ela parece fazer parte do rancho.

Como se o rancho estivesse destinado a ser dela.

Aurora levanta os braços e balança os quadris.

— Como é que Shania Twain dizia? Camisa masculina e saia curta, certo?

É aí que percebo que a estou secando, a boca meio aberta. Tenho que chacoalhar a cabeça para sair daquele transe.

— Você está incrível — diz Cherry, e então abraça Aurora, demonstrando um lado simpático que não estou tão acostumado a ver.

Em geral, minha irmã está ou me provocando, ou me batendo, a mesma coisa com Hunter, nosso outro irmão, e com meus amigos. Para falar a verdade, ela provavelmente está feliz por enfim ter uma companhia feminina, pra variar.

— Eu me chamo Cherry, sou irmã mais nova do Wyatt.

— Não, *você* é que está incrível! — exclama Aurora, olhando para o colete preto e a calça jeans de Cherry. — Eu sou a Rory, muito prazer. Nossa, vocês dois são muito parecidos.

— Ai, credo, não diga isso. Não quero parecer um homem das cavernas. — Cherry faz um gesto de enfiar o dedo na garganta e fingir um vômito, e eu fecho a cara.

É a segunda vez que ela me chama de homem das cavernas hoje, e começo a me perguntar se preciso repensar como ando me comportando.

Mas Aurora ri com a mão apoiada no braço de Cherry, como se já fossem melhores amigas. Primeiro o rancho, agora minha irmã… Não sei muito bem como me sinto ao deixar Aurora ter acesso a essa outra parte da minha vida. Em relação ao rancho, não tenho escolha. Mas minha família? Meus amigos? São partes de mim que posso impedir seu brilho radiante de tocar.

Será que estou brincando com o perigo ao abrir essas portas pra Aurora? Principalmente agora que estou tendo dificuldade de tirar os olhos dela.

— Bora? — pergunta Cherry, uma sobrancelha levantada na minha direção, a mão no quadril, sacudindo as chaves.

Pigarreio e assinto, acenando pra Cherry abrir essa brecha. Ela mostra a Aurora onde está seu carro, que, apesar de ter andado por essas estradas empoeiradas, está sempre um brinco.

Eu me viro para trancar a porta, imaginando que Cherry também está indo na direção do carro, quando de repente ela para atrás de mim e sussurra no meu ouvido:

— Fico feliz que você concorde que ela é gata.

Confiro a porta, me viro pra ela e me esforço para assumir uma expressão neutra.

— Eu nunca disse isso.

Ela abre um sorrisinho.

— É, mas seu rosto disse.

7.
Aurora

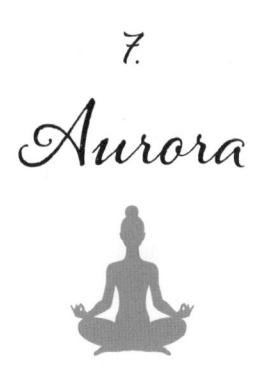

— Eu não vou ouvir isso nem morto — resmunga Wyatt quando a música seguinte da playlist de Cherry começa a tocar, com um solo de guitarra bem lento. Então um cara com um sotaque forte do interior canta sobre os olhos de uma garota, e a música vai se encorpando.

— Por que não? — reclama Cherry, mas, como está atrás do volante, acaba não conseguindo impedir que Wyatt vá passando as músicas. — É uma das mais legaizinhas dele.

— Não sei como você ainda atura ouvir isso.

Nunca imaginei que passaria minha noite de sexta assim — sentada no banco de trás de um carro com Wyatt e a irmã mais nova, a caminho de um bar, enquanto eles se bicam por causa de gosto musical.

Mas, pensando bem, um mês atrás eu nunca imaginaria que estaria no Colorado cuidando das burocracias para vender o Rancho do Pôr do Sol. Solteira e sem inspiração.

O universo às vezes gosta de pregar uma peça na gente, né? E, por algum motivo, ele pensou que eu precisava disso. Isso vai me ajudar a crescer de algum jeito, e estou ansiosa para conhecer a versão de mim que está me esperando lá do outro lado.

Eu estava decidida a ficar cutucando minhas feridas e ouvir minha playlist de músicas deprês na varanda dos fundos até cansar, depois tomar um banho na banheira e ir para a cama. Quer dizer, o que mais eu podia fazer? Não conheço ninguém em Willow Ridge e ainda me resta um mínimo de dignidade para não ir sofrer no bar sozinha.

Mas parecia que o universo tinha outros planos para mim nesse caso também.

Planos na forma de um convite estranhamente gentil de Wyatt, que até então parecia me desprezar de graça.

Não posso negar que é uma sensação boa me arrumar para sair, ainda que eu esteja me perguntando se exagerei um pouco no estilo country. Não consegui interpretar muito bem o modo como Wyatt me olhou de cima a baixo. Mas pôr as botas vermelhas e a camisa antiga da tia Grace me deu a sensação de lhe fazer uma espécie de homenagem, como se eu estivesse levando parte dela comigo até a cidade.

Também é uma sensação boa fazer uma coisa diferente e conhecer gente nova. Deus sabe quanto estou me sentindo sozinha aqui, e estar com outras pessoas sempre me anima.

Cherry não parou de falar o caminho inteiro, me enchendo de perguntas sobre a vida na Inglaterra e admitindo que me stalkeou no Instagram. Também descobri que ela está na metade da faculdade de design de interiores, o que parece incrível. Ela é tão fofa e animada — *muito* diferente de Wyatt — que me lembra um pouco Sofia, e na mesma hora o buraco solitário no meu peito começa a ser preenchido.

Eu me inclino para a frente a fim de dar uma olhada no celular e pergunto:

— Quem é o cantor?

— Nosso irmão — respondem os dois em uníssono, embora os tons de voz sejam bem diferentes.

— Estão brincando... O irmão de vocês é famoso?

— Não — resmunga Wyatt, que enfim escolhe uma música e larga o telefone.

— Na verdade, é — corrige Cherry, sorrindo para mim pelo retrovisor com o batom vermelho-escuro. — Ele se chama Hunter Hensley.

Eu não estava errada quando falei que ela e Wyatt se pareciam — Cherry tem o mesmo tom de pele marrom-claro e olhos bem escuros, embora os dela transmitam uma sensação de acolhimento, diferente da dureza dos olhos de Wyatt. Suas feições angulosas e seus lábios grossos são emoldurados por cabelos pretos longos, repicados. Imagino que Hunter seja uma mistura dos dois.

— Ele é um cantor country — explica Cherry, cheia de orgulho. — Supertalentoso. Assinou um contrato muito bom com uma gravadora uns anos atrás e se mudou para Nashville. O resto é história.

— Que incrível!

Olho pela janela quando finalmente chegamos à cidade. As luzinhas penduradas nos fios entre os postes estão acesas agora, como se fossem fileiras de estrelas. Este lugar às vezes realmente parece saído de um livro bem fofinho. Passamos pelo Ruby's Diner, onde costumavam servir os melhores hambúrgueres.

Wyatt faz um som de deboche.

— Ah, claro, é ótimo não poder dar uma volta na cidade sem alguém te encher o saco para pedir o autógrafo dele. — Ele se vira para mim, um leve sorriso nos lábios e uma covinha quase imperceptível em meio à barba por fazer. — Uma vez, uma garota perguntou se eu tinha uma cueca velha do meu irmão. Tipo, sério?

Solto uma risada, o que faz Wyatt levantar as sobrancelhas. Ele passeia os olhos escuros pelo meu rosto, como se estivesse contando minhas sardas, depois pigarreia e vira para a frente de novo.

Ainda estou abismada que ele esteja me tolerando todo esse tempo. Sem me provocar. Não sei muito bem se gosto disso.

— Se quiser ir num show, podemos conseguir ingressos — acrescenta Cherry, muito gentil.

Mas eu vou embora logo, logo, então apenas abro um sorriso em agradecimento, sem aceitar a oferta. Melhor não me comprometer com nada aqui.

Alguns minutos depois, estacionamos ao lado da calçada e Wyatt sai para abrir a porta para mim. Ele me olha de um jeito estranho quando hesito, porque estou chocada que ele de repente esteja sendo *legal*. Esse é o mesmo cara que me chamou de arrogante outro dia?

Ainda assim, desço do carro, agradeço a ele e observo o bar diante de nós, admirando os painéis de madeira preta. Reconheço o lugar, mas acho que nunca entrei ali.

— Espera aí, seu amigo pôs o próprio nome no bar? — pergunto, ao ver o letreiro neon com DUKE'S escrito em letra cursiva vermelha, com uma ferradura branca no fundo.

Cherry responde antes que Wyatt consiga, me dá o braço e vai me levando na direção da porta.

— O bar era do avô dele, que tem o mesmo nome. Quando ele morreu e o Duke assumiu o bar, resolveu mudar o nome para homenagear o avô — explica ela. Com um sorriso meio nervoso, acrescenta: — Eu trabalho aqui quando estou de férias da faculdade, então sei toda a história.

— Você pode trabalhar aqui mesmo não tendo vinte e um anos?

— Ah, posso. — Ela faz um gesto de desdém com a mão. — A idade para trabalhar em bar aqui é dezoito anos. Mas quando vou beber, sou discreta, claro.

Eu me viro para Wyatt, mas não consigo ler sua expressão. Ele encara nossos braços dados, mas percebo como seu corpo inteiro relaxa e as feições ficam mais radiantes ao passar pela porta e ouvir os cumprimentos das pessoas. Quase olho de novo para o sorriso que toma seu rosto e revela suas covinhas, agora bem aparentes.

Covinhas bem fofas, aliás.

Wyatt vai na frente e é recebido por um grupo de três caras no balcão — todos tão altos e largos quanto ele. Eles se cumprimentam e se abraçam. Cherry me solta, vai até lá e também é tragada pelos abraços, embora o cara de pele mais escura que está vestindo camisa e calça preta pareça abraçá-la apenas por um breve momento.

Então todos se viram para mim e, juro, o bar inteiro fica em silêncio.

Porque eu sou o peixe fora d'água.

Um cara musculoso, de calça jeans e camiseta branca apertadinha nos lugares certos, cabelos loiros e pele bronzeada, chega mais perto. Seus olhos castanhos cintilantes lembram os de um golden retriever — agitado e ávido pela minha atenção — e se alternam entre minha roupa e meu rosto, muito animados.

— E quem é que temos aqui? — Seu sotaque do interior é forte, a voz grave e convidativa. — Amiga da Cherry?

— Rory Jones. — Sorrio, sabendo que outras pessoas no bar estão me olhando. Posso até ter me vestido como uma local, mas meu sotaque me entrega imediatamente.

Os olhos do cara brilham na hora e ele se vira, abrindo um sorrisinho para Wyatt.

— Ah, *você* é a garota inglesa de quem tanto ouvimos falar.

Wyatt olha para o chão quando me viro para ele, um pouco preocupada com o que exatamente eles ouviram. Mas, antes que eu possa pensar muito, o cara se aproxima e me dá um abraço.

— É um prazer conhecer você, ruiva. Eu sou o Sawyer, melhor amigo do Wyatt.

— Na verdade... — Um outro cara com pele clara, cabelo castanho bagunçado e barba curta empurra Sawyer para o lado e me dá um abraço mais solto, com uns tapinhas nas costas. — *Eu* sou o melhor amigo do Wyatt. Wolfman.

Não vou fingir que não estou gostando de todos aqueles músculos me abraçando.

— Esse apelido é por causa de *Top Gun*? — pergunto.

— Não, porque obviamente eu seria o Maverick. — Ele franze a testa, como se eu já devesse saber aquilo, mas dá um risinho assim mesmo.

Alguém segura o ombro de Wolfman e o puxa para trás, dando espaço para o último dos caras. A presença dele é discreta demais considerando quão gato ele é — pele escura, ombros largos, cabelo preto raspado bem rente e olhos castanho-escuros que reluzem quando ele abre um leve sorriso.

— O apelido dele é Wolfman porque é o cara mais peludo que você já viu. Tipo um lobisomem.

Wolfman uiva, o que faz vários clientes se virarem para olhar. Para ser honesta, de fato os pelos do peito dele estão saindo pela gola da camisa verde.

— O nome dele também é Miles Wolfe, então imagino que tenha alguma coisa a ver com isso.

Eu assinto, ainda sorrindo, e me viro para o último amigo de Wyatt.

— Você deve ser o melhor amigo *de verdade*. Duke, certo?

Duke olha para o chão, sorri e aperta a minha mão.

— Eu mesmo. Prazer conhecer você, Rory. Se precisar de qualquer coisa é só falar. Estou trabalhando hoje.

Duke acena para o resto do grupo, vai para trás do balcão e coloca três cervejas ali para Wyatt, Sawyer e Miles.

— Qual é seu veneno, ruiva? — pergunta Sawyer, me conduzindo até o bar com a mão no meu ombro.

Sei que muita gente se incomoda com esse tipo de toque físico, mas minha família sempre foi assim, então até gosto do contato.

— Hum... — Eu não sei mesmo o que responder. Não tenho certeza se eles vendem aqui os drinques docinhos que tomo quando Sofia vai me visitar em Londres. Meu conhecimento de bebidas alcoólicas diminuiu muito nos últimos tempos.

Ainda assim, estou meio animada para me soltar. Não pensar em nada do que está acontecendo. Só beber e conversar, quem sabe.

Cherry chega perto, tira o braço de Sawyer do meu ombro e põe o próprio braço ali. Ele leva a mão ao coração, como se ela tivesse lhe machucado, e franze a testa.

— Gosta de *pornstar martini*? O Duke faz um de cereja que é maravilhoso!

Eu assinto, os ombros relaxados de alívio ao saber que há mais opções além de cerveja e uísque, como eu imaginava.

Mas quando enfim paro e observo o bar por um momento, a madeira escura polida, a iluminação baixa vermelha e os assentos de couro, percebo que o Duke's tem um estilo bem mais sofisticado do que eu estava esperando. O clima de velho-oeste sem dúvida faz parte da decoração, com música country tocando no jukebox e fotos de caubóis montados em touros nas paredes. Ainda assim, há um toque de elegância que preenche todo o espaço — luzinhas ao longo das pilastras, velas nas mesas e prateleiras de vidro atrás do bar.

Risadas e o tilintar de copos brindando ecoam pelo bar, o que dá a sensação de que este é o tipo de lugar onde se constroem memórias afetuosas e inesquecíveis.

8.
Wyatt

— Espera aí, então *essa* é a inglesa de quem você ficou reclamando a semana inteira? — pergunta Sawyer, apontando com a garrafa para o lugar onde Aurora e Cherry estão recostadas no bar, conversando com Duke enquanto ele prepara os drinques. Estamos sentados na mesa de sempre esperando por elas.

Só faço que sim e resmungo.

Ele balança a cabeça e arregala os olhos.

— Qual é o seu problema?

— Sério, cara, você é cego? — pergunta Wolfman, coçando a barba.

Dou de ombros e bebo um gole da cerveja.

— Eu não olho pra ela assim.

— Por quê? — perguntam os dois ao mesmo tempo, a perplexidade tomando seus rostos.

E eu entendo. Aurora é atraente, sem sombra de dúvida. Mesmo quando não está alongando o corpo tonificado na varanda, uma cena que não vou fingir que não pipoca nos meus pensamentos de vez em quando. Mas não posso deixar isso apagar o fato de ela ter chegado ao rancho pronta para vendê-lo. Não se pode dormir com o inimigo.

— Não sei por quê.

— Ah, sim, claro — diz Wolfman, levantando os braços. — Ela está atrapalhando o seu final feliz.

— Sei não — comenta Sawyer, levando a garrafa à boca, já sem conseguir esconder o sorrisinho. — Acho que dá para ter um final bem feliz com ela.

Wolfman cospe a cerveja e Sawyer se engasga com a dele quando lhe dou um chute por baixo da mesa.

Às vezes, acho que esses caras não amadureceram nada desde a escola, sempre tão obcecados por sexo e mulheres. Eu pensava que, a essa altura, depois de todas as marias-rodeio com quem Sawyer namorou desde que começou a montar touros, ele já estaria um pouco cansado de correr atrás de um rabo de saia. Mas parece que esse tipo de atenção é o combustível que o faz seguir em frente, enquanto o resto de nós se contenta com café mesmo. Mas eu acho que, o que quer que tenha rolado entre Sawyer e o pai quando ele era criança, também tem alguma influência nisso, então eu dou um desconto.

Já Wolfman não tem desculpa.

Pelo menos Duke é mais maduro.

Não é que eu não tenha namorado quando era mais novo, mas eu gosto de pensar que sei tratar bem uma mulher. Ter uma irmã mais nova me fez aprender isso antes da maioria dos homens. Sempre tento me certificar de que eu e a pessoa com quem estou dormindo concordemos que aquilo é um caso de uma noite só ou algo mais. Sawyer e Wolfman, por outro lado, deixaram um longo rastro de corações partidos por Willow Ridge.

— Ah, por favor, Wyatt. Deus pôs literalmente na sua porta uma oportunidade dessas, sem compromissos, e você vai deixar passar. — Sawyer nem tenta disfarçar o modo como está secando Aurora no balcão.

Não sei por que isso me incomoda. Se fosse qualquer outra pessoa, eu não daria a mínima.

Talvez seja porque sei que ela está sensível no momento.

E claramente também está incomodando algumas outras garotas no bar, cujos rostos se iluminaram quando o bonitão Sawyer Nash entrou. Agora, com a cara fechada, elas alternam o olhar entre ele e Aurora.

Wolfman entra na conversa:

— Mas você tem que admitir que ela é gata.

Os caras olham para mim, sobrancelhas levantadas, até que eu finalmente respiro fundo e admito:

— Tá bom, sim, ela é gata. Satisfeitos?

— Quem é gata?

Tomo um susto ao ouvir a voz de Cherry, que se aproxima da mesa com Aurora, as duas com seus drinques vermelhos nas mãos. Cherry deixa Aurora entrar primeiro e se sentar ao lado de Sawyer, e então fica na ponta.

Sawyer abre um sorrisinho convencido para mim e bate a garrafa na taça de Aurora.

— A senhorita Jones aqui.

— Ah, sim — diz Cherry, apertando os lábios para esconder um sorriso.

Aurora olha para mim, bochecha e pescoço ficando vermelhos, e então rapidamente desvia o olhar e beberica o drinque por um bom tempo. Ótimo, agora eu estou parecendo um pervertido. Aposto que ela preferia ter ficado em casa.

— Calma, Cherry, a gente também te acha gata. — Wolfman se recosta no assento da mesa. — Mas guardamos essa conversa pra quando seu irmão não está.

Ele bagunça meu cabelo, porque sabe muito bem que falar da minha irmã nesses termos vai me irritar. Eu apenas solto um longo suspiro.

— Deixa de ser nojento, Miles — responde Cherry, revirando os olhos.

Essa é minha garota.

— Bom, eu sugiro um joguinho pra gente conhecer a ruiva melhor — diz Sawyer, exalando alegria e animação para Aurora. — O que acham?

Ele dá um empurrãozinho nela, que ri. Sawyer deve ser exatamente o tipo de Aurora, como o cara bonitão lá do Instagram.

Não que eu me importe.

— Claro, parece divertido — responde ela.

— Então vamos de "Eu nunca"! — anuncia Sawyer, e já estou resmungando.

Ainda que Cherry sempre seja uma boa companhia, tipo um dos caras (algo que ela teve que aprender tendo dois irmãos mais velhos), essa não é uma brincadeira boa de participarmos juntos. Na minha cabeça, ela ainda é uma criança, embora eu saiba que isso não passa de ingenuidade minha.

Aurora dá uma zombada, uma das sobrancelhas levantada.

— Meu Deus, quantos anos vocês têm? Eu não brinco de "Eu nunca" desde a faculdade.

Sawyer se inclina para a frente, abre um sorrisinho para Aurora e bebe um gole da cerveja. Ela retribui, chega mais perto e semicerra os olhos.

— Então, é por isso que a gente brinca, ruiva. Somos mais experientes agora, então ficamos bêbados mais rápido. — Ele dá uma piscadinha. — Que tal a novata começar?

Os dois ficam se encarando, num clima muito cheio de tensão para o meu gosto, e Wolfman deve ter percebido, porque me cutuca com o joelho debaixo da mesa, mexendo as sobrancelhas.

Eu desvio o olhar, porque não estou nem aí, então bebo um gole da minha cerveja.

Aurora concorda e diz:

— Eu nunca fiz sexo anal.

Daí eu cuspo minha cerveja em cima da mesa.

— Vocês estão me sacaneando. Não estão jogando direito! — exclama Aurora, bufando para mim antes de tomar o último gole do segundo drinque.

Com o polegar, ela seca uma gota da bebida que lhe escorreu pelo lábio inferior, e eu acompanho o movimento, percebendo como a bebida deixou seus lábios ligeiramente mais escuros.

Em defesa de Aurora, todos estávamos falando frases tipo *Eu nunca frequentei a escola na Inglaterra* ou *Eu nunca postei meus exercícios de ioga na internet* desde que os caras descobriram sua carreira de influenciadora durante uma das conversas no meio do jogo.

A minha favorita, no entanto, veio de Wolfman, que disse *Eu nunca usei a frase "viva, ria e ame" de maneira não irônica*, e ainda conseguiu achar um vídeo antigo de Aurora falando exatamente isso no início da carreira, apesar de ela ter negado com todas as forças. Acho que nunca chorei tanto de rir assim, saboreando a careta no rosto de Aurora quando ela se deu conta de que era um clichê ambulante.

Embora seja estranho admitir, e talvez isso seja a cerveja falando, ver Aurora se abrir e se mostrar mais é... legal. Ela é até meio divertida e se entrosou superbem com Cherry e os caras. Seus ombros relaxaram e ela parou de passar a mão nos cabelos, um sinal de que está se sentindo mais à vontade também. Seu sorriso é tão reluzente que me impressiona como uma pessoa tão pequenininha possa irradiar aquele tanto de felicidade. Principalmente quando, poucas horas atrás, estava aos prantos.

Então, sim, estamos provocando um pouquinho, mas é só pela diversão. Tomara que esteja sendo uma distração do que quer que tenha lhe aborrecido mais cedo.

Além do mais, ela também está sendo bem atrevida no jogo. Já me obrigou a relembrar a vez que minha mãe me flagrou transando com minha namorada do colégio e descobriu que Wolfman dormiu com a mãe de um dos alunos do time de futebol da escola em que ele leciona, algo que nem eu e Sawyer tínhamos ideia. Achei que os ingleses eram todos santinhos, mas Aurora parece não ter nenhum problema em falar sobre experiências sexuais.

— O fato de você ter a mente suja, como ficou claro no começo, não significa que todos nós temos — provoco, mordendo o lábio para esconder o sorriso.

Aurora dá uma risada, os olhos fixos em mim. Sob aquela iluminação vermelha e as luzinhas brilhantes, seus olhos me lembram de uma manhã nublada. Ou talvez a fumaça de uma fogueira no fim da tarde.

De todo modo, é estranho que eu esteja pensando nisso.

Afinal, não terminei nem a segunda cerveja. Meu Deus.

É a vez de Cherry, que agora está bebendo água, já que é a motorista da vez. E também porque ela sabe que fico preocupado quando ela bebe muito, por causa da epilepsia. Por sorte, ela está mais focada em revelar algum podre de Sawyer e Wolfman, então fico tranquilo.

— Calma, Rory, eu estou do seu lado. — Aurora segura o braço de Cherry, a abraça com força e murmura um *obrigada*. — Hum... tá bom, eu nunca tive um orgasmo.

Dá para ouvir lá de fora, da estrada, todos nós cortando a respiração.

— Puta merda — digo, secando o rosto e soltando um resmungo. Eu realmente *não* precisava dessa informação a respeito da minha irmã mais nova.

Odeio esse jogo.

— O quê? — Aurora se vira de repente para Cherry. — Você tem vinte anos e *nunca* teve um orgasmo?

Assim que ela faz a pergunta, Duke chega à mesa com mais alguns copos de água e quase tropeça. Cherry ri de nervoso, abre um sorriso forçado para Duke e morde o lábio. As pontas de suas orelhas estão vermelhas como pimentão quando minha irmã joga o cabelo para trás delas.

Aurora deve estar com alguma dificuldade para entender nossa reação, e o choque no meu rosto, porque resolve continuar:

— Nunca tentou um vibrador? Eu não consigo ter um orgasmo sem um. Posso te dar umas dicas dos meus favoritos, se quiser. — Ela pega o celular no bolso.

Sério, por favor, me matem.

— Preciso de outra bebida — digo, e saio cambaleando da mesa, levando um Duke aturdido junto comigo. Os outros caras caem na gargalhada.

— O jogo ficou meio intenso pra você, é? — Aurora para ao meu lado, encostada no balcão do bar, onde eu parei para tomar um ar e pegar mais uma cerveja.

Vou precisar de mais álcool se formos continuar com mais rodadas dessa brincadeira.

— Desculpa se a história do vibrador te deixou desconfortável. — A expressão em seu rosto é inocente, olhos arregalados e sorriso fofo, mas eu vejo uma risadinha irônica tentando escapar. — Tenho certeza de que você tem muitos "eu nunca" para me sacanear de volta.

— Centenas. Mas tudo bem — admito, e me viro para me recostar no balcão e olhar para as pessoas ao redor. — A culpa é do Sawyer, na verdade. Foi ele quem sugeriu o jogo sabendo que Cherry estava aqui. Era óbvio que algo assim ia acontecer.

Aurora pede outro drinque de cereja para Duke e observa com verdadeiro fascínio enquanto ele o prepara. Pegando a bebida, ela se vira e bebe um longo gole.

Estou prestes a sugerir que a gente volte para a mesa quando ela diz:

— Eu nunca cortei lenha sem camisa.

Tá, ela está se vingando de mim, entendi.

Mas qual é o problema de cortar lenha sem camisa? Estamos praticamente no verão e eu não queria que minha camisa ficasse encharcada de suor e cheia de farpas de madeira. Nunca foi um problema antes de ela aparecer.

— Eu estava com calor — respondo, semicerrando os olhos para ela enquanto bebo a cerveja.

Ela levanta as sobrancelhas, convencida, e mexe o drinque com o palitinho, a expressão ardilosa.

E eu não sou de recusar uma competição.

Vencê-la certamente vai me fazer ganhar a noite.

Eu fico de frente para ela e tenho que abaixar um pouco a cabeça.

— Eu nunca... não andei de cavalo.

— Essa é péssima — responde Aurora, franzindo o nariz.

Mas eu dou de ombros, aponto para o drinque e aperto os lábios enquanto ela bebe um terço da taça. Uma quantidade desnecessária, mas pelo jeito ela estava precisando beber hoje.

— Eu nunca usei um chapéu de caubói. — Aurora empurra a garrafa de cerveja na direção dos meus lábios e não solta até eu beber uns bons goles. Não sei muito bem como essa história vai terminar, só sei que quero vencer. Mesmo que isso signifique ficar bêbado como um gambá.

Pouso minha cerveja em cima do balcão.

— Eu nunca criei um negócio no Instagram só para poder exibir minha bela bunda em roupinhas de ginástica apertadas.

Aurora pende a cabeça para trás numa gargalhada silenciosa e fecha os olhos. Quando os abre, sua expressão é perigosa. Ela chega mais perto de mim, o drinque próximo de seus lábios cor de morango, os olhos piscando.

— Você acha que eu tenho uma bela bunda?

Droga, acabei de perder.

9. Wyatt

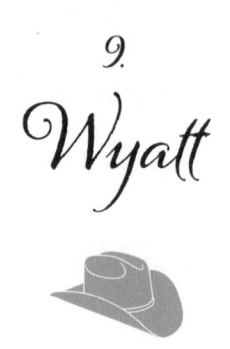

— Não precisava mesmo ter me trazido até a porta. Eu não bebi tanto assim — diz Aurora, procurando as chaves na bolsa. Sua voz está um pouco rouca, de tanto falar a noite inteira. E durante todo o caminho de volta no carro de Cherry, que nos deixou aqui e foi embora.

Eu tenho a chave do casarão no meu chaveiro, que Grace me deu quando ficou doente, mas omito essa informação de Aurora — ela pode ficar um pouco assustada. Já falei com todas as letras que ela é gata e tem uma bela bunda, algo que talvez ela não quisesse ouvir de mim.

Em vez disso, tento não perder a paciência enquanto ela segue vasculhando a bolsa e me recosto na parede.

— Não vá pensando que eu sou um cavalheiro. O caminho pra minha casa não é tão longo assim, né?

Aurora me encara daquele jeito que é metade careta, metade sorriso, com um olhar divertido.

— Achei! — grita ao pegar as chaves na bolsa. Ela abre um sorriso pra mim, como se estivesse esperando uma medalhinha pela conquista.

Levanto a sobrancelha.

— Além disso, estou aqui mais para garantir que você não vai passar a noite inteira chorando e ouvindo The Fray. Eu gostaria de dormir pelo menos algumas horas.

Aurora resmunga e encosta a cabeça na porta.

— Eu meio que estava esperando que você já tivesse deletado isso da sua cabeça.

Ela fica em silêncio, a não ser pela respiração suave, e fico preocupado que ela vá começar a chorar de novo.

Não sou muito bom com gente chorando. Minha família sempre foi mais do tipo *É preciso seguir em frente com a vida* do que *Vamos parar e analisar nossos sentimentos*. Acho que é por isso que sempre tento encontrar uma solução quando as pessoas estão tristes, querendo descobrir como posso fazê-las se sentirem melhor.

Ainda assim, mesmo que definitivamente eu não queira conversar sobre isso, de repente me vejo perguntando:

— Quer conversar sobre isso?

Aurora se vira para mim, a testa franzida.

— Com *você*?

Eu devia ficar ofendido, mas compreendo totalmente. Eu também não ia querer conversar comigo sobre meus sentimentos. Ainda mais se eu fosse Aurora. Mesmo que esta noite tenha dissipado um pouco da tensão entre nós, não é como se a gente tivesse começado com o pé direito. Algo que, eu admito, não deve ter ajudado a fazê-la se sentir melhor.

Olha, talvez eu não seja tão ruim nesse negócio de empatia.

— É, vamos lá. — Faço um gesto com a cabeça e ela me acompanha pela varanda para os fundos da casa.

Meio hesitante, Aurora senta ao meu lado no balanço e puxa o cobertor que tinha ficado lá. A luz fraca da varanda lança um brilho dourado sobre ela, fazendo suas bochechas reluzirem e seus olhos cintilarem. Ela cruza as pernas e solta um longo suspiro. Eu não imaginava que uma pessoa tão pequena podia segurar tanto ar nos pulmões.

— Eu sou o Colin Firth — admite ela. — E também um fracasso retumbante.

Eu respiro fundo, em parte porque fiquei bastante confuso com o comentário sobre o Colin Firth, mas principalmente porque me identifico um pouco demais com a expressão *fracasso retumbante*.

— Bom, tem muita coisa aí para explicar então.

Ela dá uma risada meio rouca e faz biquinho ao olhar para mim. Quando nos sentamos, Aurora estava levemente inclinada para a frente, ainda um pouco tensa, mas agora está recostada, e o balanço começa a se mover com ela.

— Vamos começar com essa coisa do Colin Firth.

Aurora cobre o rosto com o cobertor.

— Eu flagrei meu namorado me traindo.

Eita. Tá bom, talvez ela não tenha a vida boa que eu imaginava. Estou começando a me sentir ainda pior por ter sido um babaca. Ainda mais porque eu sou o maior exemplo de coração partido, então sei como ela deve estar se sentindo.

— É, isso é uma merda. — Isso também explica o sumiço do cara nas fotos do Instagram. — Mas o que isso tem a ver com o Colin Firth?

Ela inclina a cabeça para trás.

— Lembra quando ele foi traído em *Simplesmente amor*?

— Eu nunca vi.

— Quê? — Aurora fica boquiaberta. — Um dos melhores filmes de Natal da vida. Vamos ter que assistir.

Franzo a testa.

— Eu meio que estava esperando que você já tivesse ido embora no Natal.

Quando Aurora abre a boca de novo, eu me arrependo na hora do que falei. Foi de brincadeira, mas duvido que ela entenda assim.

Ela me dá uma cotovelada de leve e ri.

— Grosso. Isso não vai fazer eu me sentir melhor.

Eu levanto os braços.

— Tudo bem, desculpe. Por favor, *Colin*, continue. Me diga por que você é um fracasso retumbante.

Aurora semicerra os olhos, com um sorriso nos lábios. Pode ser que eu não seja muito bom em consolar as pessoas, mas como já arranquei alguns sorrisos dela, vou considerar uma vitória.

— Ah, é que sinto que construí toda a minha carreira ajudando as pessoas a criarem uma vida feliz e plena. Eu escrevo textos, postagens nas redes sociais e livros falando sobre como atrair relacionamentos saudáveis, se sentir positivo o tempo inteiro, ser sua melhor versão... Mas minha vida agora não passa de uma grande farsa.

Ela despeja as palavras tão rápido que não consigo acompanhar. Mas percebo que seus ombros vão relaxando a cada frase.

— Jake me traiu. E só estou começando a me sentir inspirada para escrever de novo agora que estou aqui. Não sei o que fazer da minha vida se não conseguir sustentar essa coisa de bem-estar, e a garotinha malvada que vive na minha cabeça, que me esforcei *tanto* para silenciar, está gritando mais alto que nunca. Sinto que estou me questionando o tempo todo porque estou muito triste desde que tia Grace morreu, apesar de me orgulhar de ser uma pessoa feliz e positiva. Tudo que fiz para ter uma ótima vida, e o que ensino as pessoas a fazerem... é tudo uma grande mentira. *Eu* sou uma grande mentira.

Aurora está quase sem ar quando termina de falar. Ela se inclina para a frente e enfia a cabeça entre as mãos de novo. Não sei bem o que eu estava esperando, mas isso é um pouquinho mais profundo do que estou acostumado.

— Acho que lidar com um rancheiro mal-humorado não ajudou muito — acrescento, tentando abrir um sorriso meio arrependido.

Aurora levanta a cabeça e dá uma risada rouca, e sinto uma onda elétrica estranha por fazê-la rir assim. Por tirá-la desse fundo de poço em que ela se meteu. Ela se vira para mim com os olhos castanhos arregalados cheios de esperança, como se eu fosse o detentor da solução que ela vem buscando tão desesperadamente.

Coço a cabeça e ponho o braço nas costas do balanço.

— Olha, sem querer ofender, mas acho que na verdade você mentiu para os seus seguidores esse tempo inteiro.

Aurora franze o nariz cheio de sardas, e seus olhos de repente parecem chamas. Por mais solar que ela seja, todos temos aquela ferocidade esperando para ser libertada. Como no primeiro dia em que a vi.

E eu gosto disso. Dá para perceber que *essa* é a Aurora de verdade. Doce *e* forte. Como meu tipo favorito de uísque.

— Só estou dizendo que a vida nem sempre é perfeita. São fases, boas e ruins. Ninguém é feliz o tempo *inteiro*.

— Eu *era* — murmura ela, cruzando os braços.

— É, mas seus seguidores provavelmente não são. E por mais que você os inspire com suas frases clichês e esses absurdos de lei da atração — ela me lança um olhar fulminante neste momento —, você provavelmente ajudaria bem mais se mostrasse a eles que também tem dias ruins. Que tudo bem não estar bem às vezes, mas tem coisas que podem ser feitas para ajudar a superar os momentos difíceis.

Meu Deus, talvez eu também devesse ser um blogueiro de bem-estar; pareço até um palestrante motivacional falando. Te cuida, Tony Robbins.

Aurora faz um muxoxo e me encara. Consigo ver seu cérebro trabalhando, o rosto ficando mais suave enquanto ela processa o que acabei de falar. Não sou do tipo que acha o silêncio desconfortável — na verdade, eu costumo gostar dele —, mas do jeito que ela está olhando para mim, como se estivesse prestes a descobrir onde está escondida minha alma, eu sinto a necessidade de preenchê-lo.

— Além do mais, se te consola, seu fracasso não é *nada* perto do meu.

Merda, por que falei isso? Agora ela vai ficar curiosa.

Aurora arqueia as sobrancelhas, o olhar ficando mais suave sob os cílios escuros. Engulo em seco quando ela chega um pouco mais perto.

— O que aconteceu?

— Hum... — Eu pigarreio. — Bom, meu pai é rancheiro também. Trabalha no rancho da família do Sawyer. Sempre trabalhou muito, e minha mãe também, pra que eu pudesse ir pra faculdade e fazer alguma coisa além de trabalhar na fazenda de alguém, como ele sempre fez. — Preciso parar e abrir as mãos; eu não percebi que estava cerrando os punhos com tanta força. Deixei marcas de unha nas palmas. — Pegou a ironia?

— Ah. — Aurora abre um sorriso solidário, os lábios cerrados. — Então o caubói grandão na verdade tem um cérebro.

— Engraçadinha. — Retribuo o sorriso. — Mas, sim, por incrível que pareça. Eu fui orador da turma do ensino médio e do time campeão de futebol. Só tirava nota dez na escola, e continuei assim na faculdade. Também tive oportunidade de me profissionalizar no futebol e, se isso não desse certo, tinha uma vaga na faculdade de Direito esperando por mim. Meus pais ficaram superorgulhosos, disseram que todo o trabalho e o dinheiro que investiram em mim finalmente tinham sido recompensados.

— Caramba — murmura Aurora, encostando o joelho na minha coxa. Ela se sente muito confortável tocando as pessoas, enquanto eu faço de tudo para evitar isso. — Então como foi que veio parar no Rancho do Pôr do Sol?

— Quando eu tive uma vida tão boa me esperando? — digo, no mesmo tom de voz que todo mundo usa ao questionar minhas escolhas. Aquele que sugere que sou um idiota por abrir mão de tudo. — Porque aquilo não me fazia *feliz*, Aurora. Eu terminei a faculdade com aquele sucesso todo me esperando, todo mundo me parabenizando pelo quanto eu estava indo bem, mas aí meu avô ficou doente e Grace precisava de alguém para assumir. E eu *amava* esse rancho. Também tive que fazer uma cirurgia no joelho na época da faculdade, o que foi uma boa desculpa para largar o futebol, mesmo que tivessem dito que eu poderia continuar jogando.

Agora, o ombro de Aurora toca em mim também, como se ela estivesse se aproximando devagarinho. Acho que isso é até meio reconfortante...

— Tem alguma coisa no trabalho braçal e em estar cercado pela natureza e pelos animais que me faz sentir vivo, mas também em paz. E *feliz*. Feliz à beça. — Olho para as montanhas à frente, o céu noturno salpicado de estrelas entre elas. — Mas, hoje em dia, sucesso não parece ser a mesma coisa que felicidade, então as pessoas acham que você fracassou, mas isso não é verdade, o que é uma merda.

— Sucesso não parece ser a mesma coisa que felicidade — repete Aurora em voz baixa, e então solta uma risada irônica.

Provavelmente eu a deixei ainda mais pra baixo com a minha história. Mas não consigo fingir que não é bom pôr isso pra fora depois de tantos anos reprimindo. Depois de tanto tempo cerrando os dentes e aprendendo a não reagir aos comentários das pessoas. Os velhos amigos ostentando seus empregos na cidade e dizendo aos sussurros quanto esperavam mais de mim. Meus pais sempre me lembrando do que sacrificaram por mim, insinuando que sobrou menos para os meus irmãos.

É por isso que sempre trabalhei a mais para ajudar Hunter e Cherry a fazerem faculdade também. É por isso que ajudei Hunter com seus shows quando era mais novo, antes de assinar com a gravadora. É por isso que convenci Duke a dar um emprego de verão para Cherry, para que ela ganhasse seu próprio dinheiro e o ajudasse a decorar o bar.

— Ah — acrescento, porque o álcool em minhas veias decide que já fui tão longe que agora vou confessar todas as minhas histórias vergonhosas. — Também voltei por causa de uma garota.

Com um sobressalto divertido, Aurora se vira, e os olhos cansados ganham vida de novo.

— Espera aí, *você* tem sentimentos? Agora estou muito curiosa.

Ela chega mais perto e me toca em vários lugares, lugares demais. Olho para sua língua, que umedece os lábios cor de morango, deixando-os reluzentes.

— É, minha namorada de escola, Holly Slade. Namoramos à distância durante todo o período da faculdade e então ela arranjou um emprego como professora em Willow Ridge. Foi mais uma razão para vir morar aqui. Um mês depois, ela me largou para ficar com um advogado bem-sucedido e se mudou com ele pra cidade. Disse que precisava de alguém mais *ambicioso*. Ela me manda mensagem de vez em quando para checar se ainda trabalho no rancho.

Odeio aquela expressão no rosto de Aurora. Não preciso que ninguém sinta pena de mim. Eu não ia mesmo ser feliz com Holly, sempre tentando ser a pessoa que ela queria que eu fosse, e não eu mesmo. Só preciso me lembrar disso de vez em quando.

Aurora faz um barulho de desgosto.

— Nossa, que babaquice dessa Holly Slade... Se te consola, eu entendo. A coisa da felicidade. Sei que *algumas pessoas* tiram sarro do meu trabalho. — Ela me cutuca e levanta uma sobrancelha, me acusando. Ainda assim, aprecio a mudança de assunto, porque as feridas com Holly ainda não estão totalmente cicatrizadas. — Mas é o que me faz feliz. Eu adoro falar e escrever sobre bem-estar e positividade.

Ela suspira de novo, se recosta e apoia a cabeça no meu ombro. Fico tenso quando algumas mechas de seu cabelo tocam meu queixo, e todos os nervos do meu ombro de repente ficam em alerta.

— Este lugar também me faz feliz. Apesar de ser difícil, sinto que posso ser eu mesma aqui. Me sinto... livre. É tão lindo, tão pacífico.

Eu suspiro também.

— É o tipo de lugar que te faz perceber quão insignificantes são você e seus problemas.

— É. Sinto muito por ter aparecido e ameaçado tudo isso — admite ela, com um leve tremor na voz. — Eu nunca tive a intenção de acabar com tudo, mas não sei muito bem o que fazer.

Eu também não sei. Estou irritado com ela por estar aqui prestes a roubar tudo de mim e vender o rancho. Mas o que ela pode fazer? Aurora não vai se mudar para Willow Ridge, seu lugar é outro. Ainda que eu odeie admitir, acho que vender o rancho é sua única opção.

— E eu sinto muito por agir como um babaca.

Ela solta uma risadinha e encosta a cabeça no meu ombro de novo.

— Está perdoado.

Ficamos sentados ali em silêncio enquanto movimento o balanço com o pé, nós dois contemplando a paisagem ao redor. É uma sensação estranhamente reconfortante quando alguém te entende. E mais estranha ainda quando esse alguém é Aurora Jones.

Eu devia ir embora e deixá-la dormir, então começo a me mexer quando percebo a respiração dela mais profunda. Olho para baixo e ali está ela, os olhos fechados, os lábios entreabertos e levemente curvados, dormindo no meu ombro. É claro que ela sorri enquanto dorme.

Aurora ainda é banhada pelo brilho alaranjado da luz, e as sardas espalhadas pela pele dourada me lembram das constelações para as quais eu olhava segundos atrás. Os cachos estão atrás da orelha, a não ser por alguns soltos sobre a bochecha. Quero tirá-los dali, mas também não quero me mexer e acordá-la.

Ela parece tão feliz, tão em paz, tão... linda, caramba.

Em vez disso, eu me recosto e continuo observando o vale mergulhado na noite, até que caio no sono no ritmo da respiração de Aurora.

10.
Aurora

Minha boca está seca, e o lençol da cama parece duro como jeans. O sol da manhã machuca meus olhos quando os abro.

Espera aí... por que estou na varanda?

Levo alguns segundos para me dar conta de que minha cama, na verdade, não é uma cama, e sim um corpo. O corpo de Wyatt, para ser exata, e estou deitada no balanço com o rosto em sua virilha.

E, a não ser que ele tenha algo bem duro no bolso, sua ereção matinal está cutucando minha bochecha.

— Merda — sussurro e me afasto dele, secando a baba no meu queixo.

Wyatt solta um grunhido ao acordar assim de forma tão repentina, o balanço oscilando até que ele coloca os pés no chão. Parece atordoado, o cabelo bagunçado e os olhos meio vermelhos enquanto também se dá conta de que amanheceu. De um modo meio estranho, é quase sexy. Mas também é o Wyatt, então pensar isso seria bizarro.

— A gente dormiu aqui? — pergunto, esfregando os olhos.

A última coisa de que me lembro é de conversar com ele no balanço. Ainda bem que estava enrolada no cobertor, porque faz bastante frio.

Wyatt sacode a cabeça e se vira para mim meio perplexo, os olhos vasculhando meu rosto. Meu cabelo deve estar desgrenhado e a maquiagem toda borrada. Além do mais, consigo sentir a marca que a calça jeans dele deixou na minha bochecha.

Wyatt cora e pigarreia antes de responder:

— Acho que sim.

Olhamos um para o outro em meio a um silêncio constrangedor. Parece que fomos flagrados fazendo alguma coisa quando, na verdade, apenas bebemos demais e pegamos no sono. Dormimos juntos *literalmente*. Nunca pensei que diria isso.

Ele é o primeiro a desviar o olhar, e se espreguiça soltando mais um grunhido, os braços acima da cabeça, flexionando o bíceps. Sua camiseta se levanta, revelando a entrada em V dele.

Indo em direção ao local onde a calça está claramente esticada.

E onde há uma mancha de…

— Ai, meu Deus, acho que babei no seu pau — digo, o cérebro ainda lento demais para impedir as palavras de saírem da minha boca.

— Como é? — Wyatt olha para mim, um músculo se movendo de leve no maxilar, e então olha para baixo e se levanta de imediato do balanço. — Ai, merda. — Ele se vira de costas e tenta se ajeitar com a calça jeans.

Eu reprimo uma risada de nervoso. Depois de conseguir parar o balanço, também me levanto, ainda enrolada no cobertor. O movimento faz minha cabeça latejar.

Meu Deus, não era mentira quando disseram que as ressacas vão piorando à medida que você envelhece.

Massageio as têmporas e respiro fundo algumas vezes, o que me deixa mais acordada. De relance, vejo que Wyatt ainda esfrega o rosto, as pálpebras pesadas.

— Você não funciona muito bem de manhã, né? — pergunto, e arrisco um sorriso.

Ele só grunhe. Parece que voltamos ao Wyatt Hensley que eu conhecia antes de confessarmos todas as nossas maiores inseguranças um para o outro. Antes de cairmos no sono aninhados um ao outro. Meu Deus, alguns dias atrás eu teria vomitado só de pensar nesse cenário.

— Principalmente quando desperdicei essas horas todas.

Wyatt resmunga e finalmente se vira de volta para mim. Dá um passo para trás quando nossos olhares se encontram e não diz nada durante alguns segundos. Tento ajeitar meu cabelo — talvez eu esteja mais descabelada do que imaginava.

— Tenho trabalho a fazer. Te vejo mais tarde.

Sem me dar chance de responder, se vira e desce a escada como uma bala em direção à casa dele.

Já está quase fora de alcance quando o chamo.

— Wyatt.

Ele para, se vira devagar e não consegue esconder a cara feia.

Não é *mesmo* uma pessoa matutina.

— Obrigada pela noite passada — digo, e ele assente, um esboço de sorriso nos lábios, e então vai embora.

Eu precisava disso muito mais do que ele provavelmente imagina. Sei que ele me convidou para ir ao bar por pena, mas foi muito melhor do que ficar a noite inteira na sofrência. Estar rodeada de pessoas que me acolheram tão bem me fez esquecer tudo.

Além do mais, eu precisava daquela conversa com ele — com qualquer um, eu acho.

E como eu e Jake temos muitos amigos em comum, as únicas pessoas com quem sinto que posso conversar neste momento são minha mãe, minha irmã e Sofia. Mas o fuso horário torna as coisas mais complicadas quando você está triste às sete da noite no Colorado e elas estão dormindo porque são duas da manhã na Inglaterra. Sofia talvez tivesse dito que não se importaria de conversar de madrugada se eu precisasse, mas também sei que ela pega cedo no trabalho e precisa de todo o descanso possível para lidar com seus "aborrecentes".

Sempre me sinto melhor depois de uma boa conversa e, desde que vim pra cá, ainda não tivera uma. Foi por isso que todos os sentimentos bateram ontem — eu estava no fundo do poço da solidão.

Também é estranhamente reconfortante saber que Wyatt compreendeu alguns dos meus sentimentos. Ainda que eu achasse que ele não era capaz de sentir qualquer emoção que não fosse mau humor.

E ele tinha razão. Por mais irritante que seja admitir. A vida não é perfeita, e eu preciso aceitar isso. Talvez meus seguidores gostem de saber que tenho meus reveses em meio às vitórias. Talvez possamos embarcar juntos nessa jornada de cura, porque com certeza eu não sou a única me recuperando de uma crise.

E dane-se esse pensamento de que preciso ter tudo certo e decidido para ser feliz. Ainda posso ser feliz mesmo sem saber o que o futuro me reserva, mesmo sem o relacionamento perfeito.

Pego o celular no bolso, aponto a câmera para a linda paisagem à minha frente — os cumes das montanhas, o sol, a luz que se derrama nos campos verdes. Nem penso em me sentar por meia hora para editar a foto e deixá-la melhor, porque já está incrível. A beleza deste lugar é natural, incomparável. Tão autêntica e sem filtros. É tudo que eu não sabia que precisava.

Está na hora de eu ser assim também.

Autêntica. Sem filtros. *Honesta*.

Posto a foto no meu Instagram com a seguinte legenda:

> Quem foi que decidiu que eu não era bem-sucedida por fugir para um rancho no Colorado para me afastar da infidelidade do meu namorado e reencontrar inspiração? Seja quem for, estou pronta para provar que essa pessoa está errada. Dias melhores estão a caminho, meus amores! Bjs Rory.

Não consigo conter a animação ao subir correndo os degraus da casa de Wyatt. Quase a ponto de esquecer a dor horrível que sinto na lombar quando estou menstruada. Bato na porta com força, ansiosa para explicar a ele no que venho trabalhando nos últimos dias. No fim de semana inteiro, só consegui dar um mergulho no lago, de tão envolvida que estava nos meus planos.

Ele não responde, então bato de novo e chamo seu nome.

— Jesus Cristo, já vou — grita ele.

— Não tem Jesus nenhum. É a Rory.

Alguns segundos depois, Wyatt abre a porta suspirando.

— O que você quer?

Ele está todo molhado, com uma toalha enrolada na cintura e o resto do corpo totalmente exposto, reluzindo sob o sol. Aquela visão me faz engolir em seco.

O corpo musculoso dele é largo e levemente esculpido, resultado do trabalho pesado, diferente dos influenciadores fitness mais magros e definidos com que estou acostumada, como Jake. O modo como os quadris vão se estreitando para formar um V, o qual reparei naquela manhã, faz meu coração bater acelerado. As pernas também são musculosas, e vejo a cicatriz do ferimento que ele mencionou.

Eu já tinha visto as montanhas tatuadas em seu antebraço, mas ele também tem uma linda tatuagem de águia voando no peito, com as asas abertas de um ombro a outro. Quando passei por Wyatt cortando lenha sem camisa no outro dia, eu estava muito irritada para sequer prestar atenção nele. Mas agora, vendo-o assim de perto, é mesmo impressionante o nível de detalhe. Só Deus sabe quanto tempo levou para ser feita.

Os pelos escuros do peito estão aparados, mas ainda grandes o suficiente para passar os dedos por eles.

Não que eu queira fazer isso.

Wyatt pigarreia.

— Aurora? Tá tudo bem?

Volto a encarar o seu rosto, que parece tenso. Merda. Acho que não tem nenhuma maneira de fingir que não o estava secando, então apenas digo:

— É, você tem um pouquinho de água... bem aqui — digo, e aponto para o ombro onde começa a águia, apesar de o corpo inteiro dele estar molhado.

Assim como vou ficar bem no meio das pernas se ele não vestir logo uma roupa.

Meu Deus, qual é o meu problema?

Wyatt faz uma careta.

— Eu estava tomando banho.

— Estou vendo. — Abro um sorrisinho para ele, ainda segurando a pasta atrás de mim. — Posso entrar?

Wyatt olha para mim por um segundo, o maxilar meio tenso. Sei que não viramos melhores amigos por causa da outra noite, mas os últimos dias desde então foram bem mais amigáveis. Ele nem fez cara feia para mim quando nos cruzamos, então acho que conseguimos superar as diferenças.

A certa altura, ele concorda.

— Claro.

Nunca entrei de fato na casa de Wyatt, só dei uma olhadinha naquela noite antes de irmos para o bar, então estou curiosa para ver como é. O interior se parece com as partes mais rústicas do casarão, com vigas e piso de tábuas grossas, apesar de ter apenas um andar. Há uma área integrada onde ficam a cozinha e a sala, três banquetas de bar que parecem ter sido feitas sob medida ao lado da bancada, e um sofá grande e verde de frente para a televisão.

— Vou me vestir, espera aí — diz ele, já caminhando pelo corredor para o que imagino ser seu quarto.

É a oportunidade perfeita para ver suas outras tatuagens, nas costas — cinco fileiras de números romanos, pássaros voando pelos ombros no mesmo lugar das minhas borboletas, além de um homem alado musculoso caindo. Meus dedos coçam para passar a mão nelas, para descobrir o que significam.

Mas tenho a impressão de que a confissão de Wyatt na outra noite foi algo fora do comum para ele, e não imagino que ele vá se abrir comigo de novo. Ele só estava tentando fazer eu me sentir melhor.

Enquanto ele se veste, decido bisbilhotar, pondo a pasta que trouxe comigo no sofá. Três estantes escuras e enormes ocupam a maior parte das paredes da sala, todas cheias de livros de História. Por que estou sorrindo ao saber que ele gosta de ler?

Pergunto em voz alta:

— Você estudou História na faculdade?

Um resmungo de confirmação ecoa pelo cômodo.

Em meio aos livros e também em outras superfícies, há pequenos objetos decorativos: tigelas e vasos com estampas coloridas, imagens de lobos e águias. O lugar tem uma atmosfera eclética, mas claramente tudo foi escolhido a dedo, com um toque inusitado de cores vivas em meio aos tons mais naturais e neutros.

Ao lado da tigela vermelha está o único porta-retratos do cômodo, que imagino ser uma foto da família, porque há uma versão mais jovem dele e de Cherry, além de um menino que parece a mistura dos dois, provavelmente o irmão famoso. Eles estão de pé entre uma mulher mais velha com cabelos longos e escuros e um senhor grisalho, com um bigode enorme. E todos estão sorrindo e se abraçando. Até Wyatt. O modo como ele olha para os irmãos mais novos, como se fossem um tesouro, deixa meu coração quentinho.

— Você fez de propósito? — pergunto em voz alta, passando a mão nas lombadas.

Ele tem livros sobre todos os assuntos: a Guerra Civil Americana, a Revolução Francesa, a Grécia Antiga e a Batalha de Hastings. Tento fingir que não estou envergonhada pelo fato de que, provavelmente, ele sabe mais da história britânica do que eu.

Sofia ficaria constrangida.

— O quê? — responde Wyatt, a voz mais próxima agora que ele está voltando para a sala e terminando de vestir a camisa. A calça jeans escura e desbotada, com cadarços, abraça perfeitamente as suas pernas, e a camiseta cai muito bem em sua pele mais escura, o que não ajuda em nada a dissipar a imagem de seu corpo da minha mente.

Sinto um frio enorme na barriga.

Meu Deus, achar Wyatt irritante vai ser muito mais difícil agora que eu o acho gato também.

Passo a língua nos lábios e abro um sorrisinho.

— Estudar História. Para ter dificuldade de arranjar um emprego e poder voltar pro rancho.

Wyatt apoia o quadril numa das estantes, cruza os braços e me olha incisivamente. Aquilo me deixa nervosa, como quando você está prestes a levar uma bronca do professor. Talvez eu tivesse prestado mais atenção nas aulas se *ele* tivesse sido meu professor de História.

— Se eu soubesse que você veio até aqui para me insultar, teria ficado no banho.

Faço um gesto de desdém.

— É, mas não ficou, então vai chorar suas pitangas por outra coisa. — Ele faz um muxoxo e fecha a cara. — Na verdade, eu vim porque tenho uma coisa empolgante para te contar.

— Você está indo embora? — Seus olhos reluzem, se divertindo, e agora sou eu quem fecha a cara.

— Muito engraçado, mas não. Pelo contrário. — Quando digo isso, Wyatt se empertiga e descruza os braços. Eu me sento no braço do sofá. — Depois da nossa CP naquela noite...

— Que raios é CP?

— Conversa profunda.

— Puta merda — murmura ele, passando a mão no rosto.

— Calma, minha boca é um túmulo. — Faço um sinal de promessa com os dedos e dou uma risadinha enquanto Wyatt balança a cabeça. — Enfim, a nossa CP me fez pensar muito sobre a vida e me inspirou tanto que consegui até escrever um texto! Não foi tão positivo como de costume, mas tem um final feliz.

O alívio que senti ao mandar aquilo para meu chefe na revista *Thrive* foi incomparável. Até fiz uma postagem no meu Instagram falando sobre bloqueio criativo e o que pode causá-lo. Não teve tantas curtidas quanto o habitual mas, pelos comentários, as pessoas gostaram bastante.

— Muito bem… sobre o que era o texto?

— Como o sucesso nem sempre é igual à felicidade e porque isso é uma bobagem.

Mordo o lábio para esconder o sorriso radiante que desponta em mim quando o rosto de Wyatt se ilumina e fica bem mais suave.

— Espero que tenha me dado o crédito.

— Ah, claro. Mencionei um *rancheiro alto e mal-humorado* nas notas de rodapé — digo, encarando-o.

Um silêncio palpável se instaura entre nós quando ele também olha para os meus olhos. Um calor estranho me invade, mas não é aquela raiva que em geral sinto quando estou com Wyatt.

É estranho demais, então desvio o olhar e pigarreio.

— Mas a inspiração não parou aí. Passei o fim de semana pensando no que quero fazer com a minha vida. Sei que amo ajudar e inspirar as pessoas, e foi muito bom estar cercada de gente na sexta-feira. E você tem razão a respeito deste lugar, da atmosfera de felicidade e paz daqui. Então, eu fiz um projeto… um no qual você pode manter seu trabalho.

Eu me viro para trás para pegar a pasta no sofá e, quando volto, Wyatt está bem pertinho de mim, a alguns poucos passos de distância. Preciso levantar a cabeça para olhá-lo. O modo como ele se eleva acima de mim é meio intimidador mas, ao mesmo tempo, me deixa um tanto zonza.

Abro a pasta.

— Tchã-rã!

Só de ver a colagem de imagens que fiz já sinto um arrepio de emoção, como se aquilo realmente pudesse se concretizar, como se meu corpo soubesse que esse é o caminho certo. E eu já vi duas borboletas hoje de manhã, então o universo deve concordar comigo.

Mas a expressão no rosto de Wyatt não reflete a mesma empolgação.

— O que é isso?

— É um painel de visão. — Ele franze as sobrancelhas, querendo mais explicações. — Uma colagem de imagens que representa o que você quer. É para ajudar a visualizar seu futuro e seus objetivos, e o que te motiva a alcançá-los.

Ainda tenho em casa o primeiro painel de visão que fiz na faculdade, quando decidi que queria começar um blog. E aqui estou eu, então eles devem funcionar pelo menos um pouco.

Agora é a parte em que devo explicar meu projeto, mas a ideia de dizer em voz alta é assustadora. Vai tornar tudo mais real, o que deixa em aberto a possibilidade do fracasso. Mas também do sucesso. Posso estar prestes a falar e fazer tudo acontecer.

— Quero transformar este lugar numa espécie de retiro de bem-estar — confesso, o estômago todo revirado de nervoso.

Preciso que Wyatt embarque nessa, e seu rosto inexpressivo não parece muito promissor.

— Olha, as instalações já estão sendo reformadas. A propriedade precisa de dinheiro, e só as atividades do rancho não vão dar conta, nós dois sabemos disso. Mas o Rancho do Pôr do Sol é muito mais do que um rancho... A alegria e a serenidade que sinto aqui não se comparam com nenhum outro lugar. Imagina compartilhar isso com outras pessoas e ajudá-las a serem mais felizes, quem sabe até inspirá-las a criar também. Acho que pode ser um sucesso. E hóspedes ainda vão trazer mais dinheiro para a cidade.

Wyatt coça a nuca, abre a boca para responder, mas estou com muito medo de que ele rejeite a minha ideia, então continuo falando:

— E você ficaria aqui, seria responsável pelo rancho em si... Tudo que fosse relacionado à administração deste lugar seria com *você* e não comigo, porque, vamos ser honestos, eu não tenho a menor ideia de como funciona. De repente, vocês podem organizar aulas de montaria e trilhas também. Mas, basicamente, não tem como dar certo sem você.

O silêncio que se segue é ensurdecedor.

Sei que às vezes sou impulsiva e nem sempre penso direito nas coisas, mas nesse caso eu pensei. Quando cheguei aqui, estava decidida a vender o rancho... Eu jamais ficaria no Colorado, e não fazia sentido tentar administrar um rancho estando do outro lado do mundo. Eu venderia sem dificuldade. O rancho também era um lembrete da ausência da tia Grace, do quanto eu estava solitária e sem conseguir trabalhar direito.

Mas, agora, sinto vontade de ficar.

Durante minha infância, eu e minha família nos mudamos algumas vezes. Aquilo nunca foi um problema, e eu rapidamente me adaptava ao novo cenário, mas nunca tive um lugar ao qual me sentisse conectada de verdade. Nunca tive um *lar*, só um bando de casas diferentes. E embora eu adore morar em Londres, lá também não é meu lar. Sei que não vou ficar lá para sempre... Acho que ninguém tem estômago para passar a vida inteira naquela cidade.

No entanto, o Rancho do Pôr do Sol sempre esteve ali. Era algo constante, até eu ficar mais velha. A alegria e a liberdade que sentia aqui quando era mais nova não desapareceram. Continua a mesma coisa. Todas as manhãs em que acordei, fui até a varanda dos fundos com minha água quente com limão e respirei o ar puro com cheiro de liberdade, eu senti um zunido no peito que dizia *lar, lar, lar*.

Sei que Wyatt deve sentir o mesmo. Não vou fingir que uma pequena parte de mim também não se sente mal por tirar isso dele ao vender o rancho. Ele não merece isso.

Embora eu nunca vá dizer isso em voz alta, talvez eu realmente estivesse precisando da traição de Jake para me obrigar a vir aqui e me lembrar do lugar ao qual eu sempre senti que pertencia.

Tudo acontece por um motivo, né?

11.
Aurora

— Não sei, Aurora... — Wyatt começa a dizer, franzindo a testa.

— Tudo bem, escuta. — Seguro a mão dele e lhe puxo para o sofá, onde nos sentamos. Coloco o painel de visão na mesa de centro diante de nós e olho para as imagens, em busca da motivação para lutar por isso.

Meu joelho encosta no dele quando me viro em sua direção. Wyatt olha rapidamente e então puxa a perna para trás.

Ele não gosta de toque físico, percebo.

— Você tinha razão. Tem muitas pessoas infelizes por aí, presas a uma vida que não traz satisfação nem felicidade, porque estão focadas em fazer o que acham que *deveriam* fazer e não o que querem fazer de verdade. Mas nesse mundo é bem difícil ter uma folga ou tirar um tempo para refletir e descobrir como se sentir melhor, que dirá pôr isso em prática. Tipo, eu literalmente tive que vir até o Colorado, até este rancho, para voltar a me sentir bem. Então talvez eu possa ajudar outras pessoas com esse retiro. Dar a elas a oportunidade de sentir a paz e a liberdade que este lugar oferece para começarem a priorizar sua felicidade.

Mexo a perna sem parar e olho para Wyatt, com a esperança de tê-lo convencido. Porque eu não acho que vou conseguir fazer isso sozinha e não quero ir embora ainda. Quero ficar aqui e ajudar as pessoas.

Ele pega o painel de visão, o rosto totalmente inexpressivo. Meu Deus, eu quero sacudir esse homem.

Só me fala o que você acha, Hensley!

Então ele pega o papel que está embaixo — um mapa do rancho, no qual estruturei toda a hospedagem e as atividades, incluindo algumas mudanças de acordo com as estações do ano. Está tudo categorizado por cor, cada uma para uma parte do retiro, algo que foi incrivelmente terapêutico de fazer.

— É uma ótima ideia, Aurora, mas acho que o pessoal de Willow Ridge não é bem o público certo pra isso. — Wyatt aperta os lábios.

— Eu sei disso, bobinho.

Eu me inclino para a frente e chego mais perto dele. Nossos braços se encostam, e o dele fica todo arrepiado, o que faz com que Wyatt olhe para onde nos encostamos. Ele vira os olhos escuros para os meus, e depois de volta para os papéis.

— Qualquer um poderá se hospedar aqui. A gente pode fazer um teste antes de começar. Tenho muitos contatos por causa da carreira de influenciadora e posso convidar as pessoas a virem, nos dar um feedback e ajudar a divulgar o lugar. Quando alguns influenciadores com centenas de milhares de seguidores começarem a falar do Rancho do Pôr do Sol, logo, logo vamos estar com uma fila de gente implorando para vir pra cá.

— E o dinheiro? Para organizar tudo isso?

— Eu tenho minhas economias. Era para comprar uma casa, mas agora já tenho uma — digo, apontando para além da janela.

Além do mais, usar o dinheiro que guardei para ajudar as pessoas *e ainda* ir atrás dos meus sonhos parece algo que vale a pena. Quem não arrisca um pouquinho, não petisca.

Agora Wyatt começa a assentir de leve, e sinto um tremor em todo meu corpo.

— Você pensou em tudo, não foi?

Quando ele se vira para mim, não consigo evitar me contorcer de cólica. Eu estava tentando aguentar sem precisar de analgésicos, mas essa pontada me pegou desprevenida.

— O que foi isso? — pergunta Wyatt, paralisado, os olhos apertados.

— O quê?

— Essa cara. Parece que você está com dor.

— Ah, não é nada. — Não vou mencionar minhas cólicas menstruais pra ele… Os homens em geral ficam bem esquisitos ao falar desse assunto. — É só uma dor de cabeça.

— Ah, é. O jeito que você está esfregando as costas deixa isso bem claro. — Ele olha para minha lombar, onde as cólicas normalmente começam e onde, por instinto, eu massageio com o polegar.

Tiro a mão das costas.

— Sério, não é nada.

Wyatt me olha intensamente, respira fundo, se levanta e vai até o quarto. Fico um pouco preocupada que ele tenha se enchido da minha presença e decidido ir embora, mas ele volta e me entrega uma cartela de analgésicos. Ele pega um copo no armário e enche de água. Então me entrega, senta de novo no sofá e aponta com a cabeça para o remédio.

— Toma dois desses e me dá seu pé.

— Como é? — Levanto as sobrancelhas, e ele me olha com sua careta habitual. — Até achei que você curtia uns fetiches diferentões, mas não passou pela minha cabeça que era com pés.

Ele arregala os olhos, e dá para ver que está tentando decidir que parte responder primeiro.

— Não tenho fetiche em pés.

Mas tem outros fetiches diferentões? Interessante.

Wyatt estende as mãos grandes, onde imagino que esteja esperando que eu coloque meu pé. Estou superconfusa.

— A Cherry tinha umas cólicas violentas e, por algum motivo, massagem no pé ajudava.

Ele está se oferecendo para massagear meus *pés*. Quem é esse cara e o que aconteceu com o Wyatt Hensley com quem eu estava conversando agora há pouco? E os analgésicos… Ele está cuidando de mim. Isso é tão estranho.

— Acho que sua irmã pode ter te enganado para conseguir umas massagens grátis nos pés. — Levanto uma sobrancelha e tomo os remédios.

— Não, eu já li sobre isso. Não sei se é uma coisa psicológica ou se só funciona como distração, mas parece que ajuda mesmo. — Wyatt dá de ombros. — E então, vai me dar o pé ou vai ficar sentada aí reclamado?

Estou prestes a responder, porque não reclamei de absolutamente nada, mas sinto outra pontada de cólica e fico calada. Respiro fundo, tiro os sapatos e, meio hesitante, apoio os pés no colo de Wyatt. Estou feliz por ter pintado as unhas, então eles estão relativamente bonitos. Se é que existe um pé bonito.

O calor de suas mãos alivia a tensão assim que ele segura meu pé direito e pressiona o arco com os polegares.

— Jesus, Aurora, seu pé está um picolé.

— Eu tenho a circulação ruim, foi mal — digo, fechando os olhos e já sentindo a dor na minha lombar começar a melhorar.

— Tá bom assim? — pergunta ele, e posso sentir o peso de seus olhos escuros em mim.

— Tá — respondo, soltando a respiração, porque na verdade minha vontade era gemer, mas sinto que não seria muito apropriado.

Meu Deus, esse homem sabe usar as mãos… Cada movimento do seu polegar projeta uma onda de felicidade pelas minhas pernas que percorre todo o meu corpo.

Não digo a Wyatt que a dor já praticamente sumiu quando ele passa a massagear o outro pé. Em vez disso, abro os olhos e ele desvia rapidamente o rosto, como se não quisesse ser flagrado me olhando. Mas ele está esboçando um sorriso, como se estivesse curtindo o momento. Por mais chocante que seja, ele disse que costumava fazer isso para Cherry, e sinto o coração quentinho ao pensar num Wyatt mais jovem cuidando da irmã. Então pode ser que ele goste disso — de cuidar das pessoas.

Eu só não esperava que ele fosse cuidar de *mim*.

Quando Wyatt pressiona o polegar com um pouquinho mais de força, deixo escapar um gemido que parece muito mais sexual do que eu gostaria. Ele congela de repente e eu cubro a boca com a mão para não deixar escapar uma gargalhada. Wyatt olha para mim e então empurra meus pés para longe.

— Bom, você deixou a coisa meio estranha.

Agora a gargalhada sai com vontade.

— Desculpa!

Ele balança a cabeça e se afasta mais um pouco, a contrariedade muito clara em seu rosto franzido. Acho que isso é o máximo da versão legal de Wyatt que vou ter hoje.

Eu me sento direito no sofá, ainda mordendo o lábio.

— Mas obrigada. Ajudou mesmo. Fico devendo essa.

— É, vai ficar devendo mesmo... principalmente se eu topar essa história de retiro.

— Espera aí... — Arregalo os olhos, o corpo todo num frenesi. — Você está dentro?

Ele dá de ombros.

— Eu não posso dizer não, posso?

— Ai, meu Deus! — Jogo os braços ao redor dele, dando gritinhos. Eu me sinto quase zonza com essa explosão de alegria.

Wyatt resmunga e tenta se soltar.

— Aurora, por favor, me solta.

— Desculpa, desculpa! — Minhas bochechas doem de tanto que estou sorrindo. Pigarreio, tento me recompor no sofá e estendo a mão. — Parceiros de negócios, então?

Wyatt revira os olhos e, relutante, aperta minha mão.

— Parceiros de negócios.

Quando seus olhos escuros encontram os meus, sinto aquele friozinho na barriga, como se borboletas estivessem voando lá dentro. E borboletas são meu bom presságio, né?

12.
Wyatt

— É grande demais. Não sei como vou encaixar minhas pernas em volta — reclama Aurora.

— Já ouvi isso antes — digo, com uma risadinha, enquanto ela dá uma olhada em Scout, o cavalo da raça quarto de milha palomino.

Ela se vira e faz uma careta para mim.

— Muito engraçadinho.

— Eu não estava brincando. — Dou uma piscada e tiro o chapéu para secar o suor da testa, já que o sol está forte hoje. — Agora, você vai ser uma boa menina e montar, ou não?

Aurora arregala os olhos, as bochechas ficando cada vez mais rosadas. Qualquer tentativa dela de segurar a risada vai por água abaixo, e sua gargalhada ecoa como um sino.

— Você *não* disse isso.

— Disse sim.

Eu ponho o chapéu de volta, cruzo os braços e me aproximo dela, ficando a apenas alguns centímetros de distância. O cheiro de coco do protetor solar que ela passou na pele sardenta invade meus sentidos. Bem diferente, e bem mais gostoso, do que os cheiros de lama, esterco e cerveja que estou acostumado a sentir.

— Já te mostrei como montar umas cem vezes. Se não subir nesse cavalo agora, eu mesmo vou pegar você no colo e te jogar lá em cima.

Uma das minhas condições para aceitar ajudá-la com seu retiro foi que ela aprendesse a cavalgar. Ainda não estou cem por cento confiante na ideia — principalmente porque é algo bem diferente de tudo a que estou acostumado, mas também porque vou precisar passar muito mais tempo com uma garota que não sabe controlar o tom e o volume da voz. E sei que muitos ranchos têm tido problemas financeiros ao longo dos últimos anos, mas nós aqui mal conseguimos pagar todas as vacinas e todos os remédios necessários para os bezerros este ano, que dirá ter tantos gastos extras.

Então, se essa for a única saída para eu conseguir ficar aqui e manter este lugar funcionando, vamos nessa. De cavalo dado não se olha os dentes, né?

Além do mais, Aurora literalmente passou o controle da administração do rancho para mim, o que é melhor do que eu poderia imaginar. Não legalmente, é claro — ela ainda é a dona do Rancho do Pôr do Sol e pode contestar qualquer decisão que eu tome —, mas sou o responsável por tudo relacionado ao rancho. Desde que eu consiga manter o lugar funcionando, e a ajude com o retiro, Aurora está satisfeita. É quase o mesmo esquema que eu tinha na época de Grace — a não ser, infelizmente, pelo fato de que agora talvez eu tenha que interagir com mais gente. Mas acho que dá para relevar, em nome da existência do Rancho do Pôr do Sol. E da minha permanência nele.

Sei que estamos nos primeiros dias e, sinceramente, não tem garantia nenhuma de que esse retiro vá funcionar. No entanto, quando peguei os papéis para ler com calma, não pude negar que o projeto de Aurora é extremamente minucioso e detalhado, e isso me dá mais confiança. Tiro o chapéu para a influenciadora, porque ela planejou tudo até os mínimos detalhes, e a paixão que emana dela ao falar de tudo isso é inspiradora. Também foi legal saber que nossa conversa a motivou.

E que ela quis que eu ficasse.

Tecnicamente, o retiro poderia existir sem mim e os outros rancheiros. Ela não precisa muito da parte fazendeira da coisa para fazer o retiro funcionar. Mas ela quer. Aurora quer que eu — e os outros caras, claro — estejamos aqui.

Ainda assim, parece bom demais para ser verdade. Como se eu estivesse deixando passar alguma coisa. Em algum lugar no meio desse lindo plano todo colorido tem algum problema que nos passou despercebido.

Porque é assim que a vida funciona.

Assim como quando tive a oportunidade de gerenciar este rancho pela primeira vez — e ter um trabalho de que gostava. Tem sempre alguma coisa à espreita na esquina. Sua namorada te trocando por um cara mais bem-sucedido. Seu pai se decepcionando com você. Seu rancho sendo entregue para uma inglesa irritante que só queria vendê-lo.

Seja lá o que for aparecer para me lembrar de que nem sempre posso ter tudo que eu quero, só espero ter uma trégua um pouquinho maior. Mais um mês por aqui já vai ser mais que o esperado.

— Tá bom, tá bom! — Aurora levanta a mão, me dizendo para me afastar, e se vira para Scout com uma expressão determinada. Ela respira fundo, solta o ar devagar e sobe no banquinho que peguei para ajudá-la a montar. Então sussurra para si mesma: — Meu medo não conhece minha força. Eu consigo.

— Jesus — digo, escondendo a risada com a mão. Ela me olha de cara feia.

Com a postura firme, Aurora pega as rédeas e a alça da sela, põe o pé no estribo e se joga para cima. Ao perceber que conseguiu tão naturalmente, seu rosto se ilumina, e ela dá uns gritinhos de cima da sela, os lábios cor de morango se abrindo num sorriso reluzente. O sol do meio-dia reflete em seus cabelos ruivos, criando uma espécie de auréola dourada nela.

Lá em cima, ela parece quase angelical.

Acaricio o pescoço de Scout por ser tão calmo com ela e aceno para Aurora com a cabeça.

— Muito bem. Agora se segura aí.

Ela ainda está radiante de orgulho quando subo no banquinho, seguro a sela e...

— Ei. — A voz de Aurora me dá um susto. Ela está com as sobrancelhas franzidas. — O que está fazendo?

— Subindo no cavalo. O que parece que estou fazendo?

Aurora engole em seco e meus olhos são atraídos para seu pescoço.

— Mas por quê?

— De jeito nenhum eu vou deixar você andar sozinha logo de cara. Não quero ter que correr atrás de você porque fez o cavalo sair em disparada.

Foi por isso que escolhi Scout para ela aprender — ele é o cavalo mais forte e mais calmo do rancho, então sei que aguenta nós dois por um tempinho. Só até eu garantir que Aurora já pegou o jeito. Eu preferia não passar meu dia nessa proximidade toda com alguém que me irrita tão facilmente, mas também não quero ser responsável se ela for arremessada longe por um cavalo. Levá-la para o hospital ia desperdiçar ainda mais meu tempo.

Antes que Aurora possa enrolar mais, eu subo em Scout e sento na almofada atrás da sela. Aurora fica mais imóvel que uma estátua; e eu logo me arrependo da minha decisão porque me sinto mais perdido que barata tonta. O cheiro envolvente e cítrico do que deve ser seu xampu preenche meus pulmões, e seus cabelos ondulados caem sobre os ombros. Calor irradia do corpo dela pelas costas, que quase tocam em mim.

Tento não encostar muito nela por respeito, mas estou ficando mais excitado do que deveria. De verdade, não consigo me lembrar da última vez que estive tão próximo de uma mulher...

Não. Não vamos falar sobre isso.

— Certo. — Pigarreio e envolvo Aurora com os braços para segurar as rédeas por cima das mãos dela. — Mantenha os pés no estribo e as mãos firmes nas rédeas. — Espero ela seguir minha orientação e sinto suas mãos ficarem tensas sob as minhas, o que me faz perceber quão pequenas são. — Muito bem, para fazê-lo começar a andar, você deve apertar de leve com as pernas.

— Eita! — Aurora fica ainda mais tensa quando Scout começa a andar bem devagar pelo curral. Eu ouço sua respiração irregular.

Estar num cavalo é algo tão natural para mim — reconfortante, inclusive — que a ideia de que Aurora esteja com medo me deixa chocado. Mas eu tenho anos de experiência nas costas e sei que ela precisa relaxar, ou então não vai conseguir experimentar toda a felicidade que é estar numa sela. Não posso deixar que o medo leve a melhor.

Tiro uma das mãos das rédeas e acaricio o braço dela, tentando relaxar suas costas. Sinto sua pele arrepiar.

— Ei, você precisa relaxar. Vai se sentir mais confortável assim. Eu estou bem atrás de você, não vou te deixar cair.

Aurora se vira para trás por um breve instante, os olhos castanhos em busca dos meus. Mas não consegue ficar muito tempo sem olhar para a frente, então se desvira logo. Seus cabelos balançam, e ela respira fundo e se recosta em mim, se ajeitando bem de leve para ficar confortável. As mechas ruivas fazem cócegas no meu queixo, que fica tenso, e o calor de seu corpo passa para o meu, agora que ela está com as costas em meu peito. Ignoro os arrepios que sinto nos braços quando toco nos dela.

Também ignoro a pontada que sinto no estômago quando ela suspira, a tensão visivelmente se dissipando ao se soltar nos meus braços. Aquela inegável onda de dopamina me invade também. O mesmo aconteceu quando a fiz sorrir depois de ter chorado e quando ajudei a diminuir sua dor com a massagem nos pés outro dia.

Quando foi que eu comecei a gostar tanto de cuidar das pessoas?

Principalmente de Aurora Jones.

— É isso aí, princesa — digo, colocando a mão de volta sobre a dela nas rédeas. Mesmo ali atrás consigo sentir seu sorriso mais largo, iluminando o mundo ao nosso redor. Não entendo por que Aurora duvida de si mesma. Ela é muito mais forte do que pensa.

Eu a ensino a conduzir Scout e a fazê-lo desacelerar, e depois nos coloco para trotar pelo curral. A certa altura, Aurora aceita tentar sozinha e, antes que eu perceba, estamos cavalgando lado a lado com Dusty e Scout pela estrada de terra, os pastos e as montanhas ao nosso redor. De vez em quando Aurora fica tensa ou perde um pouco o equilíbrio, mas aí murmura algo para si mesma — sem dúvida, alguma daquelas baboseiras motivacionais — e volta a cavalgar facilmente como a autêntica amazona que eu achei que ela poderia ser.

Como se ela pertencesse a este lugar.

Apitos chamam nossa atenção quando passamos pelos gados, onde os rapazes estão trabalhando e acenam para nós. Ainda estão animados por saberem que não vão precisar sair do Rancho do Pôr do Sol, então nem me sacanearam muito quando expliquei que teria que sair na hora do almoço para ensinar Aurora a cavalgar. Em geral, eu ficaria preocupado com o acúmulo de trabalho decorrente disso, mas nem me lembro de quando foi a última vez que cavalguei com alguém por diversão.

Só duas pessoas, dois cavalos e uma bela vista ao redor. Não é a pior maneira de passar a quarta-feira.

— Meu Deus, é lindo demais, né? — diz Aurora, olhando para o lago à frente. O sol quente reflete sua luz dourada na superfície do lago.

Acabei de amarrar os cavalos na cerca e dei um petisco para cada, que trouxe nos bolsos da sela para deixá-los felizes enquanto fazemos uma pausa.

Quando chego perto de Aurora, ela começa de repente a tirar o top, revelando um biquíni lilás de tiras por baixo. A tatuagem no esterno está completamente exposta, chamando imediatamente minha atenção, e não consigo deixar de perceber que seus seios mal estão cobertos. E que caberiam perfeitamente nas minhas mãos.

— O que está fazendo? — pergunto, balançando a cabeça para afastar aqueles pensamentos.

— Vou dar um mergulho. — Aurora joga o top no chão e começa a tirar o short enquanto eu fico lá, paralisado.

A palavra "grata" está escrita em letra cursiva no quadril dela, bem em cima da borda do biquíni. Cada tatuagem me desafia a apreciar seu corpo um pouco mais. E eu sou um homem fraco e fácil de convencer.

Aurora prende os cabelos e vai caminhando na direção da água, o que me dá uma visão privilegiada daquela bela bunda sobre a qual admiti já ter pensado na outra noite. Mas não estou errado. É bela mesmo.

E eu não devia estar olhando.

Ela se vira para mim, os olhos brilhando, inocentes, como se não tivesse acabado de tirar a roupa na minha frente.

— Quer vir também?

— Hã, eu tenho trabalho a fazer — respondo, tentando levantar meu queixo caído.

Aurora faz um gesto com a mão.

— Bom, como sua chefe, eu digo que pode tirar o resto do dia de folga.

Cruzo os braços e levanto a sobrancelha.

— Achei que éramos parceiros de negócios.

— Tá bom, tudo bem. — Ela revira os olhos e continua andando até o lago. — Então, como sua *parceira de negócios,* eu digo que pode tirar o resto do dia de folga.

— Não estou com meus trajes de banho — respondo, em mais uma tentativa de evitar entrar no lago com ela. Nem sei direito por quê. Sawyer e

Wolfman estariam berrando comigo neste momento para entrar logo na água com essa mulher linda.

Mas tem alguma coisa me freando, como se o lago fosse um limite que não deve ser ultrapassado. Tenho certeza de que Aurora não me vê como nada além de um parceiro de negócios, e eu sinto o mesmo em relação a ela, mas não quero arriscar mudar nossa relação ao passar uma impressão errada. Vamos ter que trabalhar juntos para tirar esse retiro do papel e quero mais que tudo manter esse meu pedacinho de felicidade aqui no rancho.

Isso é o mais importante para mim agora.

Não posso pôr isso em risco.

— Entra de cueca, ué — sugere Aurora, dando de ombros. Ela encosta os dedos dos pés no lago e estremece. Então, com a sobrancelha levantada, abre um sorrisinho para mim e tenta falar com um péssimo sotaque do interior: — Bora, você precisa relaxar. Estou bem aqui, não vou deixar você se afogar.

Com isso, ela dá uma piscadinha e mergulha no lago soltando um gritinho. Sua cabeça volta à superfície num sobressalto, o rabo de cavalo boiando atrás dela. Ela abre um enorme sorriso enquanto flutua na água, esperando por mim.

Encosto a língua no lado de dentro da bochecha e faço uma careta para ela. Engraçado, não me lembro de quando foi a última vez que entrei no lago. As coisas têm sido tão corridas, principalmente depois que Grace ficou doente, que meus únicos momentos de diversão são as noites de sexta no Duke's. E aí volto com tudo para a labuta já na manhã seguinte.

Essa é a vida de um rancheiro.

Às vezes, me pergunto se também foi por isso que Holly não aguentou ficar comigo. Ela tinha que me dividir com o rancho, enquanto outros caras poderiam se entregar por completo para ela.

Esse pensamento me deixa perturbado.

— Tá bom — murmuro, tirando a camiseta e a calça jeans, e ouço Aurora comemorar, como se ela fosse uma noiva num show de strip-tease na despedida de solteira. É bom vê-la mostrando aos poucos mais de sua verdadeira personalidade para mim.

Entro no lago e a água fria lança uma onda de eletricidade pelo meu corpo, um contraste total, e também bem-vindo, com o sol de rachar. Músculos que geralmente doem se aliviam dentro da água.

O lago não está tão fundo para mim quando chego até Aurora, que está submersa até os ombros, então abaixo um pouco para ficar na mesma altura dela. Ela olha para o meu peito, concentrada ali na superfície da água por alguns momentos, e então levanta a cabeça para me olhar nos olhos.

— Por que uma águia? — pergunta, os olhos castanhos me analisando.

Levo um segundo para entender do que ela está falando. Estou tão acostumado com minhas tatuagens que até me esqueço delas.

— É só um lembrete.

— De?

Aurora levanta as sobrancelhas e sacode os braços, criando leves ondinhas. Tudo ao nosso redor está parado, silencioso, e há apenas o marulhar da água e o som das nossas vozes. Só nós dois.

— Minha mãe sempre acreditou que os animais servem como guias ao longo da nossa vida. Eu me lembro de ela dizer, ou talvez eu tenha lido em algum lugar, que águias representam liberdade e coragem.

Solto um suspiro e começo a boiar de costas na água, olhando para o céu absolutamente limpo lá em cima. Fico admirando sua vastidão, sem lembrar quando foi a última vez que parei para contemplar o céu. A água ao meu redor se remexe quando Aurora começa a boiar também. A leveza me faz querer ficar flutuando aqui por horas.

— Quando eu estava na faculdade e percebi que não queria fazer o que todas as outras pessoas queriam que eu fizesse, desde então comecei a ver águias em todos os lugares. Provavelmente era uma coincidência, mas fiz a tatuagem para me lembrar de que sou mais feliz quando estou livre, e não engaiolado. E aí eu aceitei o trabalho no rancho.

— Ah, meu Deus, e você tirando sarro de mim por ser clichê! — Aurora ri e espirra água em mim.

Perco o equilíbrio e tenho que me apoiar no fundo antes de afundar. Faço uma cara feia para ela, que também está se endireitando, ainda rindo. É a última vez que compartilho *qualquer coisa* mais pessoal com essa mulher. Espirro uma quantidade bem maior de água no rosto dela, que grita.

— Ei, isso foi muito gratuito — retruca Aurora, cuspindo e secando a água dos olhos. Gotinhas reluzem em seus cílios, mas um sorrisinho se forma nos lábios cor de morango.

Um sorrisinho malicioso e sedutor.

— E o que você vai fazer a respeito? — Cruzo os braços e a observo mordendo o lábio, os olhos ardentes.

Antes que eu possa reagir, Aurora desloca os braços na água e me encharca. Cuspo a água que entrou na minha boca e abro os olhos bem a tempo de vê-la prestes a fazer de novo, então agarro seus pulsos e a puxo para impedi-la.

Inesperadamente, Aurora me segura com as pernas quase de maneira instintiva, sua risada ecoando pelo lago.

Fico paralisado com aquele toque.

E com o encaixe perfeito dela em mim.

Aurora pisca os olhos ao se dar conta de como estamos — eu, segurando seus braços em cima dos meus ombros, as pernas dela em volta da minha cintura, nossas barrigas encostadas, aquele tecido fino e molhado que não nos impede de sentir o corpo do outro. Dentro da água fria, seu calor é ainda mais intenso e faz meu corpo incendiar em cada um dos pontos onde ela está encostada. Se ela se aproximar um pouquinho mais, vamos ter um grande problema.

Sinto arrepios, e digo a mim mesmo que é só por causa da água fria.

A respiração de Aurora fica entrecortada e é o único som preenchendo o silêncio ensurdecedor que paira entre nós por um tempo longo demais.

— Tenho que voltar pro rancho — digo, de repente. Na mesma hora nos afastamos, olhando para qualquer coisa que não seja o outro.

— Tá bom. — Aurora abre um sorrisinho. — Bom, obrigada pela cavalgada… ah! — Suas sobrancelhas sobem muito alto. — Não em você, claro. Estou falando do cavalo.

— Não foi nada. — Há um tom frio de indiferença nas minhas palavras ao tentar fingir que aquilo não foi extremamente constrangedor. Ao tentar fingir que a imagem dela cavalgando em mim não me passou pela cabeça. — Você consegue voltar sozinha pra casa? Vou levar os cavalos até o estábulo.

— Claro, sem problemas — diz ela. — Ah, Wyatt?

Paro ainda dentro da água.

— Hã?

— Será que pode tirar umas fotos minhas aqui no lago? É para o meu Instagram. Meu telefone está no bolso do short. Por favor?

Engulo o resmungo que começa a se formar na minha garganta. Não porque eu não queira ajudá-la — já percebi que infelizmente sou parte desse negócio de bem-estar, agora que tudo está ligado ao retiro. Mas não acho que seja uma boa ficar olhando para Aurora por mais tempo. Não quando ainda consigo sentir o calor de sua pele na minha.

Solto um suspiro e respondo:

— Tudo bem. Mas só algumas.

— Obrigada! — exclama ela, animada.

Quando enfim saio da água, o arrependimento bate ao perceber que não tenho toalha. Aurora provavelmente vai se secar no sol, mas eu pego minha camiseta e tento, em vão, me secar. Visto a calça — jeans e pele molhada não combinam — e vasculho as roupas de Aurora em busca do telefone.

Quando me viro, ela está lá de pé esperando, o lago reluzindo ao seu redor como se tivesse estrelas flutuando na água. As ondinhas brilham e refletem em sua pele dourada e sardenta. Aurora solta o cabelo e deixa as mechas ruivas livres.

Sinto como se tivesse me deparado com uma deusa da água, honrado por ter a oportunidade de testemunhar tamanha beleza.

— Pronta? — pergunto.

Ela assente e sorri, passando as mãos delicadamente pela superfície do lago. Tiro algumas fotos, os dedos tensos segurando o telefone enquanto tento esquecer a sensação de estar enganchado com aquele corpo pequeno e perfeito.

Porque, se eu seguir por esse caminho, sei que vou me arrepender.

13.
Aurora

— Que diabos está acontecendo aqui? — A voz de Wyatt ecoa entre os três rancheiros que estão na postura do cachorro olhando para baixo junto comigo.

Levanto a cabeça e vejo que ele vem caminhando como se estivesse pronto para uma batalha, os músculos tensos, grandes, em total contraste com a música clássica animada que sai da minha caixinha de som. Preciso afastar logo da mente a lembrança da sensação daqueles músculos em mim no outro dia no lago. Ele pareceu tão chocado por termos nos tocado que eu não sabia se tinha gostado um décimo do quanto eu, admito, gostei.

Mas quem não ia querer enroscar as pernas num caubói gato e musculoso?

Foi o que Sofia me disse quando liguei por vídeo para ela logo depois para contar o que tinha acontecido. Só para conferir se aquela sensação avassaladora dele em mim ia finalmente abandonar minha cabeça e meu corpo se eu a confessasse a alguém.

Porque a última coisa de que preciso, solitária e ainda em processo de cura, é me distrair com esse lembrete de como é estar próxima de alguém de novo. Ainda estou vulnerável e meu ego ferido provavelmente só quer ser desejado, uma vontade a que não devo sucumbir. Se eu precisar de amor, posso amar a mim mesma. Além do mais, pelo modo como se comporta comigo, está claro que Wyatt não pensa em mim dessa maneira.

Então tentei manter tudo entre nós bem leve e neutro quando ele me ajudou com os afazeres do retiro ao longo da semana.

Felizmente, todo esse martírio me inspirou a escrever outro texto sobre a importância de dar a si mesmo tempo e espaço para se restabelecer depois de uma mágoa como ter o coração partido. Meu chefe adorou, e surpreendentemente me pediu mais textos nessa pegada *honestidade crua* com a qual venho escrevendo recentemente. Senhoras e senhores, a mágica do Rancho do Pôr do Sol é real.

As fotos que Wyatt tirou também serviram como um ótimo pontapé inicial para divulgar o retiro — dava quase para sentir a felicidade e a liberdade irradiando da foto que postei. Que é exatamente a abordagem que estou empregando para o retiro, uma chance de experimentar liberdade, clareza, alegria. Uma chance de voltar ao que nos faz sentir inspirados, livres e *felizes*.

Além do mais, a marca do biquíni sustentável que eu estava usando ficou superfeliz com as fotos e com a ideia do retiro, que tem tudo a ver com seus valores. Eles me mandaram mais modelos de biquínis para fazer fotos. Essa é uma das grandes vantagens de trabalhar como influenciadora.

— Ah, e aí, chefe? — Flynn, o assistente mais jovem do rancho, com uma animação frenética àquela hora da manhã, acena para Wyatt de sua posição e abre um sorriso.

Dobro os joelhos e os três homens me seguem, mudando para a posição de pernas cruzadas enquanto Wyatt se aproxima, bufando. Josh e Colt, os outros dois rancheiros, tentam conter as risadas ao observá-lo. Os dois são um ano mais novos do que eu, e aparentemente estudaram com o irmão mais novo dele, algo que fiquei sabendo quando Wyatt nos apresentou no início da semana.

Quando ele finalmente chega onde estamos, cruza os braços, as sobrancelhas levantadas, nos fuzilando com o olhar.

Josh relaxa as costas.

— Vai se juntar a nós, chefe?

— *Nós* temos trabalho a fazer — responde Wyatt, a voz fria.

— Vamos lá, Hensley. — Colt entra na conversa com um sorrisinho provocador, e seu sotaque é o mais forte deles. — Você está sempre tão tenso. Pode ajudar a se soltar um pouco.

Wyatt revira os olhos escuros de um jeito bem dramático e enfim se vira para mim. Lá vem aquele friozinho na barriga de novo.

— E o que *você* está fazendo acordada tão cedo? O dia mal clareou.

— Só estou querendo começar o dia mais cedo.

Aperto os lábios e me sinto um pouco como uma aluna que tenta explicar à professora por que não fez o dever de casa. Mas por algum motivo, eu também curto que ele fique irritado com isso. Provavelmente porque ele acha que ioga é uma perda de tempo e eu consegui fazer três de seus empregados provarem que está errado.

— Os rapazes vieram dar um oi quando eu estava praticando, então perguntei se eles não queriam fazer também.

Desde que começamos a pôr em prática a ideia do retiro, resolvi começar a acordar todos os dias num horário parecido com o de Wyatt. Ele passa horas dando duro no rancho antes mesmo de eu começar a fazer qualquer coisa relacionada ao retiro, e aquilo me fez achar que precisava me esforçar um pouco mais.

Sete horas costuma ser meu horário ideal para acordar, mas aqui no Rancho do Pôr do Sol tem sido revigorante acordar mais cedo que isso. Ver os raios dourados do nascer do sol se derramando nas montanhas e nos pastos faz uma baita diferença, mas também tenho gostado da sensação de ter bastante tempo pela frente. Preciso ir dormir pelo menos uma hora mais cedo, às vezes mais, para compensar, mas vale a pena porque sou muito mais produtiva de manhã — sobretudo para postar nas redes sociais falando do retiro.

— É bem legal, chefe — admite Flynn, com um sorrisinho torto. — A senhorita Rory tem *bastante* flexibilidade. Está ensinando um monte de posições pra gente.

Um músculo do queixo de Wyatt se tensiona enquanto Flynn fala, mas ele continua olhando para mim. No entanto, o gemido de Flynn rapidamente chama a atenção de todos, e ficamos boquiabertos quando o garoto, de dezenove anos, faz uma impressionante postura do caranguejo, algo que eu sem dúvida *não* mostrei como fazer.

— Olha só, imagina quantas coisas dá para fazer nessa posição. Aposto que você não consegue. — A voz de Flynn sai meio engasgada enquanto ele se exibe, até que geme de dor e cai deitado no chão.

Preciso morder o lábio para segurar uma risada diante da expressão perturbada de Wyatt.

— Não *quero* fazer isso — resmunga ele.

Colt volta para a posição de cachorro olhando para baixo e se vira para Wyatt.

— Não diga isso antes de tentar, Hensley.

Quando Josh e Flynn trocam uma risadinha e voltam à posição do cachorro, Wyatt olha para mim de cara feia, os olhos semicerrados. É um belo cenário, três caubóis musculosos com a bunda para o alto numa sexta de manhã.

— Pode encarar como um teste das aulas de ioga que vou oferecer no retiro.

Dou de ombros para ele e fico de joelhos, depois aceno para o espaço vago ao lado de Josh. Wyatt olha para cima, respira fundo e, para minha surpresa, se ajoelha também. Mas a expressão irritada não muda nunca. Pisco para ele e passo a língua nos lábios.

— Vou pegar leve com você, não se preocupe.

— Isso aí, chefe — diz Josh, debochando, e Wyatt dá uma pancada em suas costelas, quase o derrubando.

Ele arregala os olhos para mim, impaciente.

— Vamos acabar logo com isso.

— Certo, façam a postura de mesa.

Fico em quatro apoios e espero Wyatt fazer o mesmo. Mostro a ele como entrar e sair da postura do cachorro, que ele não consegue fazer sem resmungar. Pena que não estou com o telefone por perto para tirar uma foto.

Os quatro ficam olhando quando mostro como pôr o pé para a frente, levantar e esticar os braços na postura do guerreiro dois. As tentativas deles são cheias de perdas de equilíbrio e oscilações, mas, a certa altura, todos conseguem fazer o movimento com fluidez, e agora tentam com a perna esquerda. Flynn fica abismado consigo mesmo por conseguir com tanta facilidade dessa vez, e está radiante.

— Excelente, rapazes. — Eu me levanto e caminho entre eles, conferindo a posição do guerreiro e fazendo pequenos ajustes na postura.

Quando chego em Wyatt, hesito até encontrar seus olhos; há uma fagulha de impetuosidade neles. Não sei por que fico nervosa.

Ele levanta uma sobrancelha sem sorrir.

— Se é assim que você vai passar seus dias enquanto eu ralo que nem um camelo no rancho, vamos ter que repensar esse plano de negócios.

— Braços um pouquinho mais altos — instruo, e seguro os braços dele suavemente para levantá-los.

Wyatt estremece de leve, arrepios percorrendo sua pele, mas tenta manter a compostura e seguir minhas orientações.

— Na verdade, enquanto você teoricamente estava *ralando que nem um camelo*, eu já convenci quatro amigos influenciadores a virem para o período de teste.

Até Rowan, amigo do meu ex, mandou mensagem pedindo para vir. Disse que condenava o comportamento de Jake e se ofereceu para ajudar com o que eu precisasse. As pessoas estão adorando todo o conteúdo que tenho compartilhado sobre o retiro, e minha animação só aumenta.

O rosto de Wyatt se ilumina e qualquer desdém por mim desaparece. Ele relaxa na postura e deixa os ombros caírem.

— Sério?

Jogo o cabelo para trás do ombro.

— O que posso dizer? Eu sou maravilhosa.

— É... — Wyatt inclina a cabeça para o lado. — Tipo isso.

Ele me encara e uma suavidade preenche seus olhos, que passeiam pelo meu rosto. Wyatt não contesta, não me insulta nem faz nada do que costuma fazer — em vez disso, parece que está *olhando* para mim de verdade, pela primeira vez. Como se enfim tivesse visto quem realmente sou e... me sinto exposta.

Deixo esse pensamento de lado, me afasto e levanto a voz para falar de novo com o grupo inteiro.

— Muito bem, transfiram o peso um pouco mais para a frente para alongar. E fiquem assim por alguns segundos. Lembrem-se de respirar enquanto isso.

Enquanto estão todos com os rostos virados para longe de mim, eu aproveito a chance, pego meu telefone na varanda e tiro algumas fotos deles. Wyatt está bufando e tenta conferir o relógio no braço esticado à sua frente.

— Tem algum prêmio pra melhor postura do guerreiro? — pergunta Flynn, cheio de malícia. — Tipo um encontro com a professora?

— Que tal umas horas extras catando cocô de cavalo para aprender a não falar merda? — rebate Wyatt, o rosto fechado ao olhar para Josh. É a distração perfeita para eu chegar de surpresa perto dele.

— Sorria! — grito, e pulo na frente de Wyatt, tentando fazer uma selfie com ele na pose do guerreiro.

— Sua... — Ele vem para cima de mim e do celular.

Em meio a gritinhos, consigo desviar e correr, mas minhas pernas não são páreo para ele e, em poucos segundos, sinto um braço grande me segurando.

De repente, minhas costas estão imprensadas em seu peito, sentindo o contorno de todos aqueles músculos, como quando cavalgamos juntos. O calor e as respirações entrecortadas nos envolvem enquanto dou meu melhor para me inclinar para a frente e deixar o celular fora do alcance dele.

— Me dê isso aqui! — exige Wyatt.

— Mas... vai ser... uma propaganda tão boa... pro retiro — digo, ofegante, cambaleando e rindo nos braços de Wyatt, lutando para me soltar mas, ao mesmo tempo, no fundo amando o jeito como ele me pega, a mão espalmada na minha cintura. Ele mesmo solta umas risadas enquanto tenta pegar o telefone.

— Rory, aqui! — grita Josh, bem a tempo de eu conseguir jogar o telefone para ele antes de Wyatt conseguir me girar e me prender na varanda.

Segurando meus pulsos sobre a cabeça, ele me imprensa no cercado. Todo o ar fugiu dos meus pulmões — não por causa do impacto, que surpreendentemente foi suave, mas porque o corpo de Wyatt está a centímetros do meu, a cabeça baixa, os cílios escuros cobrindo os olhos enquanto ele me encara.

Seu olhar está escuro a tal ponto que só consigo enxergar duas poças de madrugadas turbulentas. Seus olhos permanecem no meu rosto e descem para os meus lábios por um momento, o que me faz engolir em seco.

Não tem espaço suficiente para impedir que meu peito toque o dele, a respiração acelerada dos dois. Tento me desvencilhar, mas isso só faz meus seios roçarem nele, e ao perceber isso ele olha para baixo. Sou tomada pelo aroma de couro e madeira que emana de Wyatt.

Por que a gente acaba sempre se metendo nessas posições? E por que esse frio na minha barriga?

— Iuhuu! — chama Josh, assobiando lá atrás.

Wyatt se vira e vê que Josh está acenando com o telefone. Ele pragueja e se vira de volta para mim, o rosto em conflito enquanto seus olhos passeiam pelo meu corpo até o ponto onde ainda segura minhas mãos.

— Você é uma pedra no meu sapato, Aurora Jones. Sabia disso?

Ele se afasta de mim, embora dessa vez não pareça estar odiando tanto a ideia de nos tocarmos como da outra vez.

— À sua disposição, senhor — respondo, rindo e fazendo uma reverência.

— É melhor apagar aquela foto — diz ele, cruzando os braços.

Josh vem correndo com um sorriso no rosto e dá uma piscadinha ao me devolver o celular. Wyatt já começa a caminhar para longe e mostra o dedo do meio para os outros dois rancheiros que riem dele.

— E se eu não apagar? — provoco, ainda pensando no seu olhar.

Ele para, e seus ombros largos ficam tensos. Sem pressa, Wyatt olha para trás e me faz derreter toda por dentro com aquela expressão ainda presente em seus olhos, me desafiando.

— Ah, eu vou dar um jeito de acabar com você, princesa.

Acabar comigo.

Eu fico inteirinha tensa ao ouvir essas palavras, a respiração ofegante.

Então, em voz alta, ele anuncia:

— Muito bem, o rancho precisa de nós, rapazes. Vamos, vamos.

— Mesmo horário amanhã? — grito pra eles, mordendo o lábio, e todos respondem com um sonoro *com certeza*, a não ser por Wyatt, que apenas balança a cabeça.

14. Wyatt

— Aperta minha bochecha de novo, Aurora, e eu desisto dessa história de te ajudar com o retiro — resmungo, congelando debaixo do batente da porta enquanto tento deixar a irritação de lado.

— Mas aí você não trabalharia comigo todos os dias, e sei quanto você sentiria falta disso — rebate ela, com um sorrisinho provocativo no rosto, e depois tira o tênis.

Os calçados caem no chão virados para baixo. Depois de tirar as botas eu empurro nossos sapatos para ficarem certinhos e arrumados, um ao lado do outro. Eu me viro e vejo que ela está me olhando com a sobrancelha levantada, as mãos nos quadris.

Franzo a testa.

— Isso é discutível.

Aurora faz um gesto de desdém com a mão e dá uma risada — nada parecida com a garota que outro dia estava aos prantos na varanda.

— Você pareceu gostar *tanto* quando a senhora Wolfe apertou sua bochecha que pensei que ia querer mais.

Aurora vai até a sala. Ela começa a vasculhar algumas pastas em cima da mesinha de centro enquanto cantarola e de vez em quando olha para mim com um brilho malicioso nos olhos.

Fecho os olhos, inspiro, imploro aos céus por um pouco mais de paciência e então solto o ar.

— Em primeiro lugar, ficou bem claro que eu *odiei* quando ela apertou minha bochecha na frente de todo o conselho... Eu te disse isso. E, em segundo lugar — vou até a mesinha de centro e a respiração dela fica irregular ao se virar para mim, a centímetros de distância —, mesmo se eu tivesse gostado, eu passei a odiar depois que você apertou minha bochecha mais *sete* vezes nos vinte minutos do caminho até em casa.

Ela dá uma risada de deboche, se divertindo mais ainda consigo mesma.

— Mas você agora é um *menino grande e crescido com um trabalho de menino grande e crescido* — provoca Aurora, tentando imitar o sotaque da senhora Wolfe. Ela morde o lábio logo depois, escondendo um sorriso malicioso.

Não sei se esse frisson de Aurora é porque está animada que a reunião com o conselho correu bem ou nervosa porque não correu. Embora tenhamos resolvido a maior parte das pendências legais que envolvem transformar o rancho num retiro parcial, o conselho de Willow Ridge precisa aprovar a mudança — tudo nessa cidade precisa passar por eles. Felizmente, a mãe de Wolfman faz parte do conselho, então já nos elogiou de cara para amansar o grupo, conhecido por ser turrão. Mas, para dizer a verdade, Aurora arrasou. Tínhamos passado as últimas noites nos preparando para todas as perguntas e preocupações que eles pudessem ter, e falamos até sobre como os negócios locais podem participar da empreitada quando o retiro estiver funcionando a todo vapor.

Considerando que tudo dê certo e que isso seja mesmo o que ela quer.

De qualquer forma, preciso acabar com o que quer que tenha deixado Aurora assim, porque ela está me irritando de um jeito que me faz querer tocá-la. Principalmente depois daquele dia no lago. Não sei bem o porquê, mas não consigo tirar a sensação de tocá-la da cabeça. Estou me coçando para agarrar aquele corpo pequeno e perfeito e calar sua boca com a minha.

Eu fiquei bem perto de sucumbir aos meus desejos naquele dia em que a imprensei na varanda depois de correr atrás dela por causa da selfie idiota que ela tirou quando estávamos fazendo ioga. Assim que ela encostou os seios em mim, os lábios entreabertos e convidativos...

Se controla, Wyatt.

— Já encontrou as amostras de tinta da Cherry? — pergunto, mudando de assunto e voltando ao real motivo de ter ido até lá.

Chamar Cherry para decorar as casas da pousada foi uma escolha óbvia, dada sua experiência em design de interiores. É a oportunidade perfeita de ter o conhecimento de uma especialista para tornar os quartos mais aconchegantes e relaxantes, além de também proporcionar a ela uma experiência que vai lhe dar vantagens na hora de se candidatar para estágios e empregos no ano que vem. Saber que eu poderia ajudar Cherry e Aurora ao mesmo tempo fez eu me sentir muito útil.

— Achei que estavam aqui. — O sorriso de Aurora desaparece enquanto ela vasculha as pastas de novo e bufa quando não encontra o que está procurando.

Eu me jogo no sofá cor de creme e recosto na manta de retalhos pendurada no encosto. Acho que é a primeira vez no dia que consigo parar e me sentar, tirando os momentos em que dirigi. Apesar disso, meus ombros estão bem mais relaxados que o habitual. Não sinto a necessidade de alongá-los para soltar a tensão. Posso ouvir a explicação para isso gritando na minha mente, porém ainda que seja para mim mesmo, não estou pronto para admitir que a ioga que Aurora nos convenceu a fazer todas as manhãs está realmente ajudando.

— Vai ver está lá em cima. Vamos lá.

Levo um segundo para perceber que Aurora está acenando e me chamando para ir com ela até o segundo andar. Dou uma reclamada, já que esperava poder ficar sentado aqui por mais do que dez segundos, mas pelo visto não dá. Como não me mexo, ela acena com ênfase. Eu cedo e subo as escadas, respirando fundo.

— Depois sou eu que tenho fetiches diferentões — comento assim que entramos no quarto, apontando para o tripé e a câmera montados à beira da cama. Aurora se vira com a testa franzida, até que entende para onde estou olhando. Não consigo evitar um sorrisinho, recostado no batente da porta. — Influenciadora de bem-estar e positividade é código pra alguma outra coisa?

— Vai sonhando. — Ela revira os olhos e abre um sorriso sarcástico, mas eu vejo como suas bochechas ficam mais rosadas. — *Na verdade*, eu me filmei meditando. Meus seguidores às vezes gostam de assistir lives minhas de manhã.

— Espera aí. — Eu entro no quarto enquanto Aurora começa a vasculhar uma bolsa. Estou tentando com muito afinco não ficar olhando para sua bunda, agora que ela está abaixada bem na minha frente. — As pessoas literalmente assistem você sentada em silêncio na cama? E você ainda ganha dinheiro para fazer isso?

— Bom, eu ganho dinheiro fazendo publi pras marcas, mas fiz algumas lives com guias de meditação de diversas empresas diferentes, então, sim, acho que sim. Arrá! — Aurora dá um pulo com as amostras de tintas nas mãos e comemora com um soquinho no ar. Ela vem em minha direção. — Aqui estão.

— Obrigado.

Coloco as amostras no bolso. Acho que eu devia ir embora, talvez ir buscar as tintas ou dar uma olhada no gado — ou seja, fazer o meu trabalho —, mas algo me faz querer ficar...

— Então, qual é a graça desse negócio de meditação? Eu não entendo.

Aurora dá uma risada.

— Sobe na cama.

Fico paralisado. Não era assim que eu imaginava passar esta tarde.

— Como é?

— Sobe na cama e vou te mostrar como a meditação funciona.

Passo a mão no queixo.

— Mais uma vez, sinto que preciso perguntar: influenciadora de bem-estar e positividade é código pra alguma outra coisa?

— Ah, cala a boca e faz o que estou mandando — rebate ela.

Abro um sorrisinho igualmente sarcástico, para combinar com o de Aurora, e cruzo os braços.

— Acho que já combinamos que você não é minha chefe, então não tenho que fazer o que você manda.

Aurora inclina a cabeça, as sobrancelhas levantadas.

— Wyatt, você não pode trabalhar nesse retiro sem ter a menor ideia do que é meditação. Só uma vez, vai.

— Peça com jeitinho.

Aurora faz um som de escárnio e revira os olhos, aquelas faíscas começando a aparecer neles. Ela desvia o olhar por alguns segundos e então me encara de novo.

— Tudo bem, *por favor*, sobe na cama.

Porra, eu não estava esperando que ela falasse assim. O modo como meu corpo ganhou vida ao ouvir aquelas palavras não é nada, nada bom. Na minha visão periférica, o quarto parece escurecer, toda a luz se concentrando ao redor dela.

De repente, seus olhos castanhos se concentram em mim, brilhando à medida que ela se aproxima e me empurra até a parte de trás das minhas pernas encostar na cama e eu cair, as pernas abertas e Aurora praticamente entre elas. A posição me faz engolir em seco agora que sou eu quem tem que levantar a cabeça para encará-la. A luz do sol entra pela janela, banhando tudo com um brilho dourado, fazendo-a parecer angelical demais para o modo como seu corpo se avulta sobre mim.

— Agora feche os olhos — orienta ela, e a expressão em seu rosto é difícil de decifrar.

Na verdade, eu preferia a Aurora animada e irritante de antes, só porque, com aquele sorrisinho malicioso, ela já tinha deixado claro que estava aprontando algo. Mas só tem dois olhos castanhos grandes piscando para mim, esperando que eu obedeça. Solto um suspiro e enfim obedeço. Logo depois, uma música calma começa a tocar.

Eu me mexo tentando ficar confortável e minha perna toca a de Aurora, me deixando mais uma vez paralisado pela proximidade. É a última coisa de que preciso neste momento, pois estou tentando me concentrar. Minha mente não fica nada vazia com ela ali tão perto.

— Permita-se relaxar. Concentre-se no ar entrando pelo nariz e saindo pela boca.

Aurora demonstra e eu tento acompanhar suas longas e lentas respirações até que...

Ela põe a mão em meu peito e eu levo um susto.

— Você está respirando muito pelo peito. Se conseguir respirar com a barriga, vai parecer mais profundo.

— Tá bom — respondo, os dentes cerrados, consciente de que não soltei o ar desde que ela me tocou. E quando os dedos dela passeiam do peito até minha barriga, meu corpo inteiro fica tenso. Não sei como é que vou tirar da cabeça a memória de suas longas unhas roçando meu abdômen.

— Wyatt — sussurra Aurora. Ela deve ter chegado mais perto, porque de repente sinto seu perfume cítrico.

— Fala.

— Você não está respirando.

— Certo.

Eu enfim solto o ar e balanço a cabeça de leve. Agora estou praticamente ofegante, respirando mais rápido para compensar. Sinto o calor se espalhar sob minha pele até a nuca e tento tirar da cabeça a ideia ridícula de que esqueci como respirar só porque uma mulher me tocou.

E de que consigo ouvir sua risadinha ofegante.

Ela deve me achar um idiota.

Estou prestes a abrir os olhos e acabar com esse momento desconfortável quando a meditação guiada que está tocando começa a me dizer que eu sou capaz de tudo se me concentrar no objetivo. Claro.

— Achei que as pessoas não falavam durante a meditação.

— Só algumas, mas eu prefiro essas. Acho que ajuda ter a voz de alguém para me guiar e tranquilizar.

Faz mesmo sentido no caso dela — a quantidade de vezes que já a ouvi fazendo pequenos discursos motivacionais para si mesma, tipo quando eu a ensinei a cavalgar e antes da reunião de hoje, sugere que ela gosta de conversar sobre as coisas. Foi como no dia em que ela confessou tudo que estava sentindo no balanço da varanda, depois do bar. Observar seu rosto ir se iluminando e o corpo relaxando à medida que ela falava e a tensão ia sumindo foi um alívio e tanto.

— Vou me lembrar disso — eu me pego dizendo.

A meditação para e, quando abro os olhos, Aurora ainda está entre as minhas pernas, olhando para baixo na minha direção com seus olhos castanhos esperançosos e os cabelos ruivos cobrindo metade do rosto. Vai ser bem mais difícil do que eu imaginava sair dessa posição, com a suave energia que nos mantém tão próximos.

— Estou surpreso que você não tenha pegado o celular para fazer fotos escondidas de mim — brinco, tentando mudar o clima.

Aurora aperta os lábios e abre um sorriso meio acanhado, o que chama minha atenção para o brilho do gloss cor de morango. Caramba, será que tem gosto de morango também?

Não, eu não devia estar pensando nisso.

— Enfim — digo, rindo. — Você perdeu sua chance, porque, pode acreditar, essa vai ser minha primeira e última meditação. Acho que vou ficar com minhas cavalgadas mesmo.

Ela põe o cabelo atrás da orelha.

— Cavalgadas?

— É, é o que eu faço para clarear as ideias.

E é exatamente o que pretendo fazer assim que sair daqui, porque não tem nenhuma chance de eu conseguir me concentrar pelo resto do dia quando só consigo pensar nas mãos dela no meu peito, descendo até a barriga.

15.
Aurora

— Sei que já te agradeci, mas você não imagina como sou grata por isso! — diz Cherry, animada, e me dá um abraço bem forte, os cabelos pretos quase me sufocando. Mas eu a aperto de volta, porque fico feliz com esse gesto de carinho.

— Você sabe que fui eu quem te indicou pra ela, não sabe? — debocha Wyatt do lugar onde está enchendo diversas bandejas com tinta cor de pêssego.

Para dizer a verdade, foi fofo como ele pensou em Cherry na mesma hora, buscando maneiras de ajudá-la. Ainda que goste de fingir indiferença, vejo quanto ele cuida da irmã. Eu não sabia, até Cherry me contar outro dia, que Wyatt a ajuda a pagar os materiais para a faculdade quando ela fica sem dinheiro.

Aquilo me faz perceber ainda mais por que o rancho é tão importante pra ele. Não foi à toa que ele ficou tão bravo quando eu disse que queria vendê-lo.

Ainda assim, o projeto de Cherry para as casas da pousada é mais complicado que qualquer coisa que a tia Grace tivesse planejado, então, para não extrapolarmos o prazo, estamos todos colocando a mão na massa quando os empreiteiros não estão aqui. Tipo, pintando as paredes que ficariam na madeira mesmo, mas que agora vão ser rebocadas. No entanto, deixamos algumas com os painéis de madeira originais, para criar um clima leve e rústico ao mesmo tempo.

E isso significa passar as noites e os fins de semana com Wyatt, além do dia a dia.

Não que seja um problema.

É só que estou precisando fazer um pouco mais de esforço para combater meu ego em processo de cura, e não achar que tem algo a mais sempre que ele sorri para mim com aquelas covinhas, em vez da cara fechada de sempre. Ou pensar demais no calor que sinto por dentro sempre que ele me toca sem querer. Ou ouvir aquela voz grave e rouca falando na minha cabeça o tempo inteiro: *Vou dar um jeito de acabar com você, princesa.*

Tenho certeza de que é só mais um desafio que o universo está colocando diante de mim — um teste para ver se consigo me concentrar no que realmente importa.

Tipo me curar e focar em mim mesma.

Recuperar a inspiração.

E construir um novo negócio incrível.

Ao contrário de me apaixonar por mais um cara que na certa vai partir meu ainda frágil coração.

Mas não vou me apaixonar por Wyatt. De jeito nenhum. Só quero dizer que é mais fácil se deixar levar quando você está se recuperando de um coração partido.

E para provar que não estou interessada nele, me vesti de um jeito bastante resistível esta noite, com uma camiseta branca bem larga que praticamente cobre meu short de ginástica velho e gasto. Meus cabelos estão presos num coque baixo desengonçado, metade saindo para fora, para mostrar que não caprichei no visual pra ninguém hoje.

Além do mais, como Cherry não está trabalhando no Duke's hoje, ela veio ajudar e pode servir para neutralizar qualquer tensão indesejada. Daquele tipo que causou uma onda de eletricidade entre mim e Wyatt quando ele me imprensou na varanda semana passada. Do tipo que parece pairar entre nós sempre que estamos juntos, o que é quase o tempo inteiro.

Eu meio que me arrependo de ter convencido os rancheiros a praticarem ioga todo dia de manhã, porque levo um tempinho para esfriar o corpo agitado pela maneira como ele me observa no alongamento, seus olhos cheios de fantasias.

Quando Cherry me solta, ela anda até o irmão e pega um dos rolos de tinta ao lado dele.

— Sei, maninho. Fica calmo, sou grata a você também. Seu ego está melhor agora?

Wyatt respira fundo, fecha os olhos e então se vira para mim, ignorando a irmã.

— Acho que a gente dava conta do trabalho sem ela aqui, sabia?

Cherry finge ficar ofendida e golpeia Wyatt na cabeça com o rolo. Ele a xinga e a empurra para longe. Já estou vendo um deles pisando numa bandeja de tinta, escorregando e derramando tudo nas bancadas novinhas da cozinha. Pensando bem, talvez a gente devesse ter coberto tudo de plástico, não só o chão.

— Crianças! — grito, sem conseguir disfarçar que estou achando hilário.

Wyatt está prestes a dar mais um empurrão em Cherry, que errou ao tentar acertá-lo com o rolo, mas então ele para, respira e se afasta. Cruza os braços fazendo um beicinho e olha para mim como se eu fosse uma estraga-prazeres.

— Não quero nem pensar como vocês são quando o Hunter está por perto. — Balanço a cabeça para ele e deixo escapar uma risadinha.

Cherry se rende e levanta as mãos, ainda segurando o rolo de tinta.

— Tá bom, tá bom. Que tal eu sair do caminho e começar pelo quarto, enquanto vocês pintam aqui. Melhor?

Wyatt dá de ombros e resmunga como sempre, e então pega outro rolo e mergulha na bandeja. Cherry entende aquilo como um sim, me dá um tchauzinho, pega uma das bandejas e uma lata da tinta verde que escolheu para o quarto, e deixa a sala de estar.

Lá se vai meu neutralizador.

Tudo bem. Sou uma mulher forte e independente que sabe afastar as distrações para que elas não a distanciem dos objetivos e da vida que deseja.

Animada por minha conversa motivacional interna, pego o último rolinho, passo na tinta da bandeja e vejo o rolo cinza ficar encharcado com o líquido cor de pêssego. O som do rolinho passando na parede enquanto eu pinto é estranhamente satisfatório.

Na verdade, observar a tinta cobrir lentamente as paredes, o reboco branco se misturando à mesma cor de pêssego do pôr do sol, é bastante terapêutico. Seja lá qual for a música acústica que Wyatt tenha botado para tocar, ela me acalma ainda mais, e eu entro num ritmo de plenitude, espalhando a tinta pela parede, sem perceber o tempo passar.

Acho que Wyatt deve estar sentindo o mesmo, porque também ficou em silêncio esse tempo todo, os olhos focados no rolo enquanto termina uma das paredes. Tento não ficar olhando muito para os músculos se movendo sob a camiseta cinza bem fininha que...

O telefone dele apita bem alto na caixa de som, o que me faz dar um grito e quase derrubar o rolo. É meu castigo por ficar olhando.

— Jesus, Aurora. Calma, é só uma mensagem — repreende Wyatt, o rosto anguloso todo franzido ao pegar o telefone.

— Foi alto — rebato, e não gosto muito da maneira como seu rosto continua tenso ao olhar para o telefone e ignorar minha resposta.

A luz da tela se reflete em seus olhos e só ressalta o descontentamento neles. Fico imaginando se é uma mensagem da ex, já que ele disse que ela lhe escreve de vez em quando. Mas quando Wyatt parece compreender alguma coisa, seu rosto fica mais suave, um sorriso se formando, as sobrancelhas se levantam e eu, como uma boba, espero que não seja ela.

— Tá tudo bem? — pergunto, mordendo o lábio.

— Tá — diz ele, rindo.

Wyatt guarda o telefone e passa a mão pelos cachos escuros. Espera um segundo, depois enfim olha para mim, o que me deixa aflita sem qualquer motivo. Por que meu coração de repente começou a bater tão forte quando seus olhos encontraram os meus?

— O conselho aprovou. O retiro está oficialmente autorizado.

Se eu achava que meu coração estava acelerado, agora parece que vai explodir.

Eu sabia que a reunião de segunda-feira tinha corrido razoavelmente bem — os seis moradores de meia-idade de Willow Ridge que formam o conselho pareceram bem mais receptivos à ideia do que Wyatt me fizera acreditar. Principalmente agora que temos doze influenciadores interessados em vir, então decidimos fazer um segundo evento-teste duas semanas depois do primeiro.

Acho que estava tão envolvida com todo o resto que não tinha me dado conta do que aquela reunião realmente significava. Eu estava seguindo o meu conselho de sempre: focar nos degraus e não na escadaria inteira. Divulgar o retiro, seduzir amigos para virem testá-lo, planejar atividades, decorar as casas da pousada, organizar a construção do deque à beira do lago para as aulas de ioga, encomendar os materiais extras para os passeios a cavalo e as aulas de montaria, e tudo o mais.

Mas agora estou olhando para cima, abismada com o tamanho da subida. Parece muito maior do que as montanhas que circundam o rancho. Se o retiro sair do papel e for um sucesso, pode se transformar em algo permanente. Assim como minha estada aqui no Rancho do Pôr do Sol.

Eu moraria em Willow Ridge. De forma definitiva.

Será que é por isso que Wyatt pareceu decepcionado?

Mas depois ele sorriu?

Não tenho certeza se estou pronta para…

— Aurora? Você me ouviu? — Wyatt se aproxima, a testa franzida, com uma expressão preocupada. Ele olha nos meus olhos, mas estou com dificuldade de me mexer.

A última vez que fiquei paralisada assim foi quando peguei Jake me traindo.

— Ouvi, sim. Eu…

Estou segurando o rolo com tanta força que meus dedos doem. Há tanta coisa passando pela minha cabeça neste momento que só consigo me concentrar em respirar com calma, apesar de o meu coração estar quase saindo pela boca de novo.

Wyatt rapidamente põe o rolo na bandeja e tira o meu das minhas mãos, seu perfume de couro e madeira se misturando com o da tinta. Com cuidado, ele afrouxa cada um dos meus dedos do rolo, fica segurando minha mão enquanto o coloca no chão e então se levanta. O calor de sua pele contra a minha chama minha atenção para o ponto onde estamos nos tocando.

Onde seu polegar acaricia gentilmente os meus dedos.

Para cima e para baixo. Sem parar.

— O que está se passando nessa sua cabecinha?

A voz dele é como um trovão distante, um rugido grave que transmite a sensação de segurança e acolhimento. Gostei de ele não ter me perguntado simplesmente se estou bem, o que me permitiria uma saída fácil, como dizer *claro, tá tudo bem.*

Respiro de leve.

— De repente me deu um baita medo.

Os dedos de Wyatt estão elétricos na minha mão. Os olhos cor de carvão me observam. Tão quietos, concentrados. O oposto da minha cabeça neste momento.

— Dá para entender — admite ele, um leve sorriso no rosto.

Acho que ele vai parar por aí quando o silêncio se instala entre nós. Ao contrário de mim, Wyatt não gosta de falar de sentimentos e coisas do tipo. Mas ele aperta minha mão de novo.

— O que especificamente está te assustando?

O modo como ele olha para os meus lábios ao mordê-los quase passa despercebido.

— Se tudo isso der certo, pode ser que eu fique aqui. É uma mudança muito grande e eu não... não sei se consigo. Nunca cuidei de um retiro antes. Um evento-teste é bem mais fácil do que um negócio funcionando a todo vapor. E se for demais pra mim?

Wyatt se aproxima um pouco mais. Sinto o calor irradiando de seu corpo e preciso esticar o pescoço para continuar olhando nos olhos dele, nos quais estou mergulhada até a cabeça.

Todas as vezes em que estivemos assim tão próximos, eu me senti intimidada, nervosa, exultante. Mas, agora, me sinto segura.

Sem ansiedade, só segurança.

Como se Wyatt fosse um escudo bloqueando o resto do mundo. Posicionando-se entre mim e essa montanha altíssima que é o meu sonho atual, fazendo assim sua sombra não parecer tão assustadora.

— Se for demais, você vai dar um jeito. Como já deu antes — insiste ele, e segura minha outra mão, que formiga em resposta. — Você é inteligente, Aurora, e provavelmente a mulher mais determinada e entusiasmada que já conheci. É o tipo de pessoa que toma as rédeas das adversidades e encara o que vier. Se alguém pode fazer isso dar certo, é você.

Cada uma daquelas palavras envolve meu coração, acalmando-o. Quero me jogar naquele céu noturno que são seus olhos, no timbre enevoado de sua voz.

— Além do mais... — Wyatt dá de ombros e abre um sorriso, arrancando o meu de onde estava escondido. — Você não está sozinha. Estou aqui para segurar a barra com você. Estamos nisso juntos, não? Parceiros de negócios?

E é aí que me lembro de que não posso me jogar nele, como parte de mim quer. Wyatt tem razão — ele está aqui para me ajudar, sim, mas como amigo. Parceiros de negócios. É assim que precisa ser se quero que as coisas corram bem. Vai ser muito mais difícil fugir de novo se a situação ficar complicada, porque o retiro precisará de mim.

E uma casa que ainda não sei bem se quero abandonar.

Além do mais, preciso ser meu próprio apoio. Preciso sair dessa espiral que entrei, como eu costumava fazer na época em que claramente acreditava mais em mim. Ainda que as palavras e o toque suave de Wyatt tenham feito eu me sentir segura, se ficar muito acostumada a isso, o que vai acontecer se ele for embora? Não posso esperar que Wyatt sempre esteja aqui para me apoiar.

Aperto os lábios, assinto e solto minhas mãos das dele.

— Obrigada, Wyatt, de verdade. Sei que estou sendo boba. Às vezes eu penso demais.

— Tudo bem. — Ele fica com as mãos diante do corpo por um momento, e então as passa no cabelo de forma meio robótica, e pigarreia. Ele pega os rolos de volta e me entrega o meu. — De toda forma, eu também estou com medo.

Faço uma careta.

— Está?

— Lógico. — Um risinho sarcástico aparece em seu rosto quando ele se vira para mergulhar o rolo na bandeja. — A ideia de ver você todos os dias até Deus sabe quando é bem assustadora.

— Seu babaca — respondo, baixinho.

Não sei bem o que dá em mim, mas de repente eu enfio o rolo no balde e passo nas costas de Wyatt, a tinta pingando nele inteiro.

Wyatt fica paralisado e eu cubro a boca num sobressalto ao me dar conta do que acabei de fazer.

Bem devagar, de um jeito quase excruciante, ele se vira para mim, os olhos cheios de má intenção. Talvez ele enfim tenha encontrado um jeito de acabar comigo e...

Minha visão é bloqueada pelo rolo e pela camada de tinta que me cobre da cabeça aos pés. Dou um grito, mas acabo é cuspindo para fora a tinta que entra na minha boca, o que faz Wyatt gargalhar. Eu odeio o fato de, mesmo depois de ele ter feito isso, só de ouvir sua risada eu já ficar de pernas bambas.

Quando enfim limpo os olhos o suficiente para abri-los, vejo Wyatt na mesma hora e lanço o rolo na direção dele.

Ele o segura ao mesmo tempo que tenta desviar e faz um som de esguicho bem alto ao enfiar o pé na bandeja de tinta e...

De repente, estamos os dois no chão, os rolos de tinta voando.

Wyatt tomba no chão de uma vez só e geme de dor quando caio em cima dele, dando uma cabeçada em seu peito. Doeu, mas só consigo rir.

Descontroladamente. Wyatt também.

Ele me envolve com seus braços, uma das mãos nos meus cabelos, a outra buscando a parte inferior das minhas costas. Ainda rindo, eu levanto a cabeça e vejo seu sorriso atordoado. Ou ele bateu a cabeça bem forte, ou está curtindo demais isso aqui.

— Você está bem? — pergunto, ciente de que com certeza doeu cair daquele jeito, ainda mais eu caindo em cima dele.

Wyatt acaricia de leve a parte de trás da minha cabeça, o sorriso ficando mais largo. Preciso conter a ânsia de fechar os olhos e mergulhar nele. Em parte porque não quero sujá-lo ainda mais de tinta.

— Nunca fui tão feliz — admite ele, os dedos passando do meu cabelo para meu queixo todo pintado e...

— O que aconteceu aqui? — Cherry entra na sala e sua voz assusta nós dois.

Sua expressão é de choque ao olhar para meu rosto coberto de tinta cor de pêssego. Quase esqueci como devo estar uma bagunça só, porque Wyatt não está me olhando dessa maneira.

E ainda não me soltou.

— Hum... A gente estava brigando e aí, bom, a gente caiu — confesso.

— Vocês dois são muito estranhos — diz Cherry, rindo e revirando os olhos. — Ainda bem que não flagrei nada além disso.

Parte de mim se pergunta se haveria algo *mais* para flagrar se ela tivesse chegado alguns minutos, quem sabe segundos, depois. Mas não posso pensar nisso. Então me afasto de Wyatt, relutante, e continuo pintando a parede.

Ênfase no *relutante*.

16.
Wyatt

—Isso é mesmo incrível — admite Aurora, os olhos castanhos arregalados enquanto assiste ao vídeo da vitória mais recente de Sawyer num rodeio. — Mas também assustador. Não entendo como ele consegue ficar em cima do touro.

Cherry está trabalhando no bar hoje, então somos apenas Aurora e nós, os três caras, na mesa, enquanto Duke está atrás do balcão. Espero que ele venha beber uma com a gente mais tarde. Nem parece que Aurora só está saindo conosco há cerca de um mês pelo modo como se integrou tão naturalmente ao grupo.

Sawyer estica os braços atrás da cabeça e se recosta no assento com um sorrisinho convencido.

— Anos de prática, meu bem. Se trabalhar com o Hensley não tiver afugentado você até dezembro, pode ir junto com eles assistir minha vitória no campeonato mundial da Professional Bull Riders.

Quase não vejo a olhadela que Aurora lança para mim, porque fico abalado pelo lembrete de que ela talvez não fique aqui para sempre. É muito estranho, já que ela se tornou parte do meu dia a dia. Ainda falta muito para dezembro e existe uma grande chance de Aurora já ter ido embora até lá —

o ataque de pânico que teve outro dia quando estávamos pintando as paredes foi um lembrete sensato de que ela não está cem por cento decidida a ficar em Willow Ridge.

Mesmo que o retiro dê certo, não tenho dúvidas de que Aurora vai sentir falta da Inglaterra em algum momento. Eu, se estivesse no lugar dela, sentiria. Ainda assim, a ideia de não ter mais a sua presença no rancho me irritando e tornando minha vida mais difícil deixa um vazio no meu peito.

Um vazio bastante *inesperado*.

Quero dizer, pelo amor de Deus, fiquei tão acostumado a ela me obrigar a fazer ioga com os outros rancheiros de manhã, que seria esquisito de repente acordar e ir direto trabalhar, sem ouvi-la gritar os nomes de diferentes posições para mim.

Eu não gosto de mudanças, só isso.

— Parece ótimo — diz Aurora, assentindo com um sorriso suave nos lábios. Sawyer fica radiante até mesmo com seu remoto interesse. — Você sempre quis montar touros ou jogava futebol como o Wyatt? Imaginei que tinham ficado amigos por isso.

Sawyer nega com a cabeça.

— Não, eu sempre planejei fugir com o rodeio. Futebol era divertido, mas não era pra mim.

O que ele não diz é que nem considerou ir pra faculdade porque isso significava voltar pra casa do pai nos feriados. Com os rodeios, ele podia passar o ano inteiro longe.

— Oi, Sawyer.

Uma mulher curvilínea de cabelos castanhos passa pela mesa e acena para Sawyer, completamente alheia ao fato de que entrou bem na frente de Cherry, que vinha trazendo uma bandeja. É o suficiente para apaziguar a agonia que começava a aparecer nos olhos de Sawyer. Ele logo se empertiga e acena de volta, se virando para vê-la.

Ela se senta a uma mesa com outras mulheres que reconheço do ensino médio, todas sorridentes e com olhares de flerte em nossa direção. Uma delas, Lyla, faz um oi para mim, e imediatamente desvio o olhar para checar se Aurora viu, mas por sorte ela está virada para Wolfman.

Não que ela fosse se importar.

O modo como Aurora pulou para longe quando caímos na tinta naquele dia deixou muito claro que ela não pretende subir em cima de mim de novo. E é exatamente assim que eu deveria estar me sentindo também... É difícil, porque, toda vez que estamos juntos, parece que a gente acaba ficando próximo demais, o espacinho entre nós se torna uma mistura de seu perfume e nossas respirações quentes.

Cherry revira os olhos quando chega à mesa e murmura:

— Vou fazer Duke banir essas marias-rodeio daqui um dia.

— E você? — Aurora pergunta a Wolfman.

Ele sorri, como se fosse uma pergunta boba.

— Ah, eu ainda gosto de jogar, mas como técnico eu posso gritar com as crianças e mandá-las fazerem alguma coisa, em vez de fazer eu mesmo. É ótimo.

— Achei que era por causa das mães gostosas — provoco.

Ele passa a mão pelos cabelos.

— Esqueço que vocês sabem dessa história agora. Foi um vacilo meu, mas para ser justo, ela tinha um gigantesco...

— Ai, meu Deus! — grita Aurora do nada, pulando no assento e felizmente interrompendo Wolfman. Cherry quase derruba os copos que estava empilhando na bandeja. — Essa é minha música favorita. Podemos dançar, *por favor*? — Ela me puxa pela camisa, os olhos brilhando, suplicantes.

Inclino a cabeça para tentar ouvir a música, esperando alguma canção pop boba, mas é "Stand by Me", do Ben E. King, o que me quebra na mesma hora. Ainda assim, não me mexo nem quando Aurora levanta da mesa, cantarolando o começo. Ela estende a mão para todos nós.

— Claro, o Wyatt adora dançar — diz Wolfman, me empurrando com o cotovelo.

Olho para ele de cara fechada e depois me viro para Aurora.

— Sem chance. — Eu rio, pego meu copo e bebo um gole.

Existe um motivo para a pista de dança do Duke's ser quase minúscula. É um bar para beber, não para dançar, tirando as noites ocasionais em que há música ao vivo, mas ainda assim raramente as pessoas se sentem impelidas a dançar.

E é assim que eu gosto. Tranquilo. Sem fazer papel de idiota.

Aurora faz um biquinho e põe as mãos fechadas nos quadris. Aquela carinha de criança que sempre me faz revirar os olhos.

— Tudo bem. Cherry, você vai dançar comigo, né?

— Mulher, eu dançaria se não estivesse trabalhando — responde ela, batendo o quadril no de Aurora.

— Humm... — Aurora olha para Duke, atrás do balcão. Põe as mãos ao redor da boca e grita lá para o outro lado do bar, fazendo todos os outros clientes olharem: — Ei, Duke! Não se incomoda se Cherry dançar uma música comigo, né?

Duke arregala os olhos e para de secar o copo que segurava. Não existe a menor chance de ele dizer que se incomoda — é muito reservado para gritar para o outro lado do bar e, sinceramente, não acho que se importe se Cherry está trabalhando ou não. Ela pode fazer qualquer coisa perto dele, pelo visto.

Duke olha para as duas garotas, dá de ombros e balança a cabeça. Cherry morde o lábio e abre um sorrisinho quando Aurora a segura pela mão e a arrasta para a pista de dança, deixando a bandeja com os copos na nossa mesa.

Sawyer dá uma piscadinha para mim, vira de um gole só o resto do uísque e se levanta da mesa dizendo:

— Eu vou também, ruiva!

Chegando à pista, ele segura as duas garotas pela mão e as faz girar. Revezando entre as duas, Sawyer as puxa para perto, dá uma gingada e depois gira para fora de novo. Há tanta alegria irradiando deles, e é tudo por causa de Aurora. Assim como o sol que nasce de manhã, ela tem uma capacidade tremenda de iluminar tudo a seu redor.

Aquilo devia me irritar, o fato de Sawyer estar tocando na minha irmã mais nova. Mas, para dizer a verdade, não é isso que está fazendo meu sangue ferver e minha mão se apertar ao redor do copo. Não, é porque ele também está tocando Aurora. E, até agora, eu tinha sido o único homem em Willow Ridge agraciado com a sensação de tê-la em meus braços. Mesmo que sem querer.

Não consigo parar de olhar todas as vezes que seus corpos se encostam, todas as vezes que sorriem um para o outro, todas as vezes que Aurora põe a mão no peito de Sawyer. Não consigo deixar de ficar boquiaberto diante de quão sexy ela fica dançando — mesmo que só esteja fazendo palhaçada, porque ela é tão vibrante quando se solta e é apenas ela mesma. O modo como o vestido preto justinho evidencia sua bunda quando ela mexe o quadril, os músculos da perna se movendo quando ela dança, os cabelos ruivos brilhando como se fossem uma fogueira. É demais para mim.

Nem me importo que seja Sawyer, não faria diferença quem estivesse dançando com ela — e esse é o problema. Algumas semanas atrás, eu teria feito qualquer coisa para me livrar dela, a jogaria facilmente nos braços de qualquer cara só para deixar meu rancho e a mim em paz. Mas, agora, meu corpo inteiro está tenso. Não consigo parar de olhá-los, e meu estômago está revirando...

— Você devia ir dançar com ela — sugere Wolfman, casualmente, sem nem olhar para mim.

— Não, tudo bem.

Pego o uísque e tento relaxar, me recostando no assento para não parecer que sou um idiota ciumento e mal-humorado. Foco no álcool que queima minha garganta na esperança de que ele amenize os sentimentos que começam a vir à tona. Quaisquer que sejam esses sentimentos que não tenho o direito de sentir.

— Engraçado — diz Wolfman, a sobrancelha levantada. — Eu pensei que você quisesse, já que está olhando pra eles com uma cara tão fechada que parece prestes a estourar uma veia.

Cerro os dentes e então rebato:

— Talvez seja porque o Sawyer está com as mãos na minha irmã.

Wolfman dá de ombros e se recosta no assento, mas não consegue esconder o sorrisinho irônico.

— Mas não é com isso que você está se importando neste momento, é?

Solto um suspiro e seco o rosto. Preciso de novos amigos que não me conheçam tão bem a ponto de entender tudo o que estou sentindo antes mesmo de mim. Sem dúvida foi por isso que Sawyer deu uma piscadinha para mim também.

Caramba. Está tão na cara assim?

Será que Aurora sabe? Achei que estava conseguindo disfarçar bem esses sentimentos.

Respiro fundo, olho para Wolfman e ele aponta para a pista de dança com a garrafa de cerveja. Ajo como se estivesse fazendo todo o esforço do mundo para me arrastar da mesa até lá, quando na verdade meu pulso vai acelerando quanto mais perto eu chego dela.

Eles param de dançar quando chego. Assim que estendo a mão pra Aurora, Cherry arregala os olhos e abre um sorrisinho de quem entendeu tudo. Sawyer a solta, a empurra de leve na minha direção e os olhos dela brilham ao encontrar os meus. A luz baixa faz suas bochechas reluzirem, e estão ficando rosadas.

Aurora me dá a mão e sinto uma faísca naquele toque. Eu a puxo para mim, coloco o braço em sua cintura e vejo que Sawyer faz o mesmo com Cherry ao nosso lado. Mas não penso na minha irmã nem por um segundo, pois Aurora está colada a mim, sua mão subindo pelo meu ombro, os dedos roçando minha nuca exposta, deixando um rastro de fogo.

Os olhos cor de mel piscam para mim e nossos dedos parecem soltar faíscas quando começo a gingar de um lado para o outro. Não tenho a menor ideia de como se dança e provavelmente pareço um robô, mas acho que consigo dar conta, pelo modo como Aurora me olha, radiante. Acho que posso dar conta de muita coisa por ela.

— Oi — sussurra ela.

— Oi — respondo, os olhos vidrados no lábio que ela está mordendo. Eu não devia ficar olhando por tanto tempo.

Há faíscas dançando naqueles olhos castanhos que me encaram. Não sei nem se estou ouvindo mais a música, apenas meu coração batendo acelerado no peito. Achei que vir aqui ia me livrar de todos esses sentimentos e, no entanto, só estou mergulhando cada vez mais fundo neles.

De repente, giro Aurora e quebro o contato entre nossos corpos por um momento, o que me dá um segundo para me recompor. Ela dá um gritinho de satisfação e então volta cambaleando para mim, a mão de novo na minha nuca, agora acariciando para cima e para baixo.

— Obrigada por dançar comigo.

— Achei que precisava te salvar dos dois pés esquerdos do Sawyer.

— Sei — concorda, apertando os lábios.

E então ela faz o pior movimento possível e apoia a cabeça no meu peito. Bem onde fica minha tatuagem de águia com as asas abertas. O lembrete de que sou mais feliz quando sou livre é torturante, porque na verdade o que eu queria mesmo agora era arrastar Aurora para a caminhonete e levá-la direto para o rancho, onde ninguém mais além de mim poderia tocá-la.

Mal consigo me mexer, tamanha é a pressão em meu corpo. E se ela ouvir meu coração batendo desse jeito?

Coloco a mão na sua lombar, o polegar acariciando a curva delicada da sua cintura. Nunca a senti tão perto e por tanto tempo, o corpo inteiro encostado ao meu, e é avassalador. O cheiro cítrico de seus cabelos invade meus sentidos e provoca a mesma onda de dopamina que sua risada. Quero aninhar minha cabeça ali, mas seria muito estranho, porque mal somos amigos. Na verdade, Aurora é minha parceira de negócios. Que em algum momento vai embora.

É aí que vejo uma loira familiar entrar no bar, de braços dados com um homem de terno. Sinto uma pontada no estômago, como se fosse mais um lembrete de que não posso ser ganancioso com a minha felicidade. De que nada dura para sempre. De que, na realidade, eu não sou o tipo de cara que uma pessoa tão bem-sucedida e ambiciosa como Aurora iria querer.

Sou só Wyatt Hensley.

Mal somos amigos.

Sou seu parceiro de negócios.

Que entra em pânico e sai correndo antes de a música acabar.

17.
Aurora

— Preciso ir — diz Wyatt abruptamente, e sai correndo para o banheiro.

Todo aquele formigamento no meu corpo começa a desaparecer sem o calor de seu corpo me envolvendo.

Ai, meu Deus. Devo ter passado do limite ao apoiar a cabeça no peito dele. Mas é que estar em seus braços foi tão estranhamente reconfortante, como estar aconchegada no meu cobertor favorito.

Havia tanto desespero quanto delicadeza no modo como ele me segurava. Sua pegada era forte, mas também gentil na suavidade com que o polegar acariciava minha cintura. Seus olhos escuros estavam tão arrebatados quando ele se ofereceu para dançar comigo, como se o bar inteiro fosse pegar fogo caso eu não aceitasse. Ainda assim, parecia a coisa mais certa do mundo dar a mão a ele, sentir sua pele áspera roçando na minha.

E aí eu exagerei e perdi a chance de senti-lo um pouco mais ao descansar a cabeça em seu peito, querendo absorver aquele cheiro de couro e madeira que emanava dele. Um cheiro que, a essa altura, já está emaranhado às minhas memórias do Rancho do Pôr do Sol. Mas Wyatt parou na mesma hora, interrompeu a dança e me deixou ali como uma noiva abandonada no altar.

Não que isso tenha importância — eu só estava deixando minha vulnerabilidade levar a melhor de novo, e tirando uma casquinha da atenção que ele me deu.

Eu não gosto de Wyatt desse jeito. Ele não gosta de mim desse jeito também. Na verdade, ainda nem tenho certeza se ele *gosta* de mim — *tolerar* talvez seja uma palavra mais adequada.

Quando Wyatt desaparece, Sawyer e Cherry param de dançar e dão de ombros, as caretas em seus rostos mostrando que ficaram tão confusos quanto eu com a fuga repentina. Sawyer abraça nós duas pelos ombros, uma de cada lado, e voltamos para a mesa, de onde Cherry termina de tirar os copos vazios.

Fico extremamente grata por meu drinque ainda estar ali, inteiro e esperando por mim, e bebo tudo num gole só. Wolfman e Sawyer vibram, e então peço outro para Cherry. Qualquer coisa para anestesiar aquela pontada chata que sinto no peito.

⛰

— Quem são esses com quem o Wyatt está conversando a noite toda?

Chego mais perto de Sawyer e aponto com minha taça para onde Wyatt está, diante do bar, junto com um casal. Desde que saiu do banheiro, ele está conversando com eles. Não olhou para cá em nenhum momento.

Não que eu me importe. Estou muito feliz aqui conversando com Sawyer e Wolfman, mas… é esquisito.

— Aquela, minha querida ruiva, é a senhorita Holly Slade e seu namorado advogado figurão — diz Sawyer, rindo.

— Não — rebate Wolfman, balançando a cabeça. — Minha irmã disse que eles estão noivos agora.

Sawyer dá uma bufada.

— Merda, melhor não contar pro Wyatt.

Viro a cabeça para olhar.

— *Essa* é a famosa Holly Slade?

Não sei bem o que estava esperando quando ele me contou sobre sua ex, mas sem dúvida eu não imaginava uma pessoa tão linda de morrer quanto essa mulher. Ela tem cabelos loiros compridos e brilhantes e usa um vestido de linho branco fofo que ressalta todas as suas curvas, além de um batom vermelho. Não deve ser nada bom para Wyatt saber que perdeu *aquilo*.

Sentir uma pontada de algo que se parece com ciúmes no estômago também não é nada bom para mim… mas eu deixo isso para lá e me volto para Sawyer. Provavelmente estou me sentindo assim porque ela me lembra da loira com quem flagrei Jake.

Sawyer levanta a sobrancelha para mim.

— Como é que você sabe da Holly Slade?

Dou um gole no meu drinque sem conseguir evitar umas olhadelas para Holly e Wyatt, pensando no casal lindo que eles deviam formar — ela tem aquela beleza inocente do interior, enquanto ele é todo sombrio e misterioso. Também percebo que ela está cobrindo a mão esquerda, como se não quisesse que Wyatt visse o anel de noivado.

De cara já não gosto dela.

— Wyatt me contou sobre Holly Slade outro dia.

— Espera, como é mesmo o nome dela? — pergunta Wolfman, dando uma risadinha.

Reviro os olhos e me viro para Sawyer, que está rindo de incredulidade.

— Jesus, ele *nunca* fala sobre a Holly, nem com a gente. O máximo que conseguimos é um grunhido quando tocamos no assunto.

Bebo mais um generoso gole do meu drinque para tentar disfarçar meu olhar fulminante para os três e analiso o cara que abraça Holly pela cintura. Ele é o completo oposto de Wyatt — tem aquele visual de rapaz bonito da cidade, o estilo milimetricamente planejado. É mais baixo e um pouquinho mais magro que Wyatt, cabelo castanho-claro muito bem penteado, e usa um terno pomposo e bem ajustado. É o que Wyatt poderia ter sido, eu acho.

Tudo faz sentido agora. Por que Wyatt está numa posição tão defensiva, os braços firmemente cruzados, com aqueles malditos bíceps de dar água na boca bem expostos. Não gosto de vê-lo assim tão derrotado, e com toda a vodca que corre em minhas veias nesse momento, aquilo me irrita mais do que eu gostaria.

— Deve ser uma merda ver que ela seguiu em frente enquanto ele ainda está… aqui — comento.

Mesmo que eu saiba que ele está feliz e que *estar aqui* é o que ele quer. Mas dá para perceber que ainda se incomoda com a acusação dela de ele não ser ambicioso o suficiente. Ainda que eu acredite que encontrar o que te faz verdadeiramente feliz é o auge do sucesso. E inspirador, também.

— É, bom... — Sawyer se recosta no assento, dá um gole na bebida e levanta a sobrancelha para Wolfman, que apenas balança a cabeça. — Não que ele não tenha seguido em frente também, mas não tem muito como se exibir para ela, como a Holly faz com o noivo, por causa daquela regra estranha.

Wolfman dá uma risada de deboche.

— A maldita regra.

— Que regra? — pergunto, olhando para os dois, que reviram os olhos, animados.

O sorriso de Sawyer é de alguém que está com pena.

— Ele sempre teve essa regra de ser totalmente honesto com qualquer garota a respeito de suas intenções antes que algo aconteça entre eles, seja sério ou não. Ele diz que é porque tem uma irmã e não ia gostar que fossem canalhas com ela.

Jesus, não era isso que eu estava esperando. Eu já vi o modo como as mulheres olham para ele — tipo as que estavam na mesa perto da gente mais cedo —, então meio que imaginei que ele tirasse mais vantagem disso.

— Em resumo, o idiota não vai pra casa com uma mulher sem dizer com antecedência que ele só quer comer ela ou então casar com ela — explica Wolfman, rindo. — Como você pode imaginar, nem sempre isso dá muito certo, então sobram poucas garotas para ostentar na frente da Holly.

Sawyer levanta a bebida na direção de Wolfman com uma piscadinha.

— Mas sobra mais pra nós, então não desencorajamos.

E eles chamam o amigo de idiota.

Eu me viro de novo e me apoio na mesa, mexendo o drinque enquanto observo Holly e Wyatt.

Não, não vou deixar isso passar.

Bebo o resto do drinque de uma vez só e deposito a taça na mesa com um baque, dando um susto nos rapazes. Já estou naquele nível de embriaguez em que não ligo mais para o que as pessoas pensam. A não ser, claro, Holly Slade. E há um estranho sentimento de proteção crescendo dentro de mim que quer acabar com isso.

Porque Wyatt é meu amigo... e isso é o que eu faria por qualquer uma das minhas amigas lá em Londres.

— Bom, será que a Holly ouviu falar que o Wyatt arranjou uma namorada inglesa gostosa?

— Humm. — Sawyer dá um sorrisinho de canto de boca. — Olha, acho que ela não sabe, não. Vai ver alguém devesse ir lá contar pra ela.

— Ótima ideia. — Wolfman levanta a garrafa na minha direção, sorrindo.

— Me desejem sorte — digo, me levantando e indo na direção de Wyatt.

No caminho, ajeito o vestido e puxo um pouquinho a parte de cima para exibir um pouco mais de decote, e sacudo os cabelos. Ao chegar mais perto, vejo que tudo em Wyatt parece estar meio esmaecido — não há brilho em seus olhos escuros, nem aquele sorrisinho sacana que me faz derreter ou aquele calor que lembra uma fogueira no fim da tarde irradiando dele.

Por um momento, vejo quanto ele já é parte das minhas novas memórias do rancho, da minha nova casa. E como a presença de Holly aqui ameaça isso.

É bem fácil me atirar em cima dele quando chego lá, sem lhe dar a chance de reagir. Eu pego sua nuca e o puxo para baixo, os lábios indo em direção aos dele. Nossas bocas colidem, seus braços cruzados pressionam meu peito e ele fica paralisado, em choque, o que é compreensível. Meio que espero que ele me afaste quando enfio os dedos em seus cabelos...

Mas ele não me afasta.

Ele descruza os braços, tocando acidentalmente meus seios e causando uma onda de calor pulsante entre minhas pernas, e então me abraça pela cintura. Estar de novo nos braços dele espalha faíscas pelo meu corpo, e ele me beija de volta. Wyatt me puxa para mais perto e minha cabeça se inclina para trás, a boca aberta para acomodar sua língua. Sua barba por fazer roça minha bochecha e sinto arrepios.

Meu Deus, ele tem gosto de uísque, algo defumado e baunilha, e isso me faz gemer um pouquinho. Mais ainda quando ele me segura pelo quadril e me encaixa no dele — posso jurar que ele está duro. Não há qualquer suavidade na maneira como me segura, o que me deixa desesperada.

Fico chocada com quanto estou amando isso. Quanto meu corpo parece gritar "finalmente" diante dessa sensação. Apesar de negar, sempre achei Wyatt atraente, mas isso aqui é mais do que isso.

Não é só gostoso.

É que parece *certo*.

Acho que consigo ouvir aplausos no fundo, mas os barulhos ao nosso redor parecem silenciar, todos os meus sentidos focados na eletricidade que percorre meu corpo. Bem no fundo da minha essência. É o suficiente para me deixar levar...

Mas não posso.

É o Wyatt.

Isso é só fingimento... embora pareça algo mais.

Eu me afasto dele. Wyatt só me encara, os olhos piscando, as bochechas e o pescoço vermelhos. Olho para seus lábios vermelhos e inchados, sua língua passando por eles, e de repente me lembro de quão gostoso é o toque deles. E penso como seria bom senti-los pelo resto do meu corpo...

Não. Preciso tirar isso da cabeça.

Jesus, devo estar mais bêbada do que imaginei.

Rapidamente me viro para Holly e o noivo, boquiabertos ali na nossa frente, e forço o sotaque britânico mais empolado possível.

— Ai, meu Deus, *mil* desculpas por interromper, mas eu não estava aguentando ficar longe dele. — Envolvo Wyatt pela cintura e me aninho em seu corpo. Ele está petrificado. — Me chamo Rory Jones, sou *namorada* do Wyatt.

Wyatt tem um sobressalto.

Como estou querendo ser bem escrotinha, estendo a mão para eles, mas com a palma para baixo, como se estivesse esperando que beijassem o dorso dela. Seus rostos ainda estão completamente confusos enquanto olham para mim e Wyatt, e vejo que o sorriso de Holly sumiu. Meu plano está funcionando.

O noivo aperta minha mão de um jeito muito constrangedor, mas abre um pequeno sorriso.

— Easton Brooks.

Holly está com o rosto contrariadíssimo — o que me faz querer virar para Sawyer e Wolfman e fazer um joinha —, mas tenta abrir um sorriso.

— Holly... Não sabia que você estava namorando, Wyatt.

Antes que ele possa responder, dou uma risada falsa e começo a falar:

— Ah, isso deve ser culpa minha. Ele mal consegue sair de casa desde que nos conhecemos, estamos sempre no quarto, aquela fase de lua de mel, sabe como é. — Wyatt fica ainda mais petrificado quando faço carinho em seu rosto. — Tenho certeza que você e o Easton também tiveram isso, não é, *Polly*?

Porra, eu sou muito má. Adoro.

— É Holly — corrige ela, apertando os lábios, o que me dá uma injeção de adrenalina.

— Ah, foi mal. — Eu me aninho em Wyatt de novo e passo a mão em seu peito, aproveitando para sentir aqueles músculos. — Sinto muito, mas preciso roubar o Wyatt um minutinho, porque me transformo numa vaqueira tarada quando bebo e não aguento mais esperar meu garotão.

Então dou um tapa na bunda de Wyatt e o levo embora, enquanto Easton engasga com seu drinque e Holly faz uma careta.

18.
Wyatt

— O que foi aquilo? — pergunto quando entro na caminhonete, a voz meio falhada. Minhas pernas estão trêmulas. Só bebi uma dose de uísque, mas não tenho certeza se consigo dirigir neste momento.

— O quê?

Aurora pôs o cinto de segurança, uma perna cruzada sobre a outra, um brilho de felicidade no rosto, sem dúvida causado pelo álcool. Como se estivesse completamente alheia ao que acabou de acontecer. Ela acabou de me *beijar*. Na frente de Holly Slade.

E o problema é o seguinte: talvez esse tenha sido o melhor beijo da minha vida. Talvez tenha virado meu mundo de cabeça para baixo e me feito questionar todas as decisões que já tomei, tentando encontrar uma resposta que justifique o fato de eu nunca ter beijado Aurora antes quando aquilo pareceu tão *certo*.

Eu já senti os fogos de artifício antes. Sei como é um beijo bom. Mas com Aurora foi diferente. Foi como milhares de estrelas cadentes percorrendo meu corpo, iluminando cada centímetro de mim. Meu corpo inteiro estava em chamas.

Se ela não tivesse se afastado, eu teria ficado ali, provando aquele gloss de morango o resto da noite. Teria deixado o calor de seu toque me consumir. Teria a virado e imprensado contra o balcão do bar, sem dar a mínima para quem estivesse olhando, porque a sensação do corpo dela simplesmente me fez esquecer até meu nome.

Não pensei por nenhum momento em Holly e seu namorado. Só conseguia me concentrar no gosto doce de Aurora e imaginar se outras partes do corpo dela também seriam doces assim...

Mas preciso parar de pensar nisso, porque estou ficando excitado de novo. Merda. Como é que vou conseguir esconder meus sentimentos agora? Estou numa baita enrascada.

A princípio, sou incapaz de formular as palavras e apenas saio falando de forma atabalhoada. Meus olhos estão arregalados.

— Vaqueira tarada? *Garotão?*

Não tenho muito orgulho de quão aguda saiu minha voz naquela última parte.

Ela dá uma gargalhada e joga a cabeça para trás, seu pescoço iluminado pelo luar. Quero passar a língua ali.

— Ah, é, verdade. É que eu não aguentei ver você tão pra baixo enquanto a Holly olhava pra você como se estivesse por cima da carne seca.

Nos dois segundos em que meu cérebro deu pane, eu imaginei que Sawyer e Wolfman a tinham convencido a fazer aquilo. Mas foi *ela* quem decidiu. Ela se importa comigo o suficiente para tentar fazer eu me sentir melhor na frente de Holly. Sinto um calorzinho no peito.

— Espera aí, então você estava fazendo uma coisa *legal* por mim? Jesus, quanto você bebeu? — Com um sorrisinho, dou partida na caminhonete, na esperança de que o ronco do motor seja mais alto do que o som do sangue pulsando nos meus ouvidos.

— O suficiente para sofrer as consequências amanhã.

Aurora abre um sorriso divertido e eu tenho dificuldade de desviar o olhar. O modo como ela morde o lábio macio me faz querer prová-lo de novo. E descobrir como seria a sensação daquela boca percorrendo o resto do meu corpo... mas eu não devia estar imaginando isso.

Balanço a cabeça enquanto nos afastamos do bar. Não sei bem o que dizer, porque *Eu te quero tanto agora* não parece muito apropriado. Então digo:

— Bom, obrigado.

— Ah, não tem de quê. — Aurora faz um gesto de desdém, fecha os olhos e se recosta no assento. Com as bochechas rosadas, ela parece doce e inocente, embora cinco minutos atrás tenha enfiado a língua na minha boca e me dado um tapa na bunda. — Sempre às ordens para ajudar um amigo.

Aquela palavra me atinge como um tijolo. *Amigo.*

É isso que sou para Aurora. Apenas um amigo. Sinto uma pontada no estômago e um peso enorme no coração.

Claro, sou só um amigo. Foi por isso que ela *fingiu* ser minha namorada e me beijou. Aquilo não foi real. Ela não está querendo mais nada. Ainda está magoada por causa do ex. E eu achei que não me importava. Ao menos venho tentando me convencer disso.

Mas enquanto dirijo pela estrada, segurando forte o volante, não consigo deixar de olhar para ela, tão linda, contemplando calmamente as montanhas e os campos pelos quais passamos.

É Aurora Jones. Esse furacão de mulher que apareceu aqui para destruir meus sonhos. Mas agora eu temo que ela esteja aqui para trazê-los à vida.

Não, preciso tirar isso da cabeça.

É só porque estou abalado por encontrar Holly e estou numa seca braba desde o ano passado. Eu me sentiria assim por qualquer coisa que me tocasse sem ser a minha própria mão. Né?

Além do mais, não posso estragar o que quer que nós sejamos. A dinâmica que temos agora funciona — enquanto somos amigos e trabalhamos juntos no retiro, significa que Aurora vai permanecer aqui, e o rancho também. Enquanto ela estiver em Willow Ridge, o rancho não será vendido. Não posso arriscar tudo por causa de um beijo.

Nada dura para sempre e não preciso que outra mulher me abandone para me lembrar disso.

É por isso que tenho minha tatuagem de Ícaro, para me lembrar de não me deixar levar e acabar voando perto demais do sol. No entanto, da maneira que Aurora sempre ilumina meus dias, temo que já tenha voado alto demais.

Meu celular de repente apita e dá um susto em nós dois. Tiro a mão do volante, pego o telefone no bolso de trás e dou uma olhada na tela — depois da cena de Aurora, estou esperando muitas mensagens dos caras. Não me surpreenderia se eles tivessem tirado fotos.

Uma pequena parte de mim espera que tenham tirado, assim eu poderia olhar para elas mais tarde.

Mas antes que eu possa ver o que é, Aurora pega o telefone da minha mão.

— Nada disso. Olhos na estrada, Hensley.

Faço uma careta para ela e tento em vão resgatar meu celular, mas o modo como ela sorri para mim, a risada parecendo sinos tocando, dissipa todo meu mau humor. Solto o ar, tento esconder o sorriso e exagero no movimento de voltar a mão para o volante.

De canto de olho, vejo quando a tela ilumina o rosto de Aurora, seus longos cílios fazendo sombra nas maçãs do rosto.

— Ah, você recebeu uma mensagem da Holly.

— Sério? — Meu corpo fica tenso.

— Quer que eu leia? — oferece Aurora, o tom de voz malicioso.

Eu me viro para ela, os olhos semicerrados.

— Só se você não responder a chamando de Polly de novo.

Aurora joga a cabeça para trás numa gargalhada, o que me faz dar uma risada também. Posso jurar que todas as emoções vêm em dobro com ela — se algo é engraçado, ela gargalha; se algo a deixa feliz, seu sorriso é mais brilhante que o sol. Aquilo me faz achar que não tenho aproveitado tanto a vida.

— A senha é 150370.

Aurora digita.

— Aniversário de alguém?

— Da minha mãe. O meu é sete de novembro.

— Sabia que você era escorpiano! Tão calado e misterioso.

Não tenho a menor ideia do que ela está falando, mas o modo como a voz de Aurora fica mais sedutora quando ela diz *calado e misterioso* é sexy demais.

— Muito bem, vou ler: "Foi muito bom ver você hoje. Boa sorte com sua nova amiga". Ai, meu Deus, *nova amiga*, que engraçado. Vou morrer. Mas também estou muito orgulhosa, porque claramente nós a irritamos.

Aurora se mexe de um jeito esquisito, o que imagino ser uma tentativa de dancinha da vitória. Mais uma risada brota do meu peito, seguida de um calor. Minhas bochechas doem de tanto que ela está me fazendo sorrir. Não estou acostumado. Normalmente eu me limito a um sorriso por dia. Mas isso foi pelo ralo quando Aurora apareceu.

Caramba.

— Meu Deus, você salvou meu contato como Aurora Jones. Tão formal.

— Para de bisbilhotar meu telefone, Aurora. — Tento pegá-lo de novo, mas ela se esquiva, rindo.

— Lento demais. Por que você não me chama de Rory?

Dou de ombros. No começo, eu achava meio íntimo demais, e nós dois sabemos que não começamos muito bem.

— Você disse que a maioria das pessoas te chama de Rory.

— E daí? Você não quer ser como a maioria das pessoas?

Não quero mais ser como a maioria das pessoas *para ela*. Mas não posso dizer isso. Ainda estou numa batalha com a verdade que venho tentando esconder até de mim mesmo. E é muito difícil fazer isso quando ela está sentada ao meu lado. Fico muitíssimo grato quando enfim nos aproximamos do rancho.

Respondo apenas com um grunhido.

Aurora então tem um sobressalto e sacode as pernas, animada.

— Sei exatamente o que precisamos fazer. Tornar oficial no Instagram. — De repente, ela se vira, se apoia em mim e segura o telefone diante de nós. — Sorria.

Tento sair da foto.

— Você acabou de me dar uma bronca por querer pegar o celular enquanto dirigia, mas agora quer que eu tire os olhos da estrada para fazer uma selfie?

— Ah, Wyatt, por favor.

Aurora encosta a cabeça no meu ombro, fazendo um biquinho e me olhando com aqueles olhos castanhos brilhantes. Preciso de todo meu autocontrole para tirar os olhos dela e não causar um acidente. Senão, acho que poderia ficar olhando eternamente para aqueles poços dourados de mel, tão doces e instigantes.

— Tá bom — resmungo, porque o sorriso que vem em seguida me anima.

Aurora conta a partir do três e eu abro um meio-sorriso para a câmera, enquanto ela faz um sinal da paz e dá um grande sorriso. Ela volta para o assento rindo, e meu corpo murcha com a perda do contato. Aurora digita freneticamente na tela ao passarmos pela arcada do rancho, então cantarola satisfeita e enfia meu telefone no suporte de copo ao lado do banco.

Quando chegamos ao casarão, ajudo Aurora a sair do carro e caminho com ela até a porta. Suas pálpebras estão pesadas e ela pisca devagar ao abrir a porta e se recostar no batente.

— Você vai ficar bem? — pergunto, me esforçando para não rir de quão adorável ela fica toda sonolenta e bêbada. Odeio não poder entrar e ficar de conchinha com ela.

— Vou, sim. Tenho o Rosinha para cuidar de mim.

— Rosinha?

Ela arregala os olhos, as bochechas vermelhas.

— Hum, é, o Rosinha é meu… brinquedinho de dormir.

Claro que ela tem um maldito ursinho. Não me surpreenderia se ela fosse uma dessas adultas com vinte bichos de pelúcia em cima da cama, ou então arrumados em prateleiras.

— Certo… — Semicerro os olhos. — Beba água e durma bem.

— Eu vou! Boa noite, Wyatt! — E então ela fecha a porta.

Estou sacudindo a cabeça novamente, tentando entender tudo o que aconteceu esta noite, quando subo na caminhonete para ir pra casa. Antes de sair, pego o celular. O velho Wyatt abriria a mensagem de Holly e se lamentaria. O velho Wyatt se perguntaria se Holly gostou mesmo de me ver ou se o comentário está cheio daquela pena com a qual ela sempre me olha.

Mas, em vez disso, vou direto pro Instagram para ver minha foto com Aurora, na qual ela se marcou, com a legenda: VIVA RIA AME <3. Morro de vergonha da quantidade de pessoas que já viu a postagem e pode ter pensado que fui eu quem escolheu essa legenda.

Mas isso nem me incomoda tanto assim, porque na verdade não consigo parar de assistir o story e reparar em quanto eu e Aurora ficamos bem juntos. Lembrar quão incrível foi aquele beijo. E imaginar se aquelas conversinhas dela de lei da atração funcionam mesmo, porque, se funcionarem, eu vou começar a nos imaginar juntos muitas vezes.

19.
Aurora

Com os cotovelos apoiados na bancada, observo Wyatt pendurar a pintura de um lago na parede — o toque final que Cherry escolheu para essa casa da pousada. Mas não estou de jeito nenhum reparando em como os músculos das costas dele se movem sob o tecido fino da camiseta.

Porque eu prometi a mim mesma que ia lutar contra esses pensamentos. Aqueles lembretes inquietantes que fazem minha pele queimar como uma fogueira. Como a chama de paixão que percorreu meu corpo enquanto a língua dele se entrelaçava à minha na outra noite. Ou seu corpo quentinho e firme me envolvendo em seu cheiro...

Não, Aurora.

Você está tentando parar de pensar nisso.

Ainda que eu tivesse repassado a cena inúmeras vezes na minha mente o fim de semana inteiro, preciso lembrar que aquele beijo foi de mentira. Fui *eu* quem tomou a iniciativa, e fiz isso para deixar Holly com ciúmes, não porque eu goste de Wyatt desse jeito.

Eu só estava sendo bêbada e inconsequente.

E juro que ele anda mais quieto comigo desde então. Claramente eu o deixei desconfortável e preciso consertar isso. Reforçar que somos *amigos* — parceiros de negócios, acima de tudo — e não estou planejando beijá-lo daquele jeito o tempo inteiro. Porque isso tornaria muito constrangedora toda a tarefa de cuidar do rancho e do retiro juntos, ainda mais tão próximo da data do primeiro evento-teste.

Além do mais, ele ainda não superou a ex, como ficou claro na sexta-feira.

— Você gosta? — pergunto, tentando preencher o silêncio quando Wyatt decide que a pintura está reta e termina com um meneio orgulhoso de cabeça.

Ele não precisava ajudar com a decoração hoje, já que tem sempre muita coisa para fazer no rancho, mas insistiu.

— Gosto — diz ele ao se virar, e estende o braço para coçar a parte de trás da cabeça, revelando seu belo bíceps.

Não, na verdade apenas um bíceps normal que não tem qualquer efeito em mim. Meu Deus, sou tão mentirosa.

— Fico feliz que você não pôs um monte de cartazes espalhados por aí com a frase *Viva, ria, ame* — comenta ele, revirando os olhos.

— Por que você odeia tanto essa frase?

— Sei lá... Me parece meio reducionista.

— É, mas a ideia é essa — digo, rindo. — Como uma vida bem-sucedida tem a ver com viver bem, rir com frequência e amar muito. Acho que isso combina bastante com a sua perspectiva, senhor *eu-não-preciso-de-um-emprego-chique-para-ser-feliz*.

Sua expressão é de completo choque. Aqueles olhos escuros quase me atravessam, levemente semicerrados, de modo que começo a engolir em seco. Na minha cabeça, ouço as palavras que ele falou outro dia: *Ah, vou descobrir um jeito de acabar com você, princesa*. É preciso muito mais força de vontade do que eu gostaria de admitir para não me ajoelhar na frente dele agora mesmo e ouvir como exatamente ele gostaria de acabar comigo. Principalmente depois da euforia que senti com aquele beijo.

Puta merda, preciso de um banho frio.

— Enfim, quais são seus planos pra hoje? — pergunto.

— Provavelmente acender a fogueira e ler um livro. E você?

— Isso é tão fofo e saudável — digo, dando uma risadinha.

A imagem de Wyatt lendo ao lado da fogueira, quem sabe com um cobertorzinho, como o vi na outra noite, é quase o contrário dessa impressão sombria e taciturna que ele gosta tanto de passar.

— Fofo e saudável? — Ele inclina o queixo e anda em direção à bancada. Coloca as duas mãos na superfície, o que me faz ficar de pé, ainda capturada por seu olhar desafiador. Wyatt esboça um sorriso. — Duas palavras que todo cara sonha em ser chamado por uma garota.

Levanto a sobrancelha diante do comentário sarcástico.

— Como preferia que eu te chamasse, então?

Wyatt aperta os olhos e o sorriso fica maior, deixando suas covinhas mais pronunciadas. Passa a língua nos lábios, se inclina bem de leve para a frente e seu cheiro de couro e madeira me incentiva a chegar para a frente também.

Ele abre a boca para falar, depois morde o lábio inferior, a hesitação evidente no modo como a expressão divertida some de seu rosto. Então abre um sorriso rápido, mas há uma indiferença fria nele.

— Parceiro de negócios está bom.

Registrado, sr. Hensley. Vou fazer o meu melhor para ignorar a pontada de rejeição no meu estômago.

— E você? Algum plano *fofo e saudável* pra hoje?

Talvez uma noite com meu vibrador, porque claramente preciso liberar uma tensão reprimida… Mas obviamente não digo isso. Estou prestes a descrever mais uma noite entediante sozinha com meu livro de autoajuda quando me vem uma ótima ideia.

— Na verdade, eu estava pensando em fazer outra coisa com essa fogueira. O que acha de ajudarmos um ao outro a superar nossos ex?

— Com… fogo? Por mais que eu tenha gostado de irritar a Holly no outro dia, não sou um incendiário.

Wyatt franze a testa e olha para mim com um leve ar de preocupação. Mas minha mente está totalmente focada no que disse sobre gostar de irritar a Holly, algo que ele conseguiu me beijando…

Balanço a cabeça, meus cachos ruivos sacudindo, meio embaraçados pelo suor decorrente dos afazeres do dia.

— Eu também não. Estou falando de uma coisa que não vai fazer a gente ser preso, não se preocupe. Vou explicar com calma mais tarde. — Começo a caminhar para ir embora. — Por enquanto, só junte tudo que você ainda tem da Holly e acenda a fogueira.

— Eu não tenho mais nada da Holly. — Wyatt responde bem rápido, sem pensar duas vezes.

— Claro — digo, alongando bem a palavra, sem acreditar muito. — Então encontre alguma coisa que ainda faça você se lembrar dela. Pode ser qualquer coisa.

Quando abro a porta, vejo que Wyatt segue recostado na bancada, de braços cruzados, o rosto franzido.

— Não precisamos fazer se você não quiser — acrescento rapidamente ao me dar conta de que ele ainda não topou, e que talvez ele ter dito que não tem nada da Holly seja uma maneira de recusar meu convite. Eu é que estou tentando, de maneira vergonhosa, aproveitar qualquer oportunidade para estar perto dele.

Mas então seu rosto se ilumina e ele vem na minha direção, como se estivesse com medo de que eu fosse fugir correndo.

— Não… quer dizer, sim, eu quero passar a noite com você. — Ele passa a mão no rosto. — Estou falando de *uma parte* da noite. Não a noite inteira. Enfim, melhor eu calar a boca. É só me dizer que horas devo acender a fogueira.

Wyatt faz uma careta enquanto tento esconder uma risada, fingindo morder a unha do polegar. As bochechas dele ficam vermelhas e, se eu fosse boba, diria que deixei Wyatt Hensley meio desconcertado. E nem tive que beijá-lo dessa vez.

Toda a conversa motivacional que tive comigo mesma antes de sair de casa sobre ser uma mulher forte e *independente* que não precisa da atenção de um homem vai totalmente por água abaixo quando chego na casa de Wyatt.

A luz âmbar bruxuleante do fogo lança feixes laranja em seu rosto anguloso, todo tenso e concentrado no livro de História. A pele marrom-clara também está quase dourada sob os últimos raios do sol poente. Mas a pior parte é que ele trocou o visual calça jeans escura e camiseta de sempre por um casaquinho azul-marinho com as palavras *Michigan*

Ann Arbor bordadas em amarelo, e o meu maior ponto fraco: calça de moletom cinza. Preciso conter um gemidinho quando meu corpo inteiro se acende ao vê-lo ali.

Há uma cerveja no braço da cadeira de Wyatt e um homem de voz calma canta uma música country, só um pouquinho mais alto que o crepitar das chamas. A fumaça cinza e marrom sobe para o céu, onde as estrelas começam a aparecer. Estou decepcionada por não ter marshmallows — seria a cereja do bolo.

— É Hunter quem está cantando? — pergunto, fechando um pouco mais o casaco ao redor do corpo.

Wyatt imediatamente fecha o livro e se levanta, como um soldado em posição de sentido. Nem tenta esconder o sorriso, as covinhas em todo seu esplendor. Isso, junto com a calça de moletom cinza, me põe em apuros. Meu coração nunca bateu tão acelerado.

— Ah, não. — Ele aponta para a cadeira ao lado e espera eu me sentar antes de se acomodar de novo. — É o Zach Bryan. Ele é, hã, meu cantor favorito.

— Legal, eu não achei mesmo que fosse o Hunter. Essa não é tão animada quanto as músicas dele.

Wyatt joga a cabeça para trás e resmunga.

— Por favor, não vá me dizer que virou fã dele agora?

— Com certeza. — Dou uma risadinha e mordo o lábio enquanto Wyatt me olha de relance, a expressão de desdém no rosto. — A voz do seu irmão é *tão* sexy. Aliás, será que você não tem uma cueca velha dele por aí?

— Eu te odeio — diz ele, inexpressivo.

— Não odeia nada, você me ama — respondo, e engulo em seco quando o rosto de Wyatt nem se mexe, a não ser por uma leve contração no maxilar, provando que estou muito errada. Pego a cerveja dele de repente, bebo um gole e faço uma careta ao devolver. — É, ainda odeio cerveja. Meu Deus, por que você bebe isso?

Ele dá de ombros e diz:

— Me ajuda a lidar com você todo dia.

— Sempre um cavalheiro.

Dou uma risadinha para Wyatt e então bato com as mãos no caderno no meu colo. Está cheio de parágrafos e mais parágrafos de desabafos emocionais sobre a infidelidade de Jake. Se minha agente quisesse um livro sobre quão ruim é ser traída, nossa próxima reunião seria *muito* mais fácil.

— Enfim, você trouxe alguma coisa que te lembra da Holly?

Wyatt respira fundo e pega uma camiseta preta dobrada ao seu lado. Ele a segura por um momento e mostra que é uma camiseta velha de banda, do Simple Plan, parecida com as que uso para dormir de vez em quando.

— Ai, meu Deus! Eu gosto de Simple Plan. Eles fizeram uma música pro desenho do *Scooby Doo*!

— Me dói que essa seja a sua referência deles. — Wyatt segura a camiseta no peito, como se estivesse tentando encobrir uma facada. — Pra que ela vai servir, afinal?

— Vamos queimar essas coisas hoje, Hensley.

Eu me levanto e incentivo Wyatt a fazer o mesmo. Há uma óbvia apreensão em seu rosto fechado e franzido, mas as chamas reluzem em seus olhos, ressaltando também a curiosidade.

— Quando eu era mais jovem, tia Grace dizia que nós criamos conexões com as pessoas e os acontecimentos da nossa vida, e eles continuam nos afetando até tomarmos a decisão consciente de cortar esses laços metafóricos. E ela achava que a forma mais catártica de fazer isso era com fogo.

Abro o caderno e rasgo as primeiras páginas. Aquelas onde a tinta está borrada e até apagou, desfigurada pelas lágrimas que caíam enquanto eu canalizava todo o meu ódio para a página.

— Você tem que admitir seus sentimentos e depois dizer que vai deixá-los pra trás. E aí você joga o que quer que seja no fogo, para queimar essas conexões.

De braços cruzados, a camiseta amarfanhada na mão, Wyatt abre um sorrisinho.

— Eu devia imaginar que em algum momento você ia me arrastar pra algum tipo de ritual bizarro.

Resolvo ignorá-lo e seguro as páginas arrancadas.

— Isso é tudo que escrevi depois que peguei Jake seminu com uma loira de arrasar no colo quando voltei do enterro da minha tia-avó.

Sinto um aperto no peito, a respiração saindo com dificuldade enquanto todas aquelas memórias voltam com força total. A facada da traição, o vazio da perda, o peso de duvidar do meu próprio valor.

Mas quando Wyatt segura meu braço, os dedos parecendo elétricos, aquele calor invade meu corpo e me lembra de que ainda estou de pé. Consegui superar a maldição da confiança quebrada e sou mais forte agora. Principalmente agora que tenho esse rancho — incluindo Wyatt — como meu alicerce.

— Estou deixando essa traição pra lá, pra que ela não me domine.

Olho rapidamente para os olhos de Wyatt, que brilham com desculpas desnecessárias. Eu me viro para a fogueira, jogo as páginas nela e observo as chamas consumirem aquela mágoa enquanto meu corpo estremece.

Não vai ser uma mudança do dia para a noite, sei disso, mas já consigo sentir um pouco do mal-estar indo embora. Porque estou escolhendo deixá-lo pra lá em vez de me apegar a essas páginas cheias de emoções confusas. É um progresso, sei disso.

— Sua vez, Hensley.

Wyatt balança a cabeça ao olhar para a camiseta em suas mãos.

— Holly nunca foi em um show comigo e acho que sempre julgou meu gosto musical. Então, um dia ela comprou ingressos para ver o Simple Plan, que eu amava na adolescência. Passou o show inteiro no celular mandando mensagem pro Easton, imagino eu. Uma semana depois, ela me largou para ficar com ele.

Nossa, acho que odeio essa mulher ainda mais.

— Queima essa merda! — grito, e aponto para o fogo.

Wyatt dá uma risada genuína, e sinto um calorzinho em cada centímetro do corpo. Algo acordando minhas borboletas.

Mordendo o lábio, ele enrola a camiseta e a joga de uma mão para a outra. Alguns segundos se passam e eu me pergunto se ele realmente vai chegar às vias de fato, até que ele arremessa a camiseta na fogueira e grita:

— Vai se foder, Holly!

— Isso, Wyatt!

Comemoro e dou uns pulinhos enquanto ele grita, a expressão em seu rosto de repente mais iluminada. A liberdade irradia de nós dois, a tensão se dissipando no ar junto com a fumaça.

— Estou deixando você ir — continua ele, em voz alta, como se xingasse a camiseta carbonizada. — Você não tem mais nenhum poder sobre mim. Eu não me importo com você, porque você nunca se importou comigo.

Wyatt se vira e me dá um "toca aqui", todo orgulhoso e animado. Estimulada por ele, eu arranco mais um punhado de páginas, aquelas que representam a pior parte da infidelidade de Jake.

— Eu nem me importo mais que ele tenha me traído. Só odeio o tanto de tempo que passei me torturando tentando entender por que eu não era o suficiente pra ele. Por que ele foi atrás da garota com quem me traiu em vez de tentar lutar por mim. Eu me esforcei tanto para ser segura e autoconfiante, mas os últimos meses me fizeram questionar meu valor muito mais vezes do que eu gostaria de admitir. Mas acabou!

— É, foda-se. Ele é um idiota, Aurora. Agora queima essa merda! — grita Wyatt com um sorriso fácil, quase maníaco.

Seu corpo todo treme de alegria, as risadas altas a ponto de ecoar nas montanhas quando atiro as páginas e o caderno inteiro na fogueira.

— Espera aí rapidinho. — Wyatt sobe as escadas, entra em casa e me deixa ali alguns minutos observando o caderno virar cinzas.

É engraçado porque, mesmo que Jake ainda seja um assunto delicado, eu me dou conta de que tenho pensado nele cada vez menos. Como se as últimas feridas estivessem começando a cicatrizar.

Quando Wyatt volta, está com mais peças de roupa nas mãos. Ele me entrega uma camisa que grita "homem de negócios", e então joga outra camiseta no fogo. As chamas dançam em resposta, sibilando para celebrar.

— Essas são roupas que a Holly comprou pra mim, que eu odeio e nunca vesti, mas sempre me senti mal de jogar fora. — Ele aponta com a cabeça para a camisa que estou segurando. — Tipo, quando é que vou usar isso aí? Foi feito pra um cara da cidade que trabalha em escritório, exatamente o tipo de pessoa que ela tentava aos poucos me transformar. Como se eu não fosse bom o suficiente pra ela. Mas *que se foda*. Ninguém, nem eu nem você, tem que questionar o próprio valor. Então me ajuda e vamos *queimar essa merda*.

Eu rio descontroladamente, arremesso a camisa na fogueira e observo quando Wyatt joga os braços para cima, atirando as outras roupas. Eu jamais poderia imaginar que alguém ia querer mudar esse homem que está diante de mim — ele pode ter as arestas mais sombrias e ásperas, mas escondidas lá no fundo das sombras há uma paixão e uma gentileza que acredito nunca ter encontrado em alguém.

De repente as chamas ficam mais fortes, Wyatt me puxa e eu acabo encostando em seu peito.

Nenhum de nós se mexe.

Ficamos apenas parados ali, observando o fogo, a respiração quente de Wyatt em meus cabelos, os dedos ainda segurando meus braços, fazendo carinho neles. Se eu estivesse disposta a ser inconsequente de novo, mergulharia ainda mais em seu peito, deixando seu calor se espalhar pelo meu corpo. Ou então seguraria seus braços e os colocaria ao meu redor, para estar por completo dentro de seu abraço, como no dia em que dançamos.

— Meu Deus, isso fez eu me sentir muito bem — admite Wyatt, pelo jeito se referindo à fogueira e aos objetos que queimamos. Ele chega a cabeça mais perto da minha, e posso jurar que ele respira fundo devagar. Depois, com a voz grave e baixa, como se estivesse me contando um segredo, ele diz: — *Você* faz eu me sentir bem, Aurora Jones.

Todo o meu autocontrole vai por água abaixo e não consigo evitar confessar em voz alta aquilo que já sei há um bom tempo.

— Você faz eu me sentir muito bem também, Wyatt Hensley.

20.
Wyatt

Odeio isso, mas aqui estou eu passando mais uma noite olhando o Instagram da Aurora em vez de ler o livro que tinha escolhido. Sempre digo a ela que vou sentar ao lado da fogueira ou no sofá para ler um pouco, mas mal consigo passar de umas poucas páginas sem pegar o celular só para ver o rosto dela.

Hoje foi difícil. Eu já tinha muita coisa para fazer no rancho, incluindo cuidar de uma bezerra doente, algo que sempre me deixa triste. Principalmente quando sei que não temos dinheiro para comprar os melhores remédios, então basicamente fazemos de tudo para deixá-los confortáveis antes que a infecção se espalhe. Aí Aurora confessou que ficou distraída se preparando para uma reunião com a agente dela no dia seguinte, que estava tensa e não conseguiu terminar a última casa da pousada. Então, apesar de estar com uma dor de cabeça horrível, eu obviamente aproveitei a oportunidade para ajudá-la e fiquei animado ao ver o alívio em seus olhos, sabendo que era obra minha.

Assim que terminamos, Aurora disse que precisava tomar um longo banho quente. A imagem que apareceu em minha mente fez todo o sangue descer lá para baixo, e me senti um adolescente cheio de hormônios.

Depois disso, fui direto para casa, tomei um longo banho *frio*, fiz comida e me sentei com um uísque e um livro para me distrair.

Mas me tornei um homem muito, muito fraco.

E embora eu odeie admitir que essa bobagem de bem-estar dela funciona, depois de queimar as roupas que me lembravam Holly naquele dia, eu sinto que minha mente está completamente livre para pensar apenas em Aurora.

É estranho ver esse lado dela no Instagram, que tem uma curadoria perfeita mas omite todas as suas partes vulneráveis, e mais lindas. Tem mais coisas nele sobre o rancho agora, incluindo fotos nossas fazendo ioga, infelizmente. Mas não tem nenhuma menção ao seu nariz sardento e franzido quando ela ri ou fica irritada comigo, nem ao modo como mordisca a unha do polegar quando está pensando, ou à dancinha bizarra que faz quando fica feliz com alguma coisa.

Jesus. Quando foi que fiquei tão obcecado por ela?

Melhor eu ir dormir.

Dou uma última conferida no Instagram e, de repente, Aurora posta uma foto.

Segurando um maldito vibrador.

Preciso olhar de novo, mas é isso mesmo — é uma foto dela, radiante, posando com um vibrador rosa. O cabelo está meio bagunçado e sua pele tem um brilho dourado que grita pós-orgasmo. Ela obviamente fez isso de propósito, o que me deixa mais excitado do que deveria. Eu é que queria deixá-la daquele jeito.

A legenda diz:

Autoprazer é uma forma de autocuidado! Quer você esteja em um relacionamento ou não, é comprovado que dedicar um tempo a seu próprio prazer reduz o estresse e aumenta a autoconfiança. E existe melhor maneira de cuidar da saúde mental do que com um orgasmo de fazer a terra tremer? O Rosinha aqui tem me ajudado a aliviar a tensão enquanto trabalho duro nos Estados Unidos para construir o retiro que vem aí. Bjs Rory

Meus olhos se voltam para o nome *Rosinha*.

Eu achei que era o nome de um ursinho.

Ela anda usando o Rosinha sozinha naquela casa vazia enquanto eu estou literalmente na casa ao lado?

Espera aí.

Aurora me disse que o Rosinha cuidaria dela na noite em que me beijou... Porra, ela ficou brincando sozinha depois de me beijar? Enquanto eu estava sentado na cama naquela noite, segurando meu pau e imaginando que eram os lábios dela ali, ela estava tendo um orgasmo e pensando em mim também?

Meu Deus, meu pau está ficando duro, e eu de calça de moletom...

Não.

Preciso parar de ser tão esperançoso. Isso nunca adiantou.

Aquele beijo foi falso. Ela me disse que éramos amigos.

Ou... será que foi só para disfarçar? Porque se ela me perguntasse o que significou para mim, eu mentiria e a chamaria de amiga também. Para não me entregar. Como venho fazendo esse tempo todo, fingindo que não estou obcecado por ela.

É exatamente esse pensamento que me faz enfiar o pau duro de volta na calça e ir até a casa dela. A sensatez que me orgulho muito de ter foi jogada pela janela pelo meu pau latejante e meus pensamentos completamente desvairados. Pela agonia que tenho sentido ao lado dela, depois de perceber de repente quanto eu a desejo e que, mesmo assim, preciso continuar sendo profissional e um maldito amigo.

Não tenho a menor ideia do que vou fazer, mas preciso ver Aurora. Preciso falar com ela. Bato na porta e me recosto no batente enquanto espero. Há um momento de silêncio e então ouço os passos dela descendo as escadas. Ela abre a porta, o celular na mão, os olhos arregalados ao me ver. Eles descem pelo meu corpo, sobem de volta devagar e então Aurora passa a língua nos lábios.

Ela está usando um pijama roxo de seda com um cardigã branco enorme por cima, o que ressalta seus lábios cor de morango e as bochechas rosadas. O pijama não esconde nada, abraça todas as suas curvas e consigo vislumbrar as pontas dos mamilos através do tecido. Sou obrigado a desviar o olhar.

O cabelo está levemente molhado, cheio de frizz, e é exatamente o que imaginei quando pensei nela no banho.

Deliciosa demais.

— Wyatt? — pergunta ela, interrompendo aquele momento em que eu a comia com os olhos.

Respiro fundo, o maxilar tenso enquanto me esforço para manter os olhos *apenas* em seu rosto.

— Você disse que o Rosinha era um ursinho.

Aurora morde o lábio, as bochechas ficam mais vermelhas e ela compreende. Mas seus olhos cor de mel estão impetuosos. Não consigo não olhar para seu peito, que sobe e desce com a respiração, que por sua vez vai ficando mais rápida e ofegante.

— Não disse, não — rebate ela, olhando para os meus lábios. — Falei que era meu brinquedinho de dormir.

Ela esquadrinha meu corpo descaradamente e sinto tudo queimar. É como se estivesse me desafiando a fazer o mesmo com ela, que obviamente está com menos roupas, e o jeito que está sorrindo para mim agora me deixa muito vulnerável...

— Vai continuar falando sobre seus brinquedos sexuais ou pretende nos apresentar?

Uma voz feminina ressoa de repente no telefone. Aurora olha para a tela e agora seu pescoço também está vermelho.

— Desculpa, Sofia! — diz Aurora, fazendo uma careta, e então se vira para mim. — Estou numa videochamada com minha amiga lá de Londres.

A pessoa no telefone tosse e corrige:

— Melhor amiga, na verdade. Agora, me vira aí para eu ver se ele é gostoso mesmo como você disse.

— Sofia! — Aurora dá um gritinho e segura o telefone no peito, como se aquilo fosse me impedir de ouvir o que já tinha sido dito.

Ela olha para cima, suplicante. Eu nem tento esconder meu sorriso orgulhoso, o ego alimentado pelo fato de Aurora me achar atraente. A certa altura, ela fala *desculpa* só com lábios para mim e vira o telefone, então fico diante de uma garota de cabelos escuros e cacheados, com olhos ansiosos para me conhecer.

— Oi, Wyatt, eu sou a Sofia. Espero que esteja cuidando bem da minha amiga enquanto ela está aí. — Sua sobrancelha levantada faz eu me sentir num interrogatório repentino, mas preciso lembrar a mim mesmo de que ela é só um rosto na tela do telefone.

— Prazer conhecer você, Sofia. Você devia estar preocupada é comigo. Sua amiga é bem destemida.

Aurora ri para mim e vira o telefone, mas consigo ver o sorrisinho de aprovação de sua amiga.

— Bom, está bem tarde aqui, Rory — diz Sofia, bocejando. — E eu só amo você um pouquinho mais do que amo dormir, então agora que o Wyatt está aí, ele pode te fazer companhia. Tchau, te amo.

— Espera aí, Sofia!

Aurora balança a cabeça, mas parece que Sofia desliga antes que ela possa contestar. Ela respira fundo e aperta os lábios — eles estão reluzentes, e aposto que estão com aquele gloss de morango do outro dia. Aquele que estou doido para provar de novo.

Quando Aurora guarda o telefone no bolso, ela vira os olhos castanhos para mim.

— Você… quer entrar para beber alguma coisa, Wyatt?

Meu Deus, por que o modo como essa mulher diz meu nome me faz querer ajoelhar na frente dela? O que está havendo comigo?

Eu já bebi hoje. Não devia beber mais. Meus pais vêm aqui amanhã. Tenho muita coisa para fazer. E ela tem a reunião amanhã. Provavelmente precisa dormir.

Eu devia ir embora.

Não tem por que eu estar aqui.

Ainda assim, respondo:

— Claro.

Estamos sentados no balanço, tomando um gole da bebida e observando o sol se pôr entre as montanhas. Aquela cena em geral me faz sentir muita paz, mas neste momento parece que estou me afogando na tensão palpável que deixa o ar entre nós mais espesso.

Tivemos uma breve conversa sobre a reunião dela amanhã bebendo um uísque barato e velho que, imagino, devia ser de Grace, e então caímos no silêncio em que estamos há alguns minutos.

Só consigo pensar que o joelho de Aurora está apoiado na minha coxa, pois ela sentou de pernas cruzadas no balanço. Minha coxa inteira está formigando, implorando para tirar a calça e sentir a pele dela. E embora eu nunca tenha sido exatamente muito falante, aquela sensação e a foto do vibrador ainda voltando à minha mente me deixaram sem palavras.

Estou prestes a virar o resto do uísque e dizer que preciso ir para casa quando começa a tocar "Shivers Down Spines", uma das minhas músicas favoritas de Zach Bryan. É uma das mais antigas dele, então estou surpreso que ela esteja ouvindo.

— Se eu não te conhecesse, diria que está um pouquinho obcecada por mim, Aurora — brinco, dando uma cutucada nela e me sentindo um idiota por usar qualquer desculpa para tocá-la.

— Oi? Por quê? — Ela arregala os olhos e vejo seu pescoço se mover quando engole em seco. Aurora olha para mim genuinamente preocupada... Não rebate meu comentário nem me manda parar de ser convencido, como eu imaginava.

Eu sorrio.

— Você começou a ouvir Zach Bryan. Falei que era meu cantor favorito.

— Ah. — Ela solta o ar e se recosta no balanço de novo. Então morde o lábio e balança a cabeça. — Eu odeio admitir, mas você tem bom gosto. As músicas dele são... lindas, na verdade.

Aurora se vira para mim e os últimos raios âmbar do sol a banham numa luz dourada, fazendo reluzir suas bochechas sardentas e deixando seus olhos cor de mel ainda mais lindos. O modo como os cabelos bagunçados caem sobre uma das bochechas, brilhando como um rio de fogo, é divino.

Os arrepios que sinto na espinha só confirmam quanto sua beleza não é deste mundo. E que talvez eu precise que Zach Bryan componha a trilha sonora da minha vida.

Ela abre um sorrisinho malicioso e seus olhos se iluminam.

— Na verdade, essa música é perfeita para terminar aquela dança que você ficou me devendo semana passada.

— Hum, eu...

Não tenho nem chance de protestar, porque Aurora tira o copo da minha mão, põe junto com o dela debaixo do balanço, pega minhas mãos e me puxa, rindo. Estou entrando em pânico, pois não tenho certeza se vou conseguir sobreviver a isso — seu corpo quente colado no meu, praticamente nenhum tecido nos separando enquanto tenho a chance de explorar as curvas de sua cintura, seus quadris, suas costas. Tudo isso com aquela imagem dela com o vibrador que não sai da minha cabeça.

E ainda assim, aqui estou eu, sem conseguir dizer não, porque, mais uma vez, sou um homem muito, muito fraco.

Aurora coloca os braços ao redor do meu pescoço e fica na ponta dos pés. Ela acaricia minha nuca enquanto se aproxima a ponto de seus seios tocarem meu peito, o que me causa um sobressalto. Posso sentir seu coração acelerado. Ela morde o lábio e me observa sem sorrir, até que eu a seguro, minhas mãos nos seus quadris, avaliando até onde posso descer, tentando identificar o limite tênue.

Não me permito exagerar.

Sei que o universo não recompensa os gananciosos, e que se eu me deixar levar demais, algum castigo vai vir.

Mas quem sabe esta noite seja uma exceção.

Porque a forma como Aurora olha para mim neste momento, enquanto balançamos ao som da música, é como se eu fosse o último biscoito do pacote. Eu faria qualquer coisa para tatuar na minha mente o jeito que ela está agora.

Aurora Jones. Para sempre.

Os arrepios voltam quando ela se estica para poder apoiar a cabeça no vão do meu pescoço, os cabelos fazendo cócegas no meu queixo. Sua respiração no meu ombro é quente, pesada. Roço os polegares em seus quadris, acariciando a curva da cintura e odiando aquela barreira de seda entre nós. Quando a respiração dela fica entrecortada, enfio os dedos por baixo bem de leve, querendo deixá-la sobressaltada daquele jeito toda manhã. Toda noite.

Meu corpo inteiro dói de tanto desejo, e o sangue parece até mais grosso ao correr pelas minhas veias junto com o uísque, pulsando com meu coração irregular.

— Wyatt — sussurra Aurora no meu ombro.

É tudo que preciso para me arrancar daquela fantasia boba. Tive meu momento, agora preciso voltar para a realidade. Não posso estragar o que temos, não importa quanto eu queira.

Tiro as mãos dela, dou um passo para trás e falo bem alto a primeira coisa que vem na minha cabeça:

— Meus pais vêm aqui amanhã, então não vamos para o bar.

— Hum… — Aurora franze a testa e abaixa os braços devagar. — Isso parece totalmente relevante — murmura.

Dou mais alguns passos para trás, até recostar no cercado da varanda e deixar bastante espaço entre nós. Mas aquilo não me impede de continuar cuspindo as palavras, porque agora fiquei nervoso e não gosto do olhar penetrante de Aurora em mim. Estou com muito calor.

— Cherry vem também. Eles querem ver no que estamos trabalhando. Vou fazer um jantar. Hum, você que se juntar a nós? — Minha risada sai totalmente nervosa. — Tenho certeza que vão adorar conhecer você… porque você é minha chefe, tecnicamente…

— Wyatt? — Aurora acena com a mão. — Você está bem?

Com certeza não. Nunca fiquei tão nervoso perto de uma mulher.

— Estou, por quê? — Dou de ombros.

Ela balança a cabeça e ri.

— Porque de repente você, que normalmente se comunica com grunhidos, desembestou a falar.

Solto um suspiro, e a palavra "desembestou" ajuda a dissipar os pensamentos selvagens que ainda rondavam minha cabeça.

— Desculpa, é. Bebi demais, ha, ha. Eu devia ir embora. Nós dois tivemos um dia cheio. Espero que consiga ter um bom sono da beleza antes da sua reunião amanhã.

O sorriso de Aurora some, e ela dá um pulo quando me viro para ir embora.

— Pode fazer o jantar aqui.

— O quê?

Ela põe o cabelo atrás da orelha.

— Assim, a sua casa é ótima e tal, mas aqui tem mais espaço pra todo mundo sentar e comer. A cozinha é maior.

— Não quero te atrapalhar.

— Não vai. Eu quero você aqui... hum, sua família. Seria legal aproveitar bem esse espaço. Parece meio vazio e solitário só pra mim. — Aurora morde o lábio e seus olhos brilham.

Só de pensar nela se sentindo solitária aqui me vem uma pontada no peito. Quero que ela saiba que estou aqui. Que ela sempre vai ter meu ombro para dormir se precisar.

Que ela sempre vai ter... bom, a mim.

Mas não sei muito bem como colocar isso em palavras sem cruzar os limites da nossa relação, ainda mais do que já cruzei hoje.

Limites que mantêm esse rancho e meu trabalho intactos.

— Por favor.

Aurora abre mais os olhos e sinto que poderia mergulhar neles. Não suporto a ideia de deixá-la chateada agora.

— Pode ser.

Com gritinhos de animação, ela balança os quadris fazendo sua dancinha enquanto caminha em direção à porta dos fundos. Não consigo desgrudar os olhos de sua bunda. Ela se vira muito rapidamente e me flagra.

Com um sorrisinho, acena e diz:

— Boa noite, Wyatt.

21.
Aurora

As tardes no Sitting Pretty, o café favorito da minha tia-avó, eram sempre dedicadas a bebidas doces e conversas sobre sonhos, como se eles fossem inevitáveis.

O que você faria se tivesse certeza que não ia fracassar?, perguntava a tia Grace, enquanto admirava a luz do sol banhando as montanhas de Willow Ridge. Eu me pego imaginando se ela fez a mesma pergunta a si mesma quando teve um burnout em seu emprego no escritório. Se aquilo foi a gota d'água para começar o Rancho do Pôr do Sol.

Ao longo da minha adolescência, tive muitos sonhos que hoje em dia já ficaram para trás, mas sempre me lembro da vez que admiti que, um dia, queria escrever um livro.

Maravilhoso, então você deveria escrever, disse ela, batendo sua xícara de chá na minha. Como se fosse fácil assim — anunciar o que você deseja, brindar e pronto. Não é tão diferente das técnicas da lei da atração que gosto de seguir, eu acho, mas até eu sei que sonhos precisam de ações, além do desejo, para se realizarem.

Ainda assim, ela não estava errada. Eu escrevi aquele livro. Ele se tornou um best-seller no segmento de autoajuda e agora todo mundo está esperando o segundo. Em especial a minha agente, cuja janela da videochamada vai aparecer já, já na tela do meu computador. Eu posso até ter conseguido adiar a reunião com ela desde que Jake me traiu, mas há um limite para o número de desculpas que consigo inventar. Esse é um dos lados ruins da vida de influenciadora: todo mundo sabe o que você anda fazendo, inclusive sua agente.

Já virei duas vitaminas de frutas vermelhas, na esperança de que o açúcar me desse um pico de energia. O dia de ontem devia ter terminado com uma noite tranquila, apenas um banho de banheira, uma videochamada com minha melhor amiga e um livro motivacional. No entanto, eu terminei dançando na varanda, nos braços fortes de Wyatt Hensley, que, mais uma vez, acabou comigo com aquela calça de moletom cinza.

Tive dificuldade para dormir a noite inteira porque todo o meu corpo estava queimando de desejo por Wyatt. A lembrança de seus dedos pressionando meus quadris me deixou encharcada entre as pernas. O brilho desesperado em seus olhos escuros quando ele bateu na minha porta como um desesperado para falar sobre o Rosinha ficou gravado na minha mente, e eu me perguntei o que poderia fazer para que ele olhasse para mim daquele jeito de novo.

Mas aí, toda vez que eu me deixo levar demais por esses pensamentos, a pontada da rejeição aparece e me lembra como ele me afastou quando estávamos dançando.

De novo.

E não havia ex nenhuma na jogada dessa vez.

Mesmo que Wyatt me ache atraente, não significa necessariamente que quer algo comigo. Eu me lembro do que Sawyer e Wolfman falaram sobre a regra que ele se impôs, como ele sempre deixa claro para as garotas o que quer. Eu imagino que, se ele realmente me quisesse dessa maneira, ele ia me dizer. Né?

De todo modo eu não devia ficar aqui com a cabeça cheia de caraminholas sendo que tem tantas coisas mais importantes acontecendo. Tipo o retiro. Tipo minhas postagens e meus seguidores, que estão adorando essa minha mudança de perspectiva. Tipo meus textos para a revista, que parecem estar fluindo, ao contrário do meu livro...

— Rory! — O rosto da minha agente aparece na tela, o cabelo loiro platinado retinho na altura do pescoço, junto com um sorriso grande e acolhedor que acaba arrancando outro de mim. — Você está radiante. Como vai o Colorado?

— Oi, Krissy, muito obrigada! O Colorado está ótimo! Uma paz que você nem imagina. Tem sido bom estar aqui depois de tantos anos.

Dou uma olhada pelo café e observo as paredes verde-claras cheias de fotos em preto e branco de Willow Ridge e seus moradores. Sinto um calorzinho no peito ao pensar que ainda é praticamente igual ao que era quando eu vinha aqui com a tia Grace.

— Aposto que sim! — diz Krissy, animada. — Parece que você realmente estava precisando disso, depois de tudo que aconteceu. Mas devo dizer que estou amando essa mudança sutil que você fez nas suas redes e nos seus textos. Parece muito mais *genuíno*. Como se estivesse mostrando às pessoas a verdadeira Rory, e isso é ótimo.

Krissy sempre foi uma grande apoiadora do meu trabalho: foi ela quem me procurou depois de anos me seguindo para propor a ideia de um livro, sem saber que eu já estava planejando escrever um. Ela me deu a oportunidade de pôr tudo que aprendi num lindo livro de capa dura, sem deixar de me incentivar ao longo de todo o caminho. Exatamente como está fazendo agora, e sou muito grata por isso.

— Isso significa muito pra mim, Krissy, obrigada. O rancho me deu mesmo a chance de refletir um pouco e entrar em contato com essa versão minha.

— Falando nisso. — A voz de Krissy assume um tom mais sério e profissional, e já sei o que vem a seguir. — Também te permitiu resgatar sua versão de autora best-seller?

— Hum, bem... — Eu mordo a unha do polegar.

— Porque os editores na Quartz andaram perguntando e...

— Estou tendo dificuldade pra pensar num...

— ... eles querem que você escreva sobre seu rancho.

Ajeito os fones de ouvido, pensando que não ouvi direito.

— Espera aí, o quê?

Krissy bate palmas.

— Eu também acho uma ótima ideia. Pode ser um livro sobre como você lidou com o luto e o coração partido explorando sua criatividade e transformando o rancho num retiro. O pessoal da Quartz diz que o exemplo real do que aconteceu com você vai vender muito bem.

— Mas...

— Olha só. — Krissy me pressiona com mais um sorriso entusiasmado. — Eu queria muito que você pensasse a respeito. Podemos fazer uma reunião depois do primeiro evento-teste, daqui a uma semana, tá bem? Estou aqui para ajudar, e sei que juntas vamos colocar mais um best-seller nas prateleiras, não se preocupe.

Estou sem palavras. Não era esse o rumo que eu imaginava que essa reunião iria tomar. Parte de mim está aliviada, e também lisonjeada, que todo mundo aparentemente esteja dando força pra mim e pro retiro, mas também estou me sentindo um pouco sufocada com esse interesse inesperado dos editores.

— Vou deixar você pensar um pouco, Rory, e te mando o convite pra próxima reunião. Boa sorte com a inauguração do retiro, mal posso esperar para saber de tudo!

Com isso, Krissy desliga. Eu jogo a cabeça nas mãos e fico olhando para o teclado do computador.

Alguns segundos depois, outra vitamina de frutas vermelhas aparece sobre a mesa, o que me faz dar um gritinho de susto. Levanto a cabeça e Wyatt está na minha frente, dando um risinho. Eu juro que só de vê-lo já sinto os ombros relaxarem. Principalmente porque ele está usando um boné para trás que me faz querer derreter ali mesmo.

Ele senta na cadeira em frente a mim e bebe um gole do café.

— O que está fazendo aqui? — pergunto.

Wyatt franze a testa.

— Em primeiro lugar, de nada pela vitamina. — Mordo o lábio, arrependida, e espero que meu sorriso fofo compense a minha falta de jeito. — E, em segundo, eu vim na cidade comprar algumas coisas pro jantar de hoje.

Certo, porque eu sugeri que ele fizesse o jantar no casarão, para que eu pudesse descobrir mais sobre ele e sua família. Aproveitar todos os momentos possíveis para mergulhar mais fundo em Wyatt Hensley.

— Obrigada — digo, antes de pegar a vitamina e tomar um longo gole pelo canudo. Fica tudo tão gelado que faço uma careta, e Wyatt faz um barulho de deboche.

— Enfim, vi na sua cara que você estava precisando de alguma coisa para te levantar.

— O que tem de errado com a minha cara?

— Está com pressa ou tem bastante tempo para ouvir?

Wyatt tenta esconder o sorrisinho tomando café, que ele quase cospe quando lhe dou um chute debaixo da mesa.

— Ai, porra. Calma, só estou brincando. Não tem nada de errado com a sua cara, Aurora — diz ele com a expressão neutra, balançando a cabeça. Quando seus olhos encontram os meus, ele pigarreia rapidamente. — Só quis dizer que você parecia preocupada durante a reunião. Como foi?

— Não sei... — Mexo a vitamina com o canudo. — Minha editora quer que meu próximo livro seja sobre o rancho e o retiro.

— E isso é um problema porque...?

— É meio precipitado, não acha?

Wyatt levanta as sobrancelhas.

Eu resmungo e apoio o queixo na mão.

— E se o retiro não der certo no fim das contas? Vou escrever um livro sobre como superei um coração partido começando um novo negócio, e aí ele vai falir? Isso não vai vender nada, e não gosto da ideia da minha carreira de escritora se apoiar nisso.

Para minha surpresa, Wyatt apenas ri. E então toma a vitamina de mim.

— Você não merece mais isso.

— O quê? Por quê? — pergunto, fazendo um beicinho, sem conseguir recuperar minha bebida.

— Porque claramente você não confia na minha opinião, e isso me magoa. — Ele dá de ombros e então tem a audácia de beber minha vitamina olhando para mim com seus olhos escuros e seu sorriso torto.

Depois, ele lambe os lábios e eu preciso desviar o olhar para não ser invadida por lembranças inconvenientes. *Sem dúvida* vou ter que deixar de fora do livro qualquer menção aos meus sentimentos idiotas pelo rancheiro, isso é um fato.

Capítulo quatro: Como fiquei vergonhosamente desesperada pelo caubói que ainda estava apaixonado pela ex.

— Já te falei milhares de vezes quanto acredito em você e nesse retiro. — Wyatt se inclina sobre a mesa e aproxima a mão da minha.

Com o dedinho, ele acaricia os meus dedos, e eu preciso conter um arrepio. Odeio o fato de querer que ele me toque muito mais do que isso.

— Se seus editores querem que você escreva a respeito do rancho, é porque obviamente acreditam na ideia também. E eu sei que, se Grace estivesse aqui, ela estaria torcendo por você.

Sinto um aperto no peito. Wyatt olha para o espaço entre os meus olhos, como se tentasse adivinhar meus pensamentos, e segura minhas mãos. Uma calma começa a invadir meu corpo devagar e, mais uma vez, ele me salva da minha autossabotagem. Quanto tempo vou levar para ser forte o suficiente e salvar a mim mesma?

Além do mais, ele está certo. Tia Grace não me deixaria ficar indecisa com essa ideia para o livro. Já estaria andando pela rua, anunciando para todo mundo.

O que você faria se tivesse certeza que não ia fracassar?

Eu inauguraria um retiro num rancho já meio decadente. E aí escreveria um maldito livro sobre isso. É o que eu faria. Do mesmo jeito que tia Grace largou o trabalho para cuidar de um rancho, como se ela já soubesse que daria certo.

Só preciso encontrar a mesma confiança que ela tinha.

— Sabe, ela me falou uma coisa um dia, antes de eu ir pra faculdade — começa Wyatt de novo, um tom de ternura na voz.

Há um esboço de sorriso em seus lábios e um brilho em seus olhos. Eu esqueço que ele também deve ter passado bastante tempo com ela.

— Grace disse que às vezes a coisa mais difícil do mundo é confiarmos plenamente em quem somos. Acho que ela sabia antes mesmo de mim que eu ia largar tudo para ficar no rancho. E, sinceramente, aquelas palavras me ajudaram a tomar a decisão que, apesar de tudo, ainda foi a melhor que tomei até hoje.

— Porque fez você me conhecer, é claro — brinco, dando uma risada e uma piscadinha.

Wyatt debocha e revira os olhos, mas ainda assim diz:

— Óbvio.

Nossos olhos se encontram, e ficamos assim por alguns segundos. O burburinho do café desaparece, e só consigo me concentrar no ponto onde ele segura minhas mãos. Onde minha pele formiga em resposta a seu toque. Onde sempre me sinto segura.

— Então... — Wyatt se afasta e os sons do café retornam... o ronco da cafeteira, o tilintar das xícaras e a conversa dos clientes. Ele enfim me devolve a vitamina. — Preciso que você comece a confiar em si mesma, por favor. Todas essas malditas CPs estão arruinando a reputação de frio e calculista que tanto cultivo.

Sim, e se eu não tomar cuidado, todas essas CPs repletas de trocas de olhares e toques roubados farão eu me apaixonar por ele. Perdidamente.

22.
Aurora

Risadas gostosas, o barulho dos talheres batendo na louça e conversas animadas preenchem a sala de jantar. Os últimos raios de sol entram pelas grandes janelas e banham tudo com um brilho dourado suave. O calor familiar nos cerca e eu absorvo aquela ternura e aquela conexão enquanto Malia, a mãe de Wyatt, fala sobre a próxima turnê de Hunter com evidente orgulho.

Dá para ver na hora de onde Wyatt puxou seu lado carinhoso, pelo modo como Malia trata os filhos com genuína afeição. Já seu pai, Beau, tem o mesmo jeitão caladão e taciturno que Wyatt normalmente passa. Eu me pergunto de onde ele herdou o talento na cozinha, porque o chilli com carne que fez para nós está uma delícia. Já estou no segundo prato.

Aquilo tudo me lembra dos jantares com a tia Grace — principalmente quando meus pais estavam juntos. A maioria das noites só terminava nas primeiras horas da manhã, todo mundo tão feliz que não via o tempo passar e ficava absorvido pela conversa. Sorrisos e risadas são capazes de silenciar o tique-taque do relógio.

— Ah, Wyatt, quase esqueci de falar — diz Malia. — Encontrei a Holly e a mãe dela outro dia no mercado.

Wyatt fica tenso, olha para mim do outro lado da mesa e rapidamente enfia um punhado de chilli na boca.

— Ah, legal — responde ele, basicamente com um grunhido, por causa da boca cheia.

Não é difícil notar que ele está tenso. Os ombros curvados. Eu lembro que os pais dele reclamaram de sua escolha de carreira, mas me pergunto o que pensaram quando Holly terminou com ele.

Debaixo da mesa, estico o pé para tocar no dele. Wyatt fica um pouco surpreso, mas então chega a perna mais para a frente e me deixa acariciar sua canela, para confortá-lo. Eu meio que espero que ele se afaste, assim como fez ontem quando segurava meus quadris e eu só conseguia pensar em quanto queria suas mãos passeando por todo o meu corpo.

Mas tudo bem. Já superei.

Somos só amigos.

Ele costuma ser tão fechado e, ainda assim, por algum motivo, tive a sorte de participar de um momento de superação tão importante na sua vida. Então, o mínimo que posso fazer é apoiá-lo. Mostrar a ele que estou aqui, como ele fez comigo mais cedo, no café.

Porque é isso que amigos fazem, certo?

Continuamos fingindo que não estou esfregando sua canela e comemos nosso chilli.

Mas Malia abre um sorrisinho e continua:

— É, e fiquei bem surpresa ao saber da sua nova namorada inglesa também, que… — Ela se vira para o marido enquanto eu e Wyatt ficamos petrificados com a comida na boca — Como era mesmo a frase?

Beau pigarreia.

— Trepou nele como se ele fosse uma árvore.

Eu e Wyatt nos encaramos, os olhos arregalados, e então engasgamos com a comida e tossimos, em choque. Mas também de rir — porque dá para imaginar a cara de Holly ao dizer isso.

Cherry está gargalhando sem controle, as lágrimas já escorrendo pelo rosto. Ela levanta as mãos, sem conseguir pedir desculpas pela risada altíssima, e tenta se recompor.

Wyatt fica olhando para mim o tempo inteiro tentando conter um sorrisinho que, aposto, sua família não vê com muita frequência. Ele tosse mais uma vez e toma um gole da bebida para ajudar.

— Bom...

— A culpa foi minha, sinto muito decepcionar vocês. Eu só achei que isso faria Holly parar de ficar desfilando com o namorado e deixar o Wyatt em paz. — Abro um sorriso nervoso para Malia e Beau. — E eu definitivamente *não* trepei nele como se ele fosse uma árvore.

Wyatt esfrega o rosto com um resmungo.

— Ah, não — murmura Cherry em voz baixa ao meu lado. — Você só enfiou a língua na... Ai! Wyatt, para de me chutar!

Para ser honesta, até eu ouvi o barulho debaixo da mesa. Deve ter doído.

— Wyatt, não chute a sua irmã.

Malia cutuca o braço de Wyatt, que abre um bico enorme como se fosse um bebê e olha irado para Cherry. Em resposta, ela mostra a língua e eu tento evitar um sorriso diante da fofura que é vê-los agindo como crianças, apesar de serem bem adultos. Até Beau balança a cabeça e ri, e então tudo volta ao normal.

Mas aí Beau estraga tudo dizendo:

— Talvez se você tivesse ido pra faculdade de Direito como o Easton, não seria com ele que Holly estaria desfilando.

O silêncio recai sobre a sala de jantar. Uma nuvem passa na frente do sol poente, num timing perfeito, e lança uma sombra pela janela. O silêncio faz minha pele pinicar, mas o que me preocupa é a agitação que consigo sentir em Wyatt.

Ele respira fundo e então continua comendo, como se nada tivesse sido dito. Não entendo por que ele não responde.

A não ser que já esteja desgastado demais por tudo isso.

Estico o pé de novo para tocar sua perna, mas ele a tirou dali, então não a alcanço. Ele nem olha para mim. Meu corpo inteiro quer tocá-lo, abraçá-lo, dizer a ele que eu faria qualquer coisa para desfilar com ele por aí na frente de todo mundo que eu conheço.

Porque, meu Deus, ele é tão perfeito.

Ainda que eu venha tentando negar isso.

Além do fato de ele talvez ser o cara mais gato que eu já conheci, com seus cabelos cacheados bagunçados e aqueles olhos escuros que penetram a alma de quem os encara, ele ainda me faz sorrir tanto que minhas bochechas vivem doendo.

E nunca conheci ninguém que tivesse tanto cuidado antes. Com tudo. Com o rancho, os animais, a família, os amigos... comigo. Ele faz de tudo pelo trabalho e para ser uma boa pessoa para quem está ao seu redor. Sem nem pedir muita coisa em troca. Ele não merece sentir que é uma decepção.

Meu Deus, sinto como se houvesse fogo nos meus ossos. Não esperava me sentir tão protetora em relação a ele. Tão facilmente irritável pelas palavras de Beau.

— Beau. — Malia olha de cara feia para o marido. — Hoje não. Não quando o Wyatt e a Rory prepararam uma refeição tão gostosa pra gente. — Ela abre um sorriso gentil para mim e me esforço para retribuir.

Beau solta um suspiro e balança a cabeça.

— Só estou dizendo que a essa altura não tem como ele ainda estar chateado por ela ter escolhido outra pessoa. Por favor, Malia, não é como se você ficasse ostentando por aí que eu trabalho no rancho do Jack em troca de uns trocados. Nós dois sabemos que não tem nada para se vangloriar nisso.

Malia cerra os lábios. Cherry suspira e mergulha a colher no que sobrou do chilli. Tia Grace nunca sonharia em deixar uma conversa dessas acontecer em sua casa.

Então eu também não vou deixar.

De repente, eu me levanto, a cadeira fazendo um barulhão ao ser arrastada no chão.

— Se vai continuar falando desse jeito, Beau, vou ter que pedir pra vocês se retirarem. Nesta casa não depreciamos as pessoas.

Todos olham para mim, aturdidos. Para dizer a verdade, fico chocada comigo mesma também. Não costumo ser tão destemida assim, mas estou irada.

Então apenas sorrio e começo a tirar a mesa, empilhando a tigela de Cherry com a minha, e os talheres. Coloco tudo em cima da bancada atrás de nós e volto para a mesa.

— Como é que é? — Beau levanta a sobrancelha e passa a mão no bigode.

Quando chego perto de Wyatt para pegar sua tigela, passo os dedos em sua nuca, e ele tem um leve sobressalto. Só quero que ele saiba que estou aqui, do seu lado, mesmo que ninguém mais pareça estar.

Porque foi isso que ele fez por mim.

Eu ajo como se não estivesse a dois segundos de ter uma discussão com seu pai, que acabei de conhecer, e então sorrio e pego a tigela de Malia também.

— Acho que você ouviu o que eu disse.

— Rory. — A voz de Beau fica mais grave, como se fosse um aviso, e ele se recosta na cadeira quase fingindo que está tudo bem. — Entendo que possa discordar, mas não gosto que me digam como devo falar com meus filhos.

— Bem. — Eu pego a tigela de Beau e abro o sorriso mais educado possível, como se não estivesse prestes a despejar toda a fúria de dentro de mim. — Infelizmente vou dizer assim mesmo, porque me irrita muito que você não veja quanto seu filho é especial. Ele é provavelmente o homem mais trabalhador que eu conheço... Lancei essa ideia do retiro do nada, e ele não só a abraçou por completo como transformou meu sonho em realidade sem dar um pio. Ele trabalha muito aqui e distribui tudo o que ganha para deixar vocês felizes, para que os irmãos não precisem ouvir as mesmas recriminações que ele vive ouvindo.

O rosto de Beau está vermelho como um pimentão, os punhos cerrados sobre a mesa. Ele abre a boca para falar, mas eu levanto o dedo ao pôr a louça na pia, porque ainda *não* terminei.

— Já parou para pensar que talvez ele tenha escolhido ser rancheiro porque isso o faz feliz? Quer dizer, não é esse o sonho de todo pai, que o filho seja feliz? Você preferia que ele odiasse a própria vida, afogado em burocracias e reuniões, só porque é mais bonitinho para contar pros seus amigos?

O maxilar de Beau está totalmente travado, os olhos arregalados, cheios de raiva.

Eu me viro para Wyatt e encaro seus olhos, escuros como nunca. Eles podem ser ferozes, mas me ancoram e me trazem de volta à realidade. De volta para ele, que baixa as sobrancelhas, mas não desvia o olhar.

— Porque eu com certeza iria preferir vê-lo livre e feliz, como quando está cavalgando pelo rancho, cheio de alegria.

Wyatt esboça um sorriso.

— Agora, alguém quer beber mais alguma coisa? — Coloco as mãos nos quadris e finalmente respiro fundo para acalmar meus batimentos.

— Um pouco de ar fresco seria bom — resmunga Beau.

Aponto para a porta e ele se levanta abruptamente, olha para cada um na mesa e sai.

23.
Wyatt

Hunter vai ficar arrasado por ter perdido o jantar de hoje. Nunca na minha vida vi alguém enfrentar meu pai como Aurora acabou de fazer. E, sobretudo, nunca por *mim*. Na verdade, não me lembro da última vez que alguém me defendeu desse jeito. Ou mesmo lutou por mim...

Deixo as mulheres lá dentro, que de alguma forma conseguiram voltar a conversar tranquilas depois que todos ajudamos a arrumar as coisas, e vou para a varanda dos fundos. Meu pai está recostado no cercado, contemplando o pôr do sol glorioso, o céu em chamas. Ele olha rapidamente para trás quando fecho a porta. Os cantos de sua boca se mexem de leve, mas não chega a ser um sorriso.

Quando paro a seu lado, ele solta um suspiro longo e penoso. Parecia estar preso há anos.

— Você é mesmo feliz aqui?

— Mais do que você talvez conseguisse entender.

— Provavelmente — diz ele, com um som de deboche, e passa a mão no bigode.

Ficamos ali em silêncio por sabe Deus quanto tempo. Meu pai nunca foi muito falante, e é daí que vem o meu próprio desdém por conversinhas desnecessárias.

Ele talvez não merecesse aquela bronca de Aurora, porque sei que se preocupa comigo — isso é evidente no modo como quer o melhor para mim e se esforçou para me dar todas as oportunidades possíveis para chegar lá. Mas acho que ele nunca parou para tentar me *entender*. Para perceber que nós dois damos valor a coisas diferentes na vida. Talvez porque tenha passado tanto tempo trabalhando para me dar aquilo que ele achou que eu queria.

E que eu apenas aceitei em silêncio, sempre assentindo, porque queria fazer meus pais felizes. Ainda assim, você só consegue fingir ser algo que não é até certo ponto, depois aquilo vai te consumindo.

A voz do meu pai, levemente tensa, de repente corta o silêncio.

— Eu me importo mais que você esteja feliz do que com você ter ou não um desses trabalhos chiques. Você entende isso, né?

— Entendo agora que você está me dizendo.

— Bom, então me desculpe por não ter dito isso antes. — Meu pai abre um sorriso rápido. Começa a levantar a mão, hesita, e então enfim segura meu ombro e o aperta. Não é muita coisa, mas é bastante vindo dele. — Tudo que eu e sua mãe queremos é que você seja feliz. Acho que só não esperávamos que isso aqui era o que ia te fazer feliz.

Eu deixo a mão dele ali, aproveitando o gesto em silêncio.

— Se era suficiente pro vovô, por que não seria pra mim?

Ele dá uma risada, fecha os olhos por um longo momento e recolhe a mão. Provavelmente deve estar pensando no próprio pai. Fico me perguntando se meu avô brigou muito com meu pai por também acabar fazendo a mesma coisa que ele.

— Acho que era. Mas acho que ele teria sido ainda mais feliz trabalhando com uma espoleta como essa aí.

Ele aponta para trás e, pela janela, vejo Aurora tendo um acesso de riso com Cherry num dos sofás, minha mãe rindo ao lado delas. Meu Deus, parece que ela já faz parte da família há anos.

Não consigo evitar um sorriso.

— É, não posso dizer que tem sido a pior coisa do mundo.

Cherry dá um abraço apertado em Aurora antes de fazer o mesmo comigo. Meu pai já se despediu e está esperando na caminhonete. Felizmente, ninguém mais se estranhou ao longo da noite; meu pai na verdade teve uma boa conversa com Aurora, os dois sorrindo como se a discussão anterior não tivesse acontecido.

Cherry sempre me abraça pela cintura, o que me lembra de quando tive um salto de crescimento no fim da adolescência e ela ainda era uma criança.

— Sabe quanto eu valorizo tudo que você faz por mim, né? — Ela pisca os olhos escuros para mim, com um sorriso sincero.

— Claro, garota. — Eu a abraço, depois lhe dou uma chave de braço e bagunço seu cabelo, porque fico muito desconfortável com minha irmã sendo legal assim.

— Me solta, seu brutamontes! — grita ela, me estapeando até que minha mãe termina de se despedir de Aurora e intervém, nos lembrando de que já temos mais de vinte anos na cara. Cherry resmunga e tenta ajeitar o cabelo, mas não consegue esconder um sorrisinho. — Aff, retiro o que eu disse. Tchau.

Então ela sai e me deixa sozinho com minha mãe e Aurora, que também se afasta dizendo que me encontra nos fundos depois que eu terminar de me despedir. Minha mãe espera que Aurora esteja longe e abre um sorriso para mim, os cantos dos olhos enrugados.

— Gostei dela. Acho que é boa pra você, Wyatt.

— Mãe, você sabe que não estamos juntos de verdade, né?

Ela faz um gesto de desdém diante do meu comentário e me abraça, sempre me apertando o mais forte possível, como se fosse a última vez que vai me ver.

— Só acho legal ver que você está seguindo em frente agora que a Holly também fez isso, com o noivado e tal.

Noivado.

Holly está… noiva?

Espero meu corpo ficar tenso, como sempre acontece quando vejo Holly ou ouço falar dela. Espero meu coração começar a bater forte e todos os pensamentos sobre como não sou suficiente encherem a minha cabeça, junto com as memórias dela me deixando.

Mas não sinto… nada.

Mesmo quando minha mãe falou sobre Holly no jantar, eu fiquei paralisado mais porque não queria falar sobre a minha ex na frente de Aurora. Não queria que ela pensasse que ainda estou preso ao passado, embora nada nunca vá acontecer entre nós. Também esperava não precisar reviver aquele beijo falso, pela minha própria sanidade.

Pela primeira vez, não sinto nada por Holly.

E é por causa de Aurora.

Que enfrentou meu pai para me defender.

Holly nunca teria feito isso.

Muitas garotas nunca teriam feito isso.

— É, tudo bem, mãe. Me avisa quando chegarem em casa. — Eu lhe dou um último abraço, então a levo até a porta e aceno para a caminhonete que vai se afastando pela estrada.

— Obrigado, aliás — digo para Aurora ao chegar na varanda dos fundos, e me recosto no cercado.

Ela ainda está com a bebida na mão e admira o céu, cujo laranja-escuro vai se esvaindo para dar lugar à noite. Seus olhos estão meio confusos quando ela se vira e abre um sorriso para mim.

— Por me defender do meu pai.

Aurora olha para baixo, as bochechas vermelhas, até que volta a me encarar com seus olhos reluzentes e uma ruguinha entre as sobrancelhas. Eu olho para a paisagem e coço a nuca.

— Foi estranho… mas de um jeito bom. Ninguém nunca fez isso por mim. Ela cerra os lábios e então bebe um gole de seu drinque.

— Bom, alguém devia ter feito. Eu falei de todo coração, mas… sendo sincera, não sei de onde veio tudo aquilo. Fiquei com *tanta* raiva. — Ela solta uma risada meio ofegante. — Acho que é toda a ansiedade acumulada dessa semana.

— Ansiedade?

Ela aperta os lábios de novo.

— Com o retiro. Vamos abrir em menos de dois dias e acho que, até hoje, sempre tinha alguma coisa para fazer, para organizar, então isso me distraía. Agora que está basicamente tudo pronto, só sinto meus nervos à flor da pele. Ainda mais agora que eu deveria estar escrevendo um livro sobre esse processo.

Parece muito com como me sinto quando estou perto dela.

Aurora suspira e se recosta no cercado.

— Quer dizer, quem estou tentando enganar? Nunca administrei um retiro antes. Não tenho a *menor* ideia do que estou fazendo aqui e morro de medo de que isso fique óbvio. Era para eu ensinar as pessoas a desenvolverem sua autoconfiança e, no entanto, aqui estou eu duvidando de mim mesma. Aff.

Odeio quando ela se deprecia assim.

Como estou um pouco soltinho por causa do álcool, não consigo impedir as palavras de saírem da minha boca.

— Você é muito irritante, sabia?

Percebo o pequeno brilho de mágoa em seus olhos, mas ele desaparece e dá lugar a um sorrisinho.

— Claro. Irritar você é meu único objetivo de vida. A coisa de escrever sobre bem-estar é só um passatempo.

É a oportunidade perfeita para manter a conversa nas nossas brincadeirinhas habituais, sem cair em nada mais profundo, algo que normalmente me deixa muito desconfortável.

Mas não quando estou com ela. Por algum motivo, Aurora tem esse poder inexplicável de me fazer querer lhe revelar as profundezas da minha alma. Principalmente depois que ela me defendeu hoje.

— Não, Aurora, estou falando sério.

Aquilo apaga na mesma hora o sorriso de seu rosto. Tiro o copo da mão dela, coloco na mesa atrás de nós e, quando volto, chego um pouco mais perto. Ela não se afasta, mas há certa hesitação no modo como me olha.

— Me irrita demais que você não perceba quanto é perfeita.

A respiração de Aurora fica irregular. Os últimos raios de sol aparecem detrás das montanhas e a cobrem com uma luz dourada, os tons mais escuros do ruivo de seus cabelos brilham como fogo. Ela parece um maldito anjo.

Seu lábio inferior treme.

— Você... você me acha perfeita?

Na verdade, eu não tinha pensado no que ia dizer. Nunca fui muito bom com as palavras. Mas sei que *sim* não é a resposta de que ela precisa.

Eu engulo meu orgulho, olho para seus lábios, depois para o peito que sobe e desce sob o vestido em meio à respiração irregular.

— Na verdade, acho que você é a garota mais perfeita que já conheci.

Aurora fala de repente:

— Mas... mas você não gosta de mim.

— Quando foi que eu disse isso?

Eu entendo que não começamos muito bem, mas as últimas semanas têm sido... diferentes. Poxa, estou até fazendo ioga todo dia de manhã e comprando vitamina pra ela.

Embora agora eu esteja ligeiramente aflito que ela não sinta o mesmo.

Aurora está mexendo a boca, como se fosse falar, mas as palavras não saem. Seus olhos castanhos estão muito arregalados. Eu sei exatamente o que está se passando em sua cabeça agora: ela está tentando listar todos os motivos pelos quais eu não devo gostar dela e por que estou me equivocando ao pensar que ela é perfeita.

— Dane-se. Se não acredita em mim, então vou te mostrar.

— O qu...

Enfio as mãos em seus cabelos antes que ela consiga terminar de falar e a puxo em minha direção, os lábios colados na mesma hora. Uma onda de eletricidade invade meu corpo, o sangue correndo em reação ao gosto de Aurora novamente. Eu não tinha percebido que estava com tanta sede dela.

Ela fica paralisada por um momento e eu começo a me afastar, mas então ela agarra minha camiseta, me puxa para perto e rouba outro beijo.

É como se milhares de estrelas cadentes surgissem no céu.

Minha pele está toda arrepiada e sinto as faíscas percorrendo o meu corpo. Cambaleamos para encostar no cercado, lutando para sentir um pouco mais do gosto um do outro. Aurora solta um gemidinho quando encosto meu quadril no dela e só aquele som já me deixa mais duro.

Com as mãos debaixo da minha camiseta, os dedos queimando na minha pele, Aurora abre a boca para nossas línguas se encontrarem e eu não consigo evitar o rugido que sai de mim. Seguro seu cabelo com mais força e inclino sua cabeça para beijá-la ainda mais profundamente. O modo como ela arranha as minhas costas acende uma fogueira no meu âmago.

Eu a seguro pela cintura. Aurora solta um gemido irritado quando paro de beijá-la.

— Porra, eu estava morrendo de vontade de te beijar de novo — admito, e os olhos dela brilham. — É isso que você quer, Aurora?

— Meu Deus, e como. — Ela arfa com um sorriso.

— Ótimo, agora vira de costas.

Aurora franze a testa, mas minhas mãos já a estão virando. Mantenho nossos corpos bem próximos, desfrutando do calor que irradia dela, do modo como sua bunda roça meu pau.

— Vamos começar tirando esse vestido provocativo para eu poder admirar esse corpo perfeito.

Eu a ouço abrir a boca e então seguro o zíper na parte de cima do vestido lilás. Eu tinha reparado que por ali era o melhor lugar para tirá-lo quando ela abriu a porta para mim mais cedo. Vou beijando suas costas enquanto abaixo o zíper, e a cada beijo sua respiração vai ficando mais entrecortada. Ajudo a descer as alças pelos braços e deixo o vestido cair no chão. Aurora está sem sutiã e com uma calcinha de renda vermelha, exibindo sua bunda perfeita para mim. Minha cor favorita. *Porra*.

Tudo ao nosso redor silencia.

Tiro seus cabelos do caminho com calma, beijo e chupo o pescoço de Aurora, bem acima da fileira de borboletas pretas. Ela arqueia as costas e sua bunda encosta ainda mais em mim, aquele roçar deixando bem difícil a tarefa de não perder o controle.

Eu a envolvo nos braços e, com uma das mãos, acaricio seus seios, que são do tamanho perfeito, como se tivessem sido feitos para caber nas minhas mãos. Exatamente como eu imaginava.

Embora o sangue esteja correndo alucinadamente pelas minhas veias, não tenho pressa ao explorar o corpo de Aurora e vou sentindo cada centímetro de sua pele sardenta e dourada. A perfeição deve ser apreciada.

Aos poucos, vou deslizando a outra mão pela sua barriga e aguardo sua permissão.

— Wyatt — murmura Aurora, quase sem conseguir falar.

Parece o tom de voz que ela usou comigo quando estávamos dançando, mas agora percebo que não era uma advertência. Pelo modo como ela me pressiona com a bunda, gemendo, parece mais um convite.

— Me diga do que você precisa, princesa.

Sua respiração falha.

— Eu... eu preciso que você me toque.

Obrigado, porra.

Sem hesitar, enfio a mão dentro da calcinha, lhe provocando mais um gemido. Eu solto um chiado ao sentir quanto ela está molhada.

Para mim.

Acho que meu cérebro entra em curto-circuito e eu fico paralisado.

— Wyatt? — chama Aurora.

Eu a viro de frente. Seu corpo é inacreditável. Os seios pequenos e empinados, aquela tatuagenzinha de borboleta entre eles. Quadris redondos que imploram para ser agarrados e para deslizarem no meu corpo. E as pernas torneadas que levam até aquela boceta linda encharcada para mim. As luzes do pôr do sol a atingem novamente e, se eu precisava de um sinal de que estou no caminho certo, acho que é isso.

É ela.

Seguro seu rosto com as mãos e passo os polegares em seu queixo.

— Você é divina.

Mais uma vez ela me olha com as sobrancelhas levantadas, mas existe uma autoconfiança em sua expressão, em sua obediência, que me faz sentir muito mais valioso do que mereço. Vou descendo e beijando seu corpo, mordiscando os mamilos duros enquanto tiro a calcinha dela. Ajoelho no chão, seguro a parte de trás de suas coxas e olho para cima.

— Se segura no cercado, princesa.

Ela pisca os olhos, se apoia no cercado, e então eu levanto suas pernas, colocando-as em meus ombros.

Aos poucos, deslizo a língua até sua boceta, beijo o clitóris e ela geme na mesma hora, com uma das mãos acariciando meu cabelo. Porra, o gosto dessa mulher é bom demais. Meu pau está latejando.

Continuo lambendo o clitóris e, soltando uma das mãos com que a segurava, enfio um dedo lá dentro.

— Fui eu que te deixei desse jeito? — pergunto, quase com um rosnado.

Aurora emite um som inocente de confirmação e agarra meu cabelo com mais força. Eu enfio o dedo mais fundo, acaricio e dobro ele lá dentro, enquanto volto a lamber o clitóris. Quando sinto o corpo dela relaxar um pouco mais, enfio um segundo dedo e aumento o ritmo. Sua respiração fica mais ofegante, e ela geme mais alto quando chupo o clitóris e seu corpo tem um espasmo. Não me canso do gosto dela.

Não me canso *dela*.

Dizer que ela é a garota mais perfeita que já conheci foi um eufemismo. Não existem palavras que façam jus a Aurora Jones.

Nem sei há quanto tempo estou aqui, meu corpo todo fervilhando por causa dela. Por finalmente me dedicar a lhe dar prazer, como eu estava morrendo de vontade de fazer.

Começo a sentir Aurora ficar tensa em cima de mim, e ela vai ficando mais quieta. Ela agarra meu cabelo com uma força sobrenatural. Então sussurra, quase sem conseguir falar:

— Jesus, Wyatt, acho que eu vou...

Mantenho exatamente o mesmo ritmo em tudo que estou fazendo quando ela começa a tremer, se contorcer e gritar com o orgasmo que lhe invade, meu nome saindo de seus lábios. Quero mergulhar naquele jeito que seus olhos reviram e os cabelos ruivos caem em seu rosto.

Ainda assim, não consigo evitar um sorrisinho — não consegue gozar sem um vibrador, é?

Com cuidado, desço Aurora até o chão, embora suas pernas estejam trêmulas. Tenho que ficar de joelhos um pouco mais e olhar para ela. Me dou conta de que poderia me acostumar muito fácil a admirá-la dessa posição. Ela segura minhas bochechas quando me levanto, e então me puxa para um beijo.

Seus lábios mal se descolaram dos meus quando ela diz:

— Obrigada.

Acho que ninguém nunca me agradeceu por um orgasmo antes. Mas Aurora nem precisa agradecer; eu adoraria experimentar aquela euforia de vê-la se derretendo por mim a qualquer momento, sempre com um sorriso no rosto.

— Ah, mas não terminamos ainda, princesa. — Não consigo evitar a risada que escapa de mim quando seguro sua mão e começo a levá-la para dentro. — Agora você vai me mostrar onde é que o Rosinha fica.

24.
Aurora

Eu ignoro completamente como chegamos a esse ponto. Estou subindo a escada atrás de Wyatt, completamente nua, depois de ter o orgasmo mais alucinante da minha vida. Eu *nunca* gozei com sexo oral, mas tudo que Wyatt fez foi perfeito.

E não vou nem falar do modo como ele me chamou de *princesa*. Acho que nunca mais vou ouvir essa palavra da mesma maneira.

Acho que você é a garota mais perfeita que já conheci.

Ainda estou embasbacada que tudo isso esteja acontecendo com *ele*. Que ele me *queira*. O modo como Wyatt me beijou deu cabo de tudo que eu pensava sobre ele. Sobre *nós*. Havia claramente uma avidez naquele beijo, uma certa brutalidade que eu já esperava, e ao mesmo tempo uma gentileza e um zelo com o meu prazer. Como se estivesse tentando provar alguma coisa. Como se estivesse disposto a ficar de joelhos para mim milhares de vezes, e estivesse feliz por isso.

Aquilo desperta em mim uma onda inebriante de poder, e acho que quero mais.

Os dedos de Wyatt estão entrelaçados aos meus quando entramos no quarto e ele me conduz até a cama. Segura meu rosto, aqueles olhos escuros como a noite encarando a minha mão, e então ele me beija de novo e eu perco totalmente o controle, me deixando levar por seus braços.

Quando ele passa a língua pelos meus lábios, não consigo me segurar e arranco sua camiseta por cima da cabeça. Já vi seu corpo antes — até já o toquei — mas, meu Deus, senti-lo assim é outra coisa. Ser abraçada por esses braços fortes e musculosos. Passar as mãos nos pelos do peito e descer até os músculos que lhe emolduram o torso.

Wyatt me coloca na cama e então... se afasta, dando um sorrisinho quando choramingo por causa da distância.

— Cadê ele? — pergunta, uma das sobrancelhas levantadas.

Levo um segundo para entender do que ele está falando. Wyatt quer usar meu vibrador. Não se sente intimidado por ele.

Onde estava esse homem durante toda a minha vida?

Com a voz meio trêmula, aponto para a mesa de cabeceira.

— Tem camisinha aí também.

— Perfeito. — Ele sorri, me dá um beijo na bochecha e sai da cama. Pega meu vibrador na gaveta e joga para mim, o desejo em seus olhos se intensificando enquanto encara meu corpo. — Me mostra como é que você gosta.

Engulo em seco, e o desejo continua crescendo dentro de mim. Me masturbar na frente de alguém é algo novo para mim, mas tem alguma coisa em Wyatt que me faz sentir aberta e, ao mesmo tempo, *segura*. Jake sempre foi mais reticente quando eu sugeria usar o vibrador durante o sexo, e provavelmente nem se dava conta de como aquela reação me deixava com vergonha.

Ligo o vibrador e o encosto de leve no clitóris ainda sensível, fazendo movimentos circulares. Não sei se alguma vez na vida já tive dois orgasmos na mesma noite, então não sei se vou gozar de novo, mas, pensando bem, nunca imaginei que conseguiria gozar sem meu vibrador, então vai saber.

O peito de Wyatt sobe e desce enquanto ele me observa e, devagar, volta para a beira da cama. Vejo seu pomo de adão se mexer quando solto um gemidinho e ele engole em seco. De repente, começo a esfregar o clitóris mais rápido. Ele tira a calça jeans, e posso ver seu pau duro sob a cueca. Daquele tamanho.

Ai, meu Deus, quero tanto Wyatt Hensley dentro de mim agora. Isso é uma tortura.

Wyatt enfim tira a cueca, sem jamais desviar os olhos de mim, então abre a camisinha com os dentes e a coloca em seu pau impressionante, me fazendo babar.

Juro que só de pensar nele dentro de mim já estou quase gozando. Todos os músculos das minhas coxas se contorcem como se não houvesse amanhã. Passo a língua nos lábios e então mordo. Ele observa tudo.

Aos poucos, Wyatt sobe na cama como um predador à espreita de sua presa, se ajoelha na minha frente, os músculos protuberantes de sua coxa. Ele pega o vibrador, mas o mantém pressionado no meu clitóris e imita os movimentos que eu estava fazendo.

— Assim?

— Um pouquinho mais pra esquerda — respondo, e ele segue minhas instruções na hora.

Solto um gemido deixando claro que ele atingiu o lugar certo. Ele me olha com algo que parece um encantamento genuíno, e imagino que eu esteja com a mesma expressão no rosto, porque não acredito que isso está acontecendo.

Wyatt se move, usa um dos braços para se apoiar por cima de mim e se posiciona entre as minhas pernas. De alguma maneira, consegue se equilibrar e me acariciar com o vibrador ao mesmo tempo. Roça de leve o pau em mim, e o primeiro contato faz meu corpo gritar para *finalmente* senti-lo todo.

Ele continua esfregando o pau em mim, me provocando. Eu solto um gemido e nem tenho vergonha de mostrar quão desesperada estou.

Com os lábios próximos dos meus, o cheiro de madeira e uísque invadindo meus sentidos, ele diz, a voz rouca:

— Pede com jeitinho.

Ai, meu Deus. Eu engulo forte.

— Por favor, Wyatt.

Ele arregala os olhos e então seus lábios colam nos meus, engolindo meu gemido quando ele desliza para dentro de mim. Cada nervo do meu corpo de repente explode, o prazer reverberando em mim com aquela estocada lenta. Ele entra e sai algumas vezes até enfim estar por completo dentro de mim, preenchendo aquele espaço vazio que ansiava por ele.

— Porra, Aurora, você é gostosa demais — diz Wyatt, a respiração ofegante em meu pescoço.

Ele acelera o ritmo, o prazer crescendo dentro de mim com a combinação de seu pau e o vibrador...

Então se levanta de repente e deixa cair o vibrador.

Levanta um dedo quando começo a reclamar.

— Tenha paciência, princesa.

Mordo os lábios com um sorrisinho. Wyatt aperta os olhos, pega um travesseiro e põe debaixo do meu quadril. Coloca minhas pernas sobre seus ombros, pega o vibrador e o pressiona no mesmo lugar. Ele levanta as sobrancelhas para mim, uma pergunta silenciosa a respeito da posição do vibrador, e aguarda meu aceno. Quando confirmo, ele segura meu quadril e me penetra de novo, nós dois soltando um palavrão em resposta. A sensação é muito profunda e intensa.

O novo ângulo junto com o vibrador me deixa muito próxima de gozar, o orgasmo chegando cada vez mais perto à medida que as estocadas de Wyatt vão ficando mais rápidas. Mais brutas. Arranho as costas dele. Ele envolve meu pescoço com a mão e se apoia ainda mais por cima de mim, me fodendo de um jeito mais forte e mais profundo do que achei ser possível.

Minha cabeça fica zonza e todos os sentidos do meu corpo se concentram no clitóris. Perco toda a noção do tempo. Não consigo nem pensar.

Só consigo me concentrar naquele orgasmo que vem vindo e, de repente, estou gritando o nome dele como se nada mais importasse.

— Porra, você é linda demais gozando, Aurora.

Ainda estou vendo estrelas quando Wyatt me coloca de quatro e mete de novo, o corpo todo contorcido pelo prazer intenso de ser preenchida por ele mais uma vez. Porra, essa posição é tão boa que não consigo deixar de arquear um pouquinho mais as costas para senti-lo ainda mais fundo.

Estou totalmente perdida naquela onda de prazer que percorre meu corpo e faz com que ele responda a cada estocada de Wyatt.

— Isso, princesa, boa garota. Vem pegar o que você quer.

Eu tremo e me delicio com suas palavras. As estocadas vão ficando mais irregulares. Ele agarra meu cabelo, o corpo batendo no meu, até que geme ao sentir seu próprio orgasmo, e vai bem fundo numa última estocada.

Wyatt se afasta com um rastro de beijos no meu ombro e eu me deixo cair na cama, a cabeça girando, sem entender muito bem o que aconteceu na última hora.

O maldito Wyatt Hensley.

Me apaixonar por Wyatt *não* estava nos meus planos. Embora ele seja o rancheiro mal-humorado e lindo de morrer que sabe exatamente como me provocar. E me fazer ter o melhor orgasmo da minha vida. *Duas vezes.*

Não vou nem falar sobre a questão de que deveríamos manter o profissionalismo, para evitar qualquer constrangimento quando estivermos trabalhando juntos. O problema real é que ele mora *aqui*, em Willow Ridge, onde já me disse que quer ficar, e eu em algum momento vou ter que voltar para a Inglaterra. Sei que o retiro vai me manter na cidade, mas isso ainda não está decidido, e ninguém sabe se vai dar certo ou por quanto tempo.

Percebo que estou perdida em pensamentos há tempo demais quando de repente Wyatt, deitado na cama ao meu lado, me puxa para apoiar a cabeça em seu peito. Fico paralisada em seus braços a princípio, mas então rapidamente me largo ali e aproveito a maneira como meu corpo parece se encaixar perfeitamente ao dele. Seu coração ainda bate acelerado. Por *minha* causa.

O meu também.

Talvez, só por hoje, a gente possa fingir que amanhã não existe.

— Isso foi... — digo, ofegante.

— Incrível — completa ele, os dedos disparando faíscas na minha pele.

— É... Eu sei que você mora a dois segundos daqui, mas pode ficar se quiser.

Eu me viro para ele e vejo seu sorriso. Não é aquela risadinha sarcástica e nem convencida que ele dá quando está tentando me irritar. Na verdade, parece mais um sorriso de alívio.

Meu Deus, não sei lidar com esse jeito como ele olha para mim, com tanta paixão.

— Eu quero. Você quer? — pergunta Wyatt, numa versão mais baixa de sua conhecida voz grave.

— Com certeza. — Eu me aninho nele de novo e o aperto, com força.

Wyatt me envolve com os braços e desenha círculos nas minhas costas. Sinto calor e segurança ao ser envolvida por ele e seu cheiro familiar de couro e madeira. Não consigo imaginar que eu esteja cheirando bem assim, o cabelo suado colado na minha cara.

— Mas quero tomar banho antes de dormir, então você vai ter que ficar um tempinho sozinho aí.

— Acho que é uma boa ideia. Não queria dizer nada, mas... — Ele dá uma risadinha, tapa o nariz e tenta conter uma gargalhada.

— Grosso. — Dou um soco nele, o empurro e fico de joelhos na cama, as mãos nos quadris. — Vai ser assim agora então? Você me fode até eu perder os sentidos e aí me xinga?

Wyatt sorri e me puxa para ficar montada em cima dele. Tento ignorar a onda de desejo que volta ao meu corpo com aquele contato. Principalmente porque ele já está duro de novo. Preciso fazer um grande esforço para não começar a mexer o quadril. Para não me inclinar e colocá-lo lá dentro de volta.

— Em primeiro lugar, foi uma piada — diz ele, passando as mãos para cima e para baixo no meu quadril. — E, em segundo, tenho certeza que você não ia se importar com um xingamento de vez em quando se fosse para te *foder até perder os sentidos* todo dia.

Por mais assustador que possa parecer, acho que ele tem razão.

25.
Wyatt

Acordo com um emaranhado de cabelos ruivos no meu rosto. E amo isso. Porque esse cabelo pertence a Aurora Jones que, neste momento, está nua nos meus braços. Que ontem à noite gritou meu nome enquanto gozava no meu pau. E no meu rosto.

Eu me aninho mais fundo em seus cabelos e inspiro o odor cítrico. Seu cheiro é tão revigorante que faz eu me sentir vivo, exatamente como acontece quando estou com ela. Aurora ilumina minha vida de um jeito que jamais imaginei. De um jeito que, acho, ninguém mais conseguiria.

Ela se mexe, começando a acordar, e o leve roçar de sua bunda no meu pau já duro o faz latejar ainda mais. Passo a mão em sua barriga, desenhando linhas e formas até chegar a seus seios, os mamilos já intumescidos. Aperto um deles e ela geme, ainda sonolenta, arqueando as costas de modo que sua bunda me pressiona ainda mais.

Preciso usar cada gota do meu autocontrole para não virá-la, levantar seus quadris e fodê-la agora mesmo. Acabei indo para o banho junto com ela ontem à noite, sem conseguir lidar com a ideia de ela estar nua lá sem mim. E mesmo assim, ainda estou ansiando pela sua boceta pulsando ao redor do meu pau de novo. Pelo seu gemido no meu pescoço.

Mas também são quatro e meia da manhã, e embora o meu relógio biológico já esteja totalmente configurado para a vida de rancheiro, sei que Aurora deve querer dormir mais um pouquinho, já que amanhã as pessoas começam a chegar ao retiro. Então, paro de tocá-la, coloco minha mão em sua cintura e me aninho ainda mais a seu corpo, na esperança de embalá-la de volta ao sono.

Aurora solta mais um gemido e começa a esfregar a bunda em mim, devagar. Nesse ritmo, vou gozar antes mesmo de ela abrir o olho.

— Volte a dormir, princesa — sussurro, dando um beijo em seu ombro.

Também me dou conta de que vou precisar levantar em breve, pois há muita coisa para fazer no rancho e ainda prometi ao Duke que iria ajudá-lo agora de manhã com uma entrega grande para o bar.

— Não. — Aurora continua rebolando, e vai aumentando a velocidade.

Eu cerro os dentes.

Minha atenção se volta para aquele local onde meu pau desliza bem no meio de sua bunda. Estou prestes a chegar ao clímax. Tudo bem. Se ela quer menos horas de sono, não sou eu quem vai reclamar.

— Quer que eu toque você, princesa? — Mordo sua orelha e ela estremece. — Sua bocetinha linda precisa de mim de novo?

— Aham — murmura ela.

Sua respiração está mais acelerada, e eu sinto as batidas de seu coração ao tocar seus seios. Belisco um dos mamilos. Ela solta mais um gemido, agarra a minha mão e a leva até o meio das coxas, enfiando meus dedos na região toda molhada.

Meu Deus do céu, ela está completamente encharcada.

Sinto um rugido se formar na minha garganta. Não hesito nem um segundo e já enfio dois dedos nela. A paciência não é meu forte pela manhã, e pelo visto não é o dela também.

Ela tem um sobressalto e segura o lençol. Uso o polegar para acariciar o clitóris e seu corpo se contrai de leve. Adoro como ela se contorce e não consegue controlar as reações de seu corpo a mim, como se fosse prazer demais para ela.

Esfrego meu pau com mais força em sua bunda, usando meu braço para segurá-la enquanto ela praticamente cavalga na minha mão.

— Meu Deus, Wyatt — geme ela, virando a cabeça na minha direção.

Eu chego para a frente, até sua boca e, nessa posição, consigo ir bem fundo, nossas línguas se entrelaçando instantaneamente. Ouvi-la dizer meu nome nesse contexto desperta uma parte primitiva de mim que eu nem conhecia.

— Transar com a minha mão é suficiente pra você, princesa, ou quer meu pau também? — murmuro, em meio aos beijos.

Ela assente com vontade, os cabelos balançando.

— Quero desesperadamente. — Seus olhos estavam fechados até então, mas ela os abre e vejo aquele castanho faiscante. Aurora dá um sorrisinho sonolento. — Por favor.

Solto um palavrão e tiro os dedos de dentro dela.

— Camisinha e vibrador. Agora.

Ela dá uma risada e vai meio cambaleante até a gaveta, depois se encaixa em mim de novo ao me entregar as duas coisas. Coloco a camisinha, levanto a perna dela e me posiciono de modo que meu pau toque apenas de leve sua abertura.

Mas espero um pouco, me deleitando com o jeito que ela começa a mover os quadris, deslizando pelo meu pau, tentando acomodar o máximo possível dele. Por mais que isso seja gostoso, saber quanto ela me quer neste momento, não posso negar a nós dois a sensação de estarmos completamente conectados.

Sempre achei que Aurora Jones seria minha ruína, mas *nunca* que seria *desse* jeito.

Dou uma estocada e solto um gemido em seus cabelos quando ela tem um sobressalto. Adoro como sua boceta precisa ir se acostumando com meu tamanho, mas quando estou todo dentro dela, o encaixe é perfeito. Ela se contrai ao meu redor, o que torna ainda mais difícil fazer isso aqui durar mais tempo. Ainda assim, não vou entregar os pontos enquanto ela não sucumbir junto comigo.

— Fica com a perna pro alto, princesa — digo a ela, apoiando seu pé na minha coxa.

Um dos meus braços está preso debaixo do ombro dela, mas o outro está livre para esfregar o vibrador em seu clitóris. Roço em seus seios primeiro, mordendo seu ombro, e então vou descendo até o meio das pernas.

— Porra, Wyatt. Não para — diz ela na mesma hora em que começo a usá-lo. Tento imitar os movimentos que fiz na noite passada, seguindo o que o corpo de Aurora gosta, e sou recompensado quando ela diz, ofegante: — Mais. Porra, eu quero mais.

— Mais? Que bocetinha sedenta você tem, Aurora — sussurro para ela, excitado pelo modo como sua pele se arrepia no pescoço e nos ombros quando ela suspira, mas depois volta a gemer enquanto meto mais forte. — É bom que ela me receba tão bem, porque fico feliz em recompensar ela com mais.

Deslizo minha outra mão pelo lençol, onde está a dela, e então nossos dedos se entrelaçam, se apertando forte. Enquanto isso, estou metendo o mais forte e fundo que consigo, e esfregando ainda mais seu clitóris com o Rosinha.

Os gemidos vão diminuindo e seu corpo fica tenso. Se fosse outra pessoa, eu acharia que não estava bom, mas sei que ela funciona assim: a calma antes da tempestade. O silêncio antes do orgasmo, que a invade com tremores e meu nome, que ela não consegue parar de dizer.

E então eu a viro na cama e faço exatamente o que queria fazer mais cedo. Enrolo seus cabelos ao redor do meu pulso, saboreando a maciez deles na minha pele, e levanto seus quadris da cama, deixando o peito lá embaixo. Abro a bunda e vejo sua boceta reluzente, toda molhada, satisfeita e me chamando.

Abaixo até onde está seu rosto e murmuro em seu ouvido:

— Ainda quer mais, princesa?

— Acho que nunca vou parar de querer você, Wyatt — responde ela, a voz rouca de tanto gemer. Há quase um tom de surpresa em sua frase.

Eu tenho um sobressalto e tento ignorar aquela sensação de preenchimento no peito. Porque eu tenho medo de nunca parar de querê-la também. Não agora que esse sentimento me inundou.

— Quer parar de sorrir tanto? Está me deixando desconfortável — resmunga Duke, enquanto põe uma das caixas ao meu lado.

— Que foi? Tenho o direito de sorrir. — Franzo a testa, saio do estoque e vou até a porta dos fundos, onde está o restante das caixas.

Duke é meu amigo mais antigo, e nós dois sempre demos muito valor ao quanto conseguimos nos entender bem sem dizer nada, então imaginei que o fato de ficar calado, porque não conseguia parar de pensar em Aurora, passaria despercebido. Acho que não tinha me dado conta de que estava sorrindo que nem um bobo. Agora faz sentido minhas bochechas estarem doendo também.

— É, você tem o direito de sorrir, mas nunca te vi assim. — Duke vem até mim. — A não ser nas sextas-feiras, quando está com uma cerveja na mão, ouvindo o Sawyer e o Wolfman falarem abobrinha.

Bom, ele não está errado.

Eu dou de ombros, vou até a porta dos fundos, e dou um chutinho na pedra que a mantém aberta para checar se está firme.

— Estou pensando nas cervejas grátis que você vai me dar como pagamento por ajudar hoje.

Eu brinco, mas sei que ajudar Duke com suas entregas é meu jeito de agradecê-lo por tudo que fez pelo rancho quando precisei, principalmente nas temporadas de parto e marcação dos animais. Ele nunca vai admitir, mas é um ótimo montador de touros e, na maioria das vezes, consegue enlaçar bezerros com mais habilidade do que eu.

— Vai sonhando. — Duke ri, pega uma caixa e eu faço o mesmo.

Carregamos as duas lá para dentro em silêncio, e então ele põe a caixa em cima de outra, com um suspiro. Vira para mim, apoia o cotovelo na pilha e levanta a sobrancelha.

— Mas, pensando bem, desde mais ou menos o mês passado você anda sorrindo bem mais que o normal.

O sorrisinho convencido que ele mal consegue esconder já diz tudo.

— Ah, é? — pergunto, fingindo ignorância e cruzando os braços.

— É. — Duke me imita. — Principalmente quando uma certa ruiva inglesa está por perto.

O silêncio paira entre nós, Duke me encarando com um sorriso de quem já entendeu tudo. Não sei bem por que não quero confessar o que aconteceu entre mim e Aurora. Adoraria dizer que é porque sou um cavalheiro, e todos nós sabemos que cavalheiros não se gabam das suas conquistas. Principalmente porque eu e Aurora não conversamos sobre o que aconteceu e o que significou. Mas porque ontem à noite e hoje de manhã estávamos ocupados fazendo outra coisa bem diferente de conversar.

Além do mais, talvez ela não queira que as pessoas saibam, desejo que eu gostaria de respeitar. No entanto, para ser honesto, é por isso que estou nervoso demais para dizer qualquer coisa. E se não significou nada pra ela? E se é apenas uma maneira de ela se sentir melhor depois de ter o coração partido pelo ex? Não é como se eu não tivesse feito a mesma coisa com várias mulheres depois que Holly me largou.

Caramba, como é que ela de repente conseguiu provocar todos esses... *sentimentos*? Eu não sou assim. Ou estou satisfeito, ou irritado. Não tenho um vasto espectro de emoções, como Aurora claramente tem. Aprendi que a vida tende a ser mais fácil desse jeito.

Eu não fico nervoso. Não fico confuso. Não fico animado.

Só que pelo visto eu fico tudo isso, por Aurora.

O engraçado é que estou disposto a fazer muito mais por ela. Muito mais do que eu jamais imaginaria.

— Tá bom, eu dormi com a Aurora — admito, e respiro bem fundo, o que me faz começar a fantasiar todas as coisas que eu gostaria de estar fazendo com ela neste momento. É preciso um longo esforço para me recompor. — Está feliz agora?

Duke dá um assobio.

— Olha só.

De repente, ele começa a vasculhar as prateleiras ao nosso redor e pega uma garrafa de uísque bem cara. Aponta com a cabeça para sairmos do estoque e vamos até o bar, onde ele pega dois copos e serve a bebida.

Sorrindo o tempo inteiro.

Ele entrega um dos copos para mim e pega o outro.

— Para comemorar que você finalmente se permitiu fazer o que queria.

— Como assim? — pergunto, em tom de zombaria, e depois brindo com Duke, que está com o copo levantado esperando.

Duke bebe um gole do uísque rindo, uma expressão de felicidade no rosto ao saboreá-lo. Ele pousa o copo no balcão e se apoia nele.

— Assim, desde que Holly foi embora, você meteu na cabeça que não merecia coisas boas. Parece que você esqueceu completamente o significado da sua tatuagem. E de jeito nenhum eu te deixei me convencer a fazer aquele lobo no meu ombro pra depois você esquecer o porquê de termos feito a tatuagem.

Certo. Bebo um longo gole do uísque enquanto assimilo as palavras de Duke. Porque eu sou mais feliz quando não estou engaiolado.

Como neste exato momento, em que finalmente parei de sufocar meus sentimentos e me permiti saborear o doce mel de Aurora Jones. E, meu Deus do céu, o gosto dela é fenomenal.

Tanto que talvez eu esteja viciado de verdade. Olho para o relógio e penso quanto tempo se passou desde a última vez que a toquei. Que passei minha língua em sua pele dourada e sardenta...

— E a Aurora? Dá para ver que ela faz bem pra você. Você parece, não sei... — Duke dá de ombros e reflete um pouco, girando o copo na mão. — Mais leve quando ela está por perto.

Mais leve.

Aurora me fez sorrir e gargalhar incontáveis vezes, por causa de quem ela é e das bobagens que ela inventa de vez em quando. Sem Aurora, eu não teria queimado todas as roupas que me lembravam de Holly. Elas me lembravam de um homem que sempre achei que eu deveria ter sido, mas agora percebo que só teria me tornado um sujeito infeliz.

Sem Aurora, eu não teria me permitido aproveitar o lago no meio do dia, passeios a cavalo sem compromisso e nem a maldita ioga ao nascer do sol.

"Mais leve" talvez seja a expressão perfeita para descrever como ela me faz sentir. E mais radiante, porque a vida se ilumina quando ela está por perto, com toda certeza.

— Acho que isso é o máximo que já ouvi você falar de uma vez só — provoco, tentando fingir que as palavras de Duke não me impactaram tanto.

— É, bom, alguém precisava te dizer, e eu sou seu amigo mais antigo, então acho que devia ser eu. — Duke dá uma risadinha, termina a bebida e dá um tapa no balcão do bar, o barulho ecoando pelo salão vazio. — Além do mais, todo mundo sabe que o Sawyer e o Wolfman vão fazer perguntas bem íntimas quando descobrirem... tipo qual é o som que ela faz. Um de nós precisava ser a pessoa madura.

Quase cuspo o uísque de volta no copo. *Nota mental: não contar a Sawyer e Wolfman sobre Aurora.*

Duke dá um tapinha em meu ombro enquanto bebo o último gole e aprecio o sabor defumado do uísque.

— Agora, vamos lá terminar essa entrega pra você voltar pra sua garota.

26.
Aurora

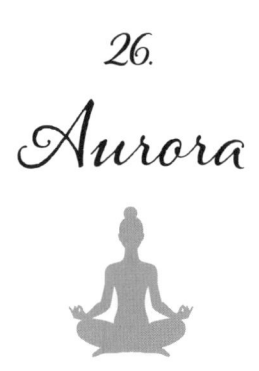

— Acho que já é a quarta vez que você conta essas rédeas, sabia?

A voz de Wyatt me assusta. Eu me viro e ele está de braços cruzados, apoiado na porta aberta do estábulo, com um sorrisinho bobo no rosto.

Meu corpo inteiro fica tenso ao vê-lo — a maneira como o sol o ilumina por trás, destacando as linhas sólidas do torso musculoso e das coxas, cobertos pela camiseta branca e pela calça jeans escura, respectivamente. Ele está novamente com aquele chapéu de caubói que sombreia o brilho malicioso em seus olhos escuros como a noite.

Poucas horas se passaram desde que ele saiu para ir ajudar Duke. Ainda assim, do jeito que meu corpo implora por ele, minhas entranhas já em chamas com a lembrança dele me fazendo gozar duas vezes esta manhã, parece até que não o vejo há semanas. Não me lembro de já ter me sentido tão excitada assim. Eu tinha pensado nisso antes mesmo de algo rolar entre nós, mas agora que sei quanto é incrível quando estamos juntos, meu tesão é descomunal.

— Só estou conferindo se está tudo certo pra amanhã — digo, pendurando as rédeas que estão na minha mão de volta no gancho com as outras. Coloco as mãos nos quadris. — Faz quanto tempo que você está me observando?

— Já tem um tempinho. — Wyatt dá de ombros, seus olhos percorrendo meu corpo de cima a baixo, deixando um rastro de calor. — É que agora que eu sei como você é sem roupa, fica ainda mais divertido te observar.

Levanto uma sobrancelha e tento fingir que não estou queimando por dentro diante da lembrança dos nossos corpos nus juntos.

— Então estava me imaginando nua, é isso?

Wyatt abre um sorriso, as covinhas à mostra. Os olhos escuros fixados nos meus.

— Ah, princesa... estou imaginando você nua a manhã inteira.

— Ai, meu Deus. — Eu respiro, ofegante, e quase esqueço de respirar de novo.

O modo como ele diz *princesa* me leva imediatamente a ele proferindo essa palavra enquanto metia por trás hoje de manhã, os dedos apertando meus quadris.

Chega a estar *dolorido* entre as minhas pernas.

Tentando sair daquele transe, seco a testa e dou uma risada pensando em tudo que aconteceu nas últimas vinte e quatro horas.

— Caramba, isso é tão estranho.

— Hein? — Wyatt vem andando na minha direção, um dos cantos da boca ainda curvado num sorriso. Ele sabe muito bem o efeito que tem em mim.

Com poucos passos ele chega até onde estou, a apenas alguns centímetros de distância. De repente, estou encarando seu peitoral, com a mente tomada por pensamentos impuros sobre como quero passar a língua naquela tatuagem de águia que sei que está ali.

Levanto a cabeça para olhar seu rosto e aponto para nós dois.

— Isso aqui. Você me odiava, tipo, um mês atrás, e agora eu não consigo parar de pensar em ontem à noite... Vai ser difícil com um monte de gente chegando amanhã. Eu vou estar ocupadíssima ao longo da semana e você vai ter o rancho para cuidar quando não estiver fazendo as trilhas e os passeios a cavalo.

Com as sobrancelhas franzidas, Wyatt assente por alguns segundos, mas logo qualquer sinal de preocupação some de seu rosto. Ele tira o chapéu e coloca na minha cabeça.

— Acho que vamos ter que aproveitar bem o dia de hoje então, né? Esperei muito tempo para ter você, Aurora. Minha paciência acabou.

Ele estava esperando por mim? Há quanto tempo?

Mas Wyatt não me dá nem um segundo para responder, se abaixa e me levanta pelas coxas, o que me faz soltar um gritinho. Instintivamente eu o envolvo, braços circundando seu pescoço e pernas ao redor da sua cintura, os pés entrelaçados em suas costas. Wyatt se vira e me imprensa na parede de madeira do estábulo, os lábios colados aos meus.

Ele me espreme com o próprio quadril, o pau duro roçando em mim, e eu começo a me mexer, querendo senti-lo o máximo possível, querendo aproveitar toda a fricção. Nunca fiquei tão feliz de estar usando apenas um vestidinho leve, então a saia já está levantada, restando apenas minha calcinha e a calça jeans dele entre nós.

Meu Deus, preciso tirar a roupa desse homem agora.

Mas estou de mãos atadas ali, presa entre seu corpo forte e a parede, tomada por seu cheiro e pelo calor que sobe dentro de mim. No entanto, eu não ia querer que fosse de outra maneira. Mesmo ontem à noite e hoje de manhã, ele assumiu o controle de tudo, deixando minha mente livre para apenas viajar naquele prazer. Eu não tinha me dado conta de que precisava tanto daquilo.

Sinto a respiração quente e acelerada no meu queixo, onde Wyatt deixa um rastro de beijos, e depois segue para a pele sensível atrás da orelha, agarrando minha bunda. Ele tira uma das mãos e segura meu rosto, desviando com cuidado uma mecha de cabelo para voltar a me beijar. Gemidos fazem sua garganta vibrar e, quando abro a boca para ele, o desejo primitivo que provoca esses sons fica muito evidente pelo modo como sua língua entra com tudo, tentando sentir todo o meu gosto.

— Porra, Aurora — geme Wyatt, em meio aos beijos, parando rapidamente para encostar a testa na minha. Entre nós, apenas as respirações quentes e aceleradas. — Eu só quero mais e mais de você. Estava precisando tanto de você.

Aperto as pernas com mais força ao redor dele, o corpo gritando, impaciente.

— Eu também.

Wyatt me dá mais um beijão e então nos afasta da parede e enfim me coloca no chão. Fico um pouco confusa quando ele começa a recuar. Mas aí percebo que está indo na direção de uma parede cheia de equipamentos. Ele para um pouco antes de chegar lá.

Por cima do ombro, seus olhos escuros me encaram, ávidos, e ele abre um sorrisinho.

— Calma, vou dar pra essa sua bocetinha sedenta tudo que ela precisa.

— Cuidado com as palavras que saem da sua boca, Hensley! — digo, num sobressalto.

Ele balança os ombros numa risada silenciosa.

— Você adora.

— Talvez.

Semicerro os olhos quando Wyatt passa as mãos nas rédeas e cordas penduradas na parede. Assim que ele enfim pega uma das rédeas de couro mais compridas, sinto minha respiração falhar, um frio tomando meu estômago. Fico nervosa com o que está prestes a acontecer, mas, para falar a verdade, estou muito mais excitada. Nunca fiz nada parecido com bondage antes, e gosto de como parece obsceno.

Wyatt se vira sem nem tentar esconder a ereção. Já estou com água na boca.

— Agora, seja uma boa menina e fique de frente para aquela pilastra com os pulsos unidos.

Seus olhos apontam para a pilastra de madeira mais próxima e eu obedeço na mesma hora, tentando reprimir a risada de nervoso que se forma na minha garganta. Não quero parecer uma adolescente, quando ele claramente tem experiência nisso.

Mas então de repente Wyatt está tirando meus cabelos da frente da orelha, seus lábios bem próximos quando diz:

— Pode rir quanto quiser, princesa. Adoro esse som. E lembre-se de uma coisa — diz ele, amarrando a rédea ao redor dos meus pulsos. — Tudo que eu quero é fazer você se sentir bem. Você me diz o que fazer. Se ficar desconfortável com alguma coisa, basta avisar e paramos. — Ele dá um nó e puxa. — Entendeu?

Deixando a risada escapar dessa vez, eu assinto e abro um sorriso. Os olhos frenéticos de Wyatt estão fixados no ponto onde mordo o lábio. Ele solta um grunhido e então amarra o que restou da rédea ao redor da pilastra, junto com a que já está no meu pulso. Mais um nó e estou presa. Dou uma puxadinha e confirmo que não tem como sair dali.

A ideia de que não posso fugir do prazer que Wyatt está preparando para mim me dá calafrios.

— Aurora. — A voz de Wyatt é quase um ronronado, e ele inclina minha cabeça para chegar até minha boca.

Dessa vez, o beijo não é ávido nem bruto, mas sim gentil, terno, suave. Isso faz as chamas voltarem a crescer dentro de mim aos poucos, como se ele estivesse gradualmente jogando gravetinhos na fogueira com cada um daqueles beijos.

Wyatt desce me beijando pelo pescoço, depois nas costas, e fica atrás de mim. Eu meio que espero que ele volte ao ardor de antes e levante meu vestido, mas ele continua com calma, a boca roçando minhas pernas, mexendo muito de leve no vestido. De joelhos, ele beija a parte de trás das minhas coxas, fazendo os lábios passarem por cada centímetro do meu corpo. Seus dedos suaves vão subindo bem devagar a cada segundo, mas nunca chegam no ponto que eu quero.

Tento fazê-lo ir na direção do meio das minhas pernas, mas sinto um puxão das rédeas, me lembrando de que estou completamente à mercê de Wyatt. E é por isso que ele está agindo assim. Me provocando.

Solto um gemido ao compreender.

— Alguma coisa errada, princesa?

Wyatt solta uma risada ofegante na minha coxa, as pontinhas dos dedos roçando de leve a abertura entre as minhas pernas. Gemo de novo, tentando aproveitar aquele mínimo toque.

— Use as palavras — insiste ele, mordiscando a parte de dentro da minha coxa, e posso imaginar o sorrisinho sarcástico em seu lindo rosto.

— Por favor, me toque — imploro, sem nenhuma vergonha. Afinal, por que eu teria vergonha? O homem mais gostoso que eu já conheci, um caubói musculoso e misterioso, está no meio das minhas pernas prometendo fazer o que eu quiser.

— Com prazer — rosna Wyatt.

Ele fica de pé e levanta o vestido acima da minha bunda. Abaixa a minha calcinha, me ajuda a tirá-la, e então me posiciona, com os quadris mais para trás, levemente inclinada para lhe facilitar. Ele desce a mão e desliza o dedo pela abertura escorregadia da minha boceta. Posso jurar que a reação dele é soltar um chiado.

— Adoro o quanto você fica molhada pra mim.

Inclinado sobre meu corpo, Wyatt continua a me torturar apenas deslizando o dedo por ali, de vez em quando roçando o clitóris, enquanto, com a outra mão, segura meus seios. Dá um beijo no meu pescoço quando empino os quadris na direção dele, querendo mais do que aqueles dedos provocativos.

— Você só me pediu para te tocar, Aurora — diz Wyatt, e então morde minha orelha, o que causa arrepios por todo o meu corpo. — Se quer mais, só precisa dizer.

Eu crispo as mãos, ciente do quanto ele deve estar adorando me ter assim — totalmente indefesa, sem conseguir rebater com minha habitual ferocidade quando ele me provoca. Como daquela primeira vez que nos encontramos. Alguma coisa faísca dentro de mim e as chamas da paixão me consomem.

— Entendi, Wyatt. Quero que você assuma todo o controle, faça o que quiser comigo. Que me foda com força nessa pilastra até eu gritar seu nome e ver estrelas.

Nossa, que libertador dizer isso.

— Jesus Cristo, Aurora. Isso parece o paraíso.

Ouço o barulho do zíper da calça dele se abrindo, e Wyatt muda de posição atrás de mim antes de levantar meus quadris e passar de leve a cabeça do pau entre as minhas pernas.

Cada célula do meu corpo se deleita com aquele toque, e não consigo evitar empinar ainda mais o quadril para tentar fazê-lo entrar, conseguindo, assim, o que quero tão desesperadamente.

Mas ele se afasta e ouço um barulho de plástico rasgando. Eu me viro e vejo que ele está colocando a camisinha. O que é bom, porque pelo menos um de nós está preparado.

Ainda assim, balanço a cabeça e reviro os olhos.

— Claro que você saiu com uma camisinha, seu convencido.

Wyatt abaixa a sobrancelha, o olhar desafiador e uma leve contração no maxilar, até que de repente enfia dois dedos dentro de mim. Reviro os olhos de novo, mas dessa vez é de prazer.

— Diz a garota que acabou de me dizer para meter até ela ver estrelas. Talvez eu só estivesse pensando numas preliminares de leve.

Ele acelera o movimento dos dedos e aumenta a pressão com que os desliza dentro de mim. Sinto que já estou começando a me perder no êxtase, mas me obrigo a continuar alerta, adorando que aquela provocaçãozinha o tenha deixado mais bruto.

— Bom, eu adoraria que você começasse logo. — Empurro o quadril para trás de propósito, a rédea apertando meus pulsos, e forço seus dedos a entrarem mais fundo. — E antes que me diga para pedir com jeitinho... *por favor*, Wyatt.

Wyatt ofega e tira os dedos. Mas não me dá nem um segundo antes de me penetrar, as mãos segurando meus quadris e me puxando para mais perto. O prazer me invade, aniquilando qualquer consciência que eu tivesse do mundo ao nosso redor, enquanto meu corpo tenta se adaptar ao tamanho do seu pau. Ele abre mais as minhas pernas com os pés, o que lhe dá um ângulo melhor quando arqueio naturalmente as costas.

Ele me dá exatamente o que eu pedi, as estocadas deliciosas e agressivas. Com as mãos, seguro a rédea que me prende, tentando me estabilizar de alguma forma em meio às ondas de prazer que me tomam. Wyatt se inclina para a frente e usa as duas mãos — uma segura de leve meu pescoço, causando aquela zonzeira boa de felicidade, enquanto a outra esfrega meu clitóris.

— Era isso que você queria, princesa? — pergunta Wyatt, quase rosnando. Sinto sua respiração quente em meu pescoço.

— Sim, sim, sim — grito.

Com os corpos em chamas, cada estocada é absurdamente funda e atinge o ponto exato para me deixar com as pernas bambas. Meus gemidos começam a se parecer com gritos. Nem me importo se estou fazendo muito barulho — só estou deixando meu corpo livre para reagir. Nunca pensei que me sentiria tão livre no sexo. Mas, neste momento, estou tão imersa no prazer e no modo como Wyatt se encaixa tão perfeitamente dentro de mim, que nem sei se quero que isso acabe.

— Porra, Aurora, você é muito perfeita.

Wyatt geme e nos empurra para a frente, nos pressionando contra a pilastra, e tira seu chapéu da minha cabeça. Sua mão está presa entre a pilastra e meu clitóris, o que coloca ainda mais pressão nele.

Assim que sinto meu corpo se contorcer de prazer, sei que estou chegando perto do orgasmo. Ainda me impressiona que Wyatt consiga me fazer chegar tão perto assim de gozar sem meu vibrador, mas não penso demais no assunto. Em vez disso, me concentro na bolha de prazer que vai crescendo no meu interior enquanto ele continua metendo em mim e esfregando meu clitóris. Ouço melhor seus grunhidos no meu pescoço agora que fiquei em silêncio.

— É agora, princesa — incentiva ele, com um beijo no meu ombro, a barba por fazer arranhando minha pele.

Sinto a pressão crescer entre as pernas e fico sem ar. Não vou conseguir respirar até gozar. Meu corpo inteiro começa a formigar e sinto a euforia pronta para explodir.

— Seja uma boa menina e goze pra mim.

A voz dele, grave e dominante, é a gota d'água, e eu começo a gritar. Meu corpo inteiro se contrai naquele êxtase que lateja dentro de mim enquanto Wyatt segue socando. Só vejo estrelas e uma luz prateada. A felicidade corre nas minhas veias. Estou nas nuvens.

Mal me recuperei quando Wyatt geme e mete mais forte do que nunca, um arrepio percorrendo o corpo dele, gozando também. Sinto sua respiração ofegante no meu cabelo, Wyatt está com a cabeça apoiada na minha. Ele me dá três beijos suaves no pescoço, se levanta e sai de dentro de mim. Ainda estou trêmula, mal conseguindo ficar de pé, e tudo que quero é me jogar no chão coberto de feno, aninhada em seus braços.

A velocidade com que ele consegue se vestir e me desamarrar da pilastra é impressionante. Levanto uma sobrancelha quando ele volta, depois de colocar a rédea de volta no lugar. Acho que agora nunca mais vou conseguir usar aquela rédea num cavalo.

— Que foi? — pergunta Wyatt, os olhos cheios de desejo e atordoados. — Se eu deixasse você amarrada mais um segundo, tão deliciosa daquele jeito, eu não ia conseguir me segurar. A gente precisaria de outra rodada.

Eu sou deliciosa? Não, *ele* que é. Com aqueles lábios molhados e meio inchados, e o cabelo todo desgrenhado naquele estilo pós-sexo. Como é que vou aguentar a próxima semana cercada de gente o tempo inteiro, quando tudo que quero é passar vinte e quatro horas por dia pelada com esse homem?

— Eu não teria reclamado — admito, mordendo o lábio e saboreando o modo como seus olhos brilham.

Wyatt entrelaça os dedos aos meus sem hesitar, como se já andássemos de mãos dadas há anos. O encaixe das nossas mãos é tão perfeito que elas parecem ter sido feitas uma para a outra. Parece bobo pensar que um gesto tão pequeno quanto dar as mãos seja tão íntimo, ainda mais quando Wyatt estava dentro de mim segundos atrás, porém, ainda assim, esse momento me faz perder o ar.

Porque dar as mãos é um gesto íntimo, sim. E tudo que ele vem dizendo, ao me chamar de perfeita, linda, incrível... parece sincero. O suficiente para fazer meu coração saltar cada vez que ele fala.

— Não estou dizendo que não haverá uma segunda rodada, princesa. — Wyatt me puxa pela mão lá pra fora. — Estou dizendo que temos um rancho inteiro para explorar além do estábulo.

27. Aurora

O som de passarinhos gorjeando e uma leve melodia de piano me acorda com um sorriso no rosto. Desligo o alarme do celular e me viro para o lado, onde Wyatt enfiou a cabeça debaixo do travesseiro soltando resmungos bem altos.

Wyatt Hensley passou a noite na minha cama. *De novo*.

O que está acontecendo?

— Só mais cinco horinhas — murmura ele quando tento puxar o travesseiro, rindo.

Em sua defesa, gastamos bastante energia ontem, até altas horas, e sem dúvida *não* tivemos as oito horas de sono que eu planejara. No entanto, foi um outro jeito de aliviar o estresse, então acho que vou sobreviver ao dia de hoje.

— Você é rancheiro, acorda cedo todo dia, por que está agindo como um bebê?

Finalmente consigo arrancar o travesseiro dele e o jogo para a beira da cama. Wyatt se vira, os olhos escuros me encarando de um jeito malicioso sob os cachos bagunçados que caíram na sua testa. Eu engulo em seco, cheia de expectativa.

Mas o cansaço lhe faz fechar os olhos de novo e ele faz um bico.

— Não pode me chamar de bebê quando você é mais nova que eu e pesa o mesmo que uma criança de doze anos.

— Ah, cala a boca e volta a dormir. — Dou um empurrãozinho nele e me sento na cama.

Pego meu telefone por instinto, porque ouvir minha meditação normalmente é a primeira coisa que faço no dia. Só que hoje... tem um homem pelado na minha cama.

— Hum... eu vou lá embaixo rapidinho.

Wyatt se contorce, abre os olhos e me segura pela coxa antes que eu saia da cama.

— Por quê?

Ele acaricia minha pele com o dedo e vai subindo a mão pela minha perna a cada movimento. Preciso fechar os olhos para tentar expulsar o desejo que já arde dentro de mim por causa daquele toque. Em qualquer outra manhã, eu deixaria rolar, mas hoje é importante demais.

Nossos primeiros hóspedes estão quase chegando.

— Hum, eu gosto de meditar de manhã, e estou bem nervosa pra hoje, então vou precisar de uma meditação *bem* longa. Mas pode ficar aqui. Volto assim que terminar.

Em meio ao farfalhar de lençóis, Wyatt se senta, as cobertas todas amarfanhadas em seu quadril deixando o torso à mostra. Eu chego mais perto e passo os dedos em seu peitoral, nas asas da águia.

— Você costuma fazer suas meditações lá embaixo? — pergunta ele, e coloca a mão sobre a minha, observando minhas sardas.

— Não... costumo fazer na cama.

— Então faz aqui — sugere ele, e aperta os lábios. — De repente eu posso, hã, fazer com você?

Não consigo evitar uma risada, que acaba parecendo mais um uivo. Solto minha mão para cobrir a boca.

Sei que já ensinei Wyatt a meditar um pouco outro dia, mas ele pareceu tão desconfortável com a experiência que eu imaginei que nunca mais iria querer tentar de novo. Estamos falando de Wyatt Hensley, afinal.

— Que foi? — Ele fecha a cara e cruza os braços, como uma criancinha que teve o brinquedo favorito confiscado. Meu Deus, esse homem é tão engraçado, minhas bochechas estão doendo de tanto rir. — Talvez eu também esteja nervoso.

— Por que *você* estaria nervoso?

— Porque você está me obrigando a deixar seis pessoas entrarem no meu precioso rancho *e* ainda por cima deve estar esperando que eu converse com elas, mesmo que geralmente eu reserve os domingos para o silêncio. Se bem que... — Ele me olha com um sorrisinho torto. — Você gemendo meu nome está permitido em qualquer dia.

Dou uma risada.

— Você é tão bobo.

— Que seja. — Ele dá de ombros e então segura minhas mãos. — Eu devia fazer um esforço para aprender um pouco mais sobre essas coisas de bem-estar agora que temos o retiro. Além do mais, se é importante pra você, então... bom, quero fazer parte.

Não sei se minhas bochechas vão aguentar meu sorriso ficando ainda maior. Nunca um cara quis meditar comigo antes. Isso nunca me incomodou porque não espero que outras pessoas deem crédito a tudo que eu faço. Mas o fato de ser Wyatt, que parecia tão resistente a todas as minhas práticas de bem-estar quando nos conhecemos, me causa uma sensação pra lá de boa. Me faz sentir... validada.

Eu assinto, mordo o lábio e começo a procurar no aplicativo uma meditação para reduzir a ansiedade e aumentar a autoconfiança. Enquanto isso, Wyatt ajeita os travesseiros para podermos nos sentar e nos recostar neles.

Ele observa quando fico de pernas cruzadas, as mãos pousadas nos joelhos, e então faz a mesma coisa.

— É uma meditação guiada, então só feche os olhos e siga o que disserem para fazer — explico e rapidamente aperto o play.

A música calma começa. Assim que eu me recosto no travesseiro e respiro fundo, Wyatt entrelaça os dedos aos meus, e minha pele reage com arrepios e faíscas.

Se é importante pra você, então... bom, quero fazer parte.

Eu tenho um pouco de dificuldade de me concentrar na meditação, porque as palavras de Wyatt ficam martelando na minha mente toda vez que consigo aquietá-la. Mas saber que ele está aqui comigo, para seguir por esse caminho ou sabe-se lá aonde os acontecimentos atuais vão me levar, parece me centrar mais do que qualquer meditação. Eu vou recuperar minha autoconfiança e minha força, mas, até lá, talvez não seja tão ruim deixar que ele segure minha mão.

⛰

Acho que minha atração por Wyatt bateu um novo recorde. Vê-lo tão firme e sério ao guiar o grupo de hóspedes pelo rancho, orientando sobre os procedimentos de segurança e as regras, me deixa babando. Sobretudo porque ele está usando um maldito chapéu de caubói, fazendo o tipo perfeito de rancheiro forte e misterioso. Exatamente o que fez eu me apaixonar por ele.

Mas sentir a genuína alegria irradiando dele ao contar suas histórias com o rancho, respondendo às perguntas sobre o gado e como é a vida no campo para ele e os outros rapazes me deixa prestes a derreter ali mesmo. Quase dá para ver o amor que ele tem pelo Rancho do Pôr do Sol, e eu posso jurar que ele inspirou cada uma dessas pessoas que está conduzindo nesse tour.

Queria que Beau pudesse vê-lo.

É apenas o segundo dia do retiro, mas já estou tendo que reunir todo o meu autocontrole para não ficar ao seu lado, embasbacada diante do quanto eu não consigo me cansar dele, apesar de ter acordado ao seu lado de novo hoje de manhã. Então, estou fazendo o melhor para ficar lá no fundo do grupo junto com Anna e Lola, irmãs gêmeas que têm seu próprio aplicativo fitness e um estúdio de pilates que eu costumava frequentar em Londres.

Não é que eu esteja querendo manter em segredo o que vem florescendo entre nós dois nos últimos dias. De jeito nenhum. Para falar a verdade, quero mais é correr para o topo das montanhas e gritar pra todo mundo ouvir. Porque, fala sério, olha só pra ele. Ele é Wyatt Hensley.

Mas também é algo tão *novo*.

Não vou ser boba de achar que sei o que ele quer de mim, principalmente porque, segundo a sua regra, ele já teria me dito se quisesse algo além de sexo a essa altura… mesmo que esteja meditando comigo e me dizendo como acordo linda de manhã.

Ainda assim, existe um motivo para eu ter tentado fugir desses sentimentos por ele durante tanto tempo. Se isso der errado, como vamos administrar um retiro juntos? Há mais em jogo no que estamos fazendo do que eu gostaria de admitir. Não sei se tenho condições psicológicas de avaliar tudo agora — esta semana o foco é no retiro, e não em nós dois —, então não vou ficar gastando meus neurônios.

Também tenho total consciência de que nossos hóspedes são um grupo de influenciadores, sempre com seus celulares prontos para capturar tudo o que acontece. Se não tomarmos cuidado, eu e Wyatt podemos acabar aparecendo sem querer no fundo da postagem de alguém, e o mundo inteiro ficará sabendo que algo está rolando entre nós antes mesmo de sabermos exatamente o quê.

Então, só vou lembrar a mim mesma de que *eu estou exatamente onde preciso estar neste momento*. E, seja lá o que eu e Wyatt somos, era para acontecer e faz parte dessa jornada traçada para mim. Só preciso aceitar isso e não pensar demais.

Felizmente, todos foram arrebatados por Wyatt e ouvem suas histórias com os olhos brilhando e um sorriso no rosto. Ryan, um influenciador canadense de bem-estar e meu amigo, está andando lá na frente com Wyatt e enchendo-o de perguntas, interessadíssimo.

É o início perfeito para o retiro.

E sou muito grata por ter Wyatt ao meu lado.

Mesmo ontem, quando os convidados chegaram, ele se juntou a nós para um jantar de boas-vindas no casarão e fez muito mais esforço do que eu esperava para interagir com cada um dos hóspedes. Sei que o retiro é a maneira de manter o Rancho do Pôr do Sol funcionando, e que isso é importante para Wyatt, mas parte de mim acha que ele está se esforçando por mim também.

— Acho que você foi muito modesta , este lugar é maravilhoso, Rory — diz Anna, segurando meu braço. Seus olhos azuis contemplam os arredores com um brilho idílico. Ela respira fundo, num movimento que mostra que, enfim, relaxou. — Entendo totalmente por que quer ficar aqui. Eu me sinto tão em paz.

— Concordo. — Lola segura meu outro braço e viramos uma corrente de três influenciadoras felizes. — Sinto que isso aqui vai ser muito bom pra você.

Eu também, penso, e mordo o lábio.

Só queria ver umas borboletas hoje, o que me deixaria cem por cento convencida de que tudo vai dar certo. Que vou conseguir salvar o Rancho do Pôr do Sol e o emprego de Wyatt, além de ter um retiro bem-sucedido que vai virar tema do meu próximo best-seller. Que vou deixar a tia Grace orgulhosa.

Embora o plano fosse começar todos os dias, depois do café da manhã, com uma prática de ioga na beira do lago, no deque recém-construído, inauguramos o retiro oficialmente hoje com um tour pelo rancho, terminando no lago. Vou sentir falta de ter Wyatt, Colt, Josh e Flynn se alongando comigo, mas vai ser bom também dar uma aula mais formal de novo. É diferente de praticar ioga com homens que fazem barulho de peido de propósito ao tentar uma nova posição e botam a culpa um no outro.

Quando enfim chegamos ao lago, o sol está alto e brilhante, e o céu, azul. Os raios de luz dourada refletem na superfície da água, convidando todos a entrar. Por sorte, há um momento para mergulho no roteiro mais tarde. Os hóspedes agradecem a Wyatt pelo tour e vão para o deque, onde se preparam com seus tapetes de ioga para nossa primeira aula.

Paro ao lado de Wyatt e aperto sua mão de leve. Um toque discreto que não chama a atenção de ninguém.

— Olha, para alguém que diz que odeia socializar, você parecia totalmente à vontade hoje.

De braços cruzados, ele vira a cabeça para mim, a expressão convencida e um sorrisinho.

— É, bom, eles nem são tão ruins pra um bando de ratos de academia e hippies.

— Não seja babaca. — Dou uma batidinha com o cotovelo nele, que apenas ri. — Você sabe que, seguindo essa lógica, *eu* sou um desses hippies.

Ele dá de ombros, um risinho sarcástico nos lábios.

— Vai ver hippies sejam meu tipo.

— Então talvez eu deva ficar preocupada com você convivendo muito com esse pessoal aí — provoco, mordendo o lábio para esconder o sorriso radiante que quer aparecer. Porque Wyatt acabou de dizer que eu sou o tipo dele, e de uma hora para a outra virei uma adolescente abobada.

— *Você* vai ficar preocupada? — Ele levanta a sobrancelha lá no alto e mexe a cabeça. — E eu? Sabendo que você vai passar o fim de semana inteiro com esses caras sarados? Aquele Nathan te deu um abraço longo demais quando chegou ontem.

A pontada de satisfação que sinto diante do ciúme de Wyatt é deliciosa. Também é uma sensação muito boa não ter me sentido ameaçada por nenhuma das mulheres do grupo, o que eu esperava, dada minha experiência com meu ex-namorado, que me trocou por uma influenciadora loira gata. Talvez eu esteja me curando mesmo.

— Se eu não te conhecesse, acharia que está com ciúmes, Hensley.

Wyatt rapidamente muda sua expressão para algo como indiferença e cruza os braços.

— Não sei do que você está falando.

— Aham — digo, dando uma risada. Juro que ele abre um breve sorriso ao me ouvir rindo. — Enfim... — Em vez de carregá-lo para uma longa sessão de pegação, como eu adoraria fazer, apenas aceno com a cabeça. — Tenha um bom dia, senhor Hensley. Obrigada pelo tour.

— Você também, senhorita Jones.

Wyatt acena de volta e, quando já estou indo embora, rapidamente me pega pelo pulso. Ao me virar para encará-lo, ele olha nos meus olhos e morde o lábio. Caramba, eu queria muito poder beijar aquela boca agora. Alguns segundos de silêncio pairam entre nós, e então ele diz:

— Sei que quer manter as coisas profissionais, mas... só lembra que vou estar pensando em você. O dia inteiro. Você vai mandar muito bem nesse retiro, princesa.

Ele me solta e inclina o chapéu para se despedir, acenando também para o grupo ao ir embora, as terras vastas do Rancho do Pôr do Sol como um cenário de fundo para esse caubói que pode ser a minha ruína. E, para dizer a verdade, mesmo se for, acho que vou aproveitar cada segundo da minha destruição.

28.
Wyatt

Acho que nunca estive tão maravilhado com alguém antes. Ela ainda não percebeu a minha presença, mas faz dez minutos que estou espiando a oficina que Aurora está conduzindo. Meu plano era só dar uma olhada quando vi a porta dos fundos aberta, principalmente porque queria ver seu rosto radiante e sentir seu calor, já que precisei passar metade do dia longe dela. Eu e os rapazes estávamos enfardando feno desde as primeiras horas da manhã, cruzando os dedos para o tempo continuar bom e, quem sabe, termos mais uma colheita ainda este ano.

Mas assim que ouvi a voz de Aurora, fui capturado e não consegui mais me mexer. Aconteceu exatamente a mesma coisa na terça e na quarta, quando ela ministrou oficinas sobre a definição do sucesso e como canalizar sua força interior. Até mesmo ontem, quando passei pela oficina de painéis de visão no casarão, não consegui parar de ouvi-la falar sobre lei da atração e o poder da visualização.

Mas era estranho pensar sobre o futuro. Quase traiçoeiro. Desde que assumi a administração do rancho, tenho levado uma vida focada no curto prazo. Quando se pensa demais no futuro, você começa a fazer promessas demais a si mesmo e deposita muita fé em algo que talvez nunca aconteça.

Sobretudo quando você tem muitas expectativas em relação a esse futuro — tipo que seu trabalho e seu relacionamento sempre serão conciliáveis, e não mutuamente excludentes.

E, quando isso não acontece, você fica decepcionado. Amargo. Com raiva. De si mesmo, na verdade, por ficar animado demais com algo que não tinha garantia nenhuma de dar certo. Então, a única coisa em que me permiti pensar no longo prazo foi o trabalho no rancho, e mesmo isso ficou balançado quando Grace morreu.

No entanto, o modo como Aurora falou sobre o poder que temos dentro de nós para decidir o futuro, com tanta convicção, tanta confiança, fez eu me questionar.

Não era a primeira vez que ela fazia isso.

Eu não gosto de mudanças, mas há partes de mim que Aurora conseguiu, de alguma forma, abrir e jogar lá dentro um pouquinho mais de luz que o habitual.

Nunca vou admitir isso pra ninguém, nem mesmo pra ela, mas talvez eu tenha cortado umas imagens de revistas antigas no fim daquele dia enquanto a esperava terminar a sessão noturna de meditação com o grupo. Imagens que simbolizavam a vida no rancho em que quero continuar morando. Lá no fundo, no lugar onde enterrei minha capacidade de ficar animado com o futuro, alguma coisa começou a faiscar de novo. Eu também estaria mentindo se dissesse que, enquanto escolhia as fotos, imaginar uma bela ruiva ao meu lado não ajudou a instigar aquelas fagulhas.

Ainda assim, não me permiti mergulhar muito nisso — eu estaria indo longe demais. Se eu começar a fingir que o que está acontecendo entre nós dois é para sempre, só vou colocar mais pressão, e a chance de dar errado é muito grande. Além do mais, ela só vai ficar aqui enquanto o retiro a satisfizer.

Mas me sinto culpado por não ter percebido até hoje como Aurora é persuasiva ao falar dessas coisas de bem-estar que ela gosta. Eu olhei o Instagram dela muito mais vezes do que quero admitir, mas nunca prestei tanta atenção nos vídeos dela falando. Não achei que eu me interessaria em aprender a entrar em contato com minha criança interior, ou a equilibrar as energias masculina e feminina dentro de mim, seja lá o que isso signifique, então só passei reto. O discurso de Aurora ao tentar me convencer a embarcar no projeto do retiro foi bastante convincente, mas neste momento estou completamente encantado com ela dissertando sobre enfrentar os medos.

Talvez seja porque sua paixão inflame tudo que ela fala, seus cabelos ruivos dançando como chamas com seu entusiasmo. Talvez seja porque ela está praticamente brilhando ao falar, iluminando a sala inteira e os olhos de cada convidado, incluindo eu. Ou talvez seja porque consigo sentir a autoconfiança que irradia dela, que opera uma mudança na energia da sala, como se suas próprias palavras estivessem reconstruindo as camadas de sua autoconfiança abalada.

Ao longo desta semana, tenho me esforçado para lembrá-la do quanto acredito nela e no retiro quando Aurora fica ansiosa, mas acho que ela nem precisa de mim. A cada momento parece conseguir contornar os obstáculos mais e mais rápido. É maravilhoso vê-la florescendo, abrindo suas asas cada vez mais. Como se finalmente estivesse saindo daquele casulo de baixa autoestima em que estava presa, sem medo de voar.

— Tudo que você quer sempre vai estar do outro lado do medo. É uma merda, eu sei. — Aurora ri, e o grupo dá risada também. — Mas é porque seus sonhos estão no próximo nível da sua vida. Para alcançá-los, você mesmo precisa subir de nível, evoluir e se tornar a pessoa capaz de vencer o próximo...

Aurora interrompe a fala quando enfim nota minha presença. Suas bochechas ficam rosadas e ela põe o cabelo atrás da orelha diversas vezes. Ela faz isso quando fica nervosa. Eu já percebi. É fofo.

Mas não quero que ela fique nervosa, não por minha causa, quando estou aqui literalmente torcendo por ela em pensamento. Os seis hóspedes se viram de leve, seguem o olhar de Aurora até mim e então dão um breve sorriso antes de se voltarem para a frente.

Você está arrasando, digo, só mexendo a boca, para encorajá-la.

Ela relaxa os ombros que eu nem tinha percebido estarem tensos. Controlando a animação que minhas palavras causaram, Aurora aperta os lábios cor de morango e respira fundo.

— Desculpem, um rancheiro chucro me distraiu. — Ela morde o lábio e me dá uma última olhada, dessa vez com uma expressão maliciosa que diz *vou fazer você me pagar por isso mais tarde*, e eu só penso *espero que sim*. — Então, é preciso se transformar na pessoa capaz de vencer o próximo nível.

Isso significa que é preciso evoluir e desenvolver partes de si mesmo, e é daí que vem muito do medo. É assustador mudar quando já estamos tão confortáveis com quem somos...

Eu desligo a mente da palestra de Aurora e me viro para sair. Adoraria ficar aqui ouvindo, mas quero que ela se sinta confortável e confiante como parecia estar antes de notar a minha presença.

Quando vou andando para a porta dos fundos, vejo algo em cima da bancada da cozinha. Tentando ser o mais discreto possível, vou me esgueirando até lá para não atrapalhar ainda mais a palestra. As palavras motivacionais de Aurora sobre *não deixar o medo do que pode acontecer impedir que algo de fato aconteça* ecoam pela grande área de convívio conjugada. Sinto minha pele formigar quando enfim vejo o painel de visão coberto com fotos de paisagens montanhosas e pastos amplos, fogueiras do lado de fora de casas, passeios a cavalo, piqueniques a luz de velas à beira de um lago, lista de livros best-sellers.

É tudo que eu poderia imaginar para o meu próprio futuro, incluindo Aurora e seus livros.

É tudo que nós já temos.

Isso é tudo que ela quer?

Eu estava esperando ver imagens relacionadas ao rancho e ao retiro, mas também muitas outras coisas — tipo uma casa em Londres, talvez, ou férias em algum lugar badalado como Bali, ou novas marcas com as quais ela gostaria de trabalhar.

Mas isso aqui... *eu* posso dar isso a ela.

Para isso, eu não preciso ser alguém que não sou. Não preciso ser o cara *ambicioso* que Holly esperava. Só preciso ser... bem, eu.

Wyatt Augustus Hensley talvez seja mesmo suficiente.

Finalmente.

Manter esse rancho funcionando me possibilita apoiar Aurora com o retiro e ajudá-la com qualquer coisa quando ela precisar de tempo para escrever o livro. E ainda posso levá-la a todos os encontros românticos que ela quiser. Eu faria tudo isso *feliz*.

Se alguém dissesse que esse seria o meu futuro, eu assinaria o contrato na hora sem pensar duas vezes.

Não deixe o medo do que pode acontecer impedir que algo de fato aconteça.

Mas se eu considerar isso de verdade e não tentar reprimir meus sentimentos por Aurora, corro o risco de arruinar tudo pelo que trabalhei. Ela poderia decidir que quer uma relação puramente física — o clássico "dormir com um para esquecer o outro", um passo natural na superação de um término, não? Mesmo se ela quiser mais do que isso, depois de um tempo ela pode enfim se dar conta de que eu não sou como esses influenciadores fitness sarados e ambiciosos com quem ela convive.

Eu sou só Wyatt Hensley. O rancheiro.

E quando Aurora perceber isso, talvez decida que a vida no rancho é pequena demais para ela. Pode ter funcionado para Grace, mas Aurora ainda é jovem, tem sonhos vibrantes e quer crescer e voar alto, o que é o oposto de estabelecer a vida no meio do nada. Aí eu vou voltar à estaca zero — ter que renunciar ao meu rancho. Só que, dessa vez, também estaria renunciando ao meu coração.

Mas e então? Simplesmente não deixo nada acontecer? Deixo isso morrer? Por medo?

Tudo que você quer sempre vai estar do outro lado do medo.

Você precisa evoluir e se tornar a pessoa capaz de vencer o próximo nível.

É assustador mudar quando já estamos tão confortáveis com quem somos.

A única versão de mim que vai conseguir passar por isso é o Wyatt que se permite desejar um futuro melhor. Aquele que encontra um jeito de acreditar que talvez seja suficiente para uma garota como Aurora Jones. Fiquei esse tempo todo imaginando por que Aurora não conseguia acreditar em si mesma como eu acreditava nela e, no fim das contas, sou tão ruim nisso quanto ela.

Mas *ela* acredita em mim. Eu sinto. Na maneira como nunca julgou minhas decisões, no modo como aceitou sem pestanejar meu desejo de não ter outro trabalho que não fosse o rancho, na forma como automaticamente me fez parte desse retiro, deixando a administração deste lugar nas minhas mãos. A maneira como ela enfrentou meu pai por mim. Sua convicção em mim fulgurou naquela ocasião.

Sinto um aperto no peito. Esfrego a mão ali, onde fica a tatuagem de águia, tentando apaziguar um pouco da tensão.

Eu tinha conseguido não ouvir o que Aurora estava dizendo, até que uma frase conhecida sai de seus lábios e ecoa atrás de mim.

— Às vezes, a coisa mais difícil que podemos fazer é confiar plenamente em quem nós somos.

Sinto um arrepio em meu corpo todo, e a voz dela se parece estranhamente com a de Grace da primeira vez que ela me disse aquilo, logo antes de eu ir pra faculdade.

Eu só preciso confiar plenamente no meu próprio valor.

Confiar que posso ser a pessoa que vai dar esse futuro para Aurora.

E talvez eu consiga fazer isso, sobretudo se Aurora estiver ao meu lado. Talvez eu possa alimentar esperanças de que ela vá ficar, começar a acreditar que sou suficiente para ela, que isso pode, na verdade, ser algo... de longo prazo.

Vou dar um jeito de subir de nível. Por Aurora.

E então vou lhe dar tudo que ela já sonhou.

29.
Aurora

Ryan me dá um abraço forte, depois aperta a mão de Wyatt e nos agradece por ajudar Luke a colocar sua mala no carro. Ele se despede e entra no carro com um sorriso enorme no rosto, assim como os outros cinco que foram embora ao longo do dia. Espero que seja uma evidência de tudo que eles aprenderam e praticaram durante essa semana.

Ele é o último a ir embora, o que significa que o primeiro evento-teste do retiro chegou oficialmente ao fim. Não consigo tirar os olhos do carro até ele enfim sair de vista, porque ainda estou meio chocada por ter dado conta de tudo.

Fecho os olhos por um momento, respiro fundo para acalmar a animação, os nervos e toda a sobrecarga da semana, me viro para Wyatt e fico surpresa com a expressão radiante em seu rosto. Estou muito grata por ter contado com ele essa semana — ele foi muito prestativo e me incentivou o tempo inteiro, ajudando a me centrar sempre que era necessário, como eu sabia que faria. Ele até me fez mais uma massagem nos pés outro dia enquanto eu rascunhava todas as ideias que eu poderia acrescentar ao livro. Não sei o que deu nele.

Acho que todas aquelas vezes que Wyatt me disse que acreditava em mim me fizeram começar a acreditar mais também. Parte de mim está começando a se perguntar se eu devia mesmo passar por esse processo de cura totalmente sozinha.

— Nós conseguimos — digo, soltando o ar e uma risada incrédula.

Wyatt segura meu rosto nas mãos, os olhos escuros como a noite brilhando para mim.

— Não, Aurora, *você* conseguiu. Você é incrível.

De repente, ele me segura pela cintura e me levanta do chão, me girando até eu começar a gritar. Sua risada é como um ronco estrondoso e animado, que faz as borboletas começarem a despertar dentro de mim. Quando Wyatt enfim para, vai me descendo colada nele, bem pertinho, cada centímetro de seu corpo forte e quente grudado ao meu. Meus pés tocam o chão e eu apoio a cabeça em seu peito sabendo que agora ele não vai se afastar, e ouço seus batimentos regulares. Aqueles que adoro escutar todo dia de manhã quando estamos de conchinha na cama, tomando coragem para levantar e começar o dia.

Sempre me perguntei se faltava alguma coisa na minha rotina matinal, e agora enfim me dei conta de que essa coisa era Wyatt.

Ele passa os dedos pelo meu cabelo e acaricia a parte de trás da cabeça, suave como uma brisa de verão. Eu o abraço mais forte ao redor do pescoço. Wyatt beija minha cabeça e então sussurra:

— Estou tão orgulhoso de você. Sabia que ia mandar muito bem.

— A gente mandou bem mesmo, não foi? — Eu me afasto apenas um pouco, o suficiente para olhar seu rosto, mas ainda perto a ponto de sentir seu cheiro de madeira. Cheiro de lar. — Tudo correu tão bem, Wyatt. Acho mesmo que isso pode dar certo.

Que a gente pode levar o retiro adiante.

Que, talvez, eu possa ficar.

Caramba, isso é muita coisa.

Os dedos de Wyatt pulsam, os olhos piscam por um momento e eu imagino se ele está pensando o mesmo, considerando o que está por trás das minhas palavras.

Mas ele então abre outro sorriso e, em vez disso, nos conduz para longe do casarão. Uma de suas mãos procura a minha, os dedos entrelaçados com a facilidade de sempre.

— Concordo, mas vamos conversar melhor sobre isso depois — sugere, me levando até a casa dele pelo gramado.

Depois de todo o esforço físico e mental que essa semana exigiu, eu não vejo a hora de tomar um banho de banheira e relaxar, agora que todos foram embora.

— Vamos dar um tempo para processar tudo e, enquanto isso, eu te devo um encontro de verdade.

— Um encontro? — Levanto as sobrancelhas e paro, mas Wyatt me puxa para continuar andando na direção de sua caminhonete. — Quero muito saber o que está incluído num encontro de verdade com Wyatt Hensley. Cortar uns troncos enquanto reclamamos da juventude obcecada com tecnologia?

A expressão em seu rosto fica séria, o sorriso desaparece.

De repente, Wyatt me pega desprevenida, gira meu corpo pelos quadris e me imprensa na porta da caminhonete. Todo o ar foge dos meus pulmões, sua silhueta forte e quente em cima de mim. Ele observa meu pescoço quando engulo em seco, depois se volta para os meus olhos, um olhar que me prende ainda mais ali, até mais do que a força de seu corpo. Estar à mercê de alguém nunca foi algo que eu imaginei que me deixaria tão excitada, mas quando esse alguém é Wyatt Hensley, com aquela pele marrom e as feições maravilhosas, sou consumida por esse sentimento.

— Sim, Aurora, um encontro. — Wyatt leva os lábios até minha orelha, roçando-a de leve. Sinto arrepios no peito. — Ainda que não ter você sempre que eu queria durante a semana inteira tenha me deixado desesperado... — Ele mordisca minha orelha e sinto a euforia correr nas minhas veias. — Eu... eu quero que você saiba que isso significa mais do que sexo pra mim. Quero saber tudo sobre você. Quero você por completo.

Agora ele está olhando bem dentro dos meus olhos, como se estivesse procurando alguma coisa enquanto se afasta. Um pouco da exaustão da semana é varrido na hora pela onda de alívio que vem das palavras dele — algo que eu não tinha me dado conta de que estava pesando tanto. Eu vinha tentando me obrigar a focar no retiro e não no que estava acontecendo entre mim e Wyatt, o que me levou a ignorar as preocupações que claramente estavam me afligindo.

Porque ele não seguiu a própria regra. Não me disse logo de cara o que queria, como os amigos disseram que ele costuma fazer.

Mas agora ele disse.

Wyatt me quer por completo.

E eu nunca tive tanta certeza de alguma coisa quanto de que eu também o quero por completo.

Wyatt esboça um sorriso e, meu Deus, eu achei que estava nervosa, mas posso jurar que ele está tremendo um pouco. É sério que eu deixo Wyatt Hensley nervoso?

— Isso é maravilhoso — consigo dizer apesar do meu coração, do qual ele parece ter o controle agora, querer sair pela boca.

Wyatt assente e dá uma risadinha, depois abre a porta da caminhonete para mim.

— Além do mais, não posso continuar chamando você de princesa sem te tratar como uma.

Fico sem palavras de verdade quando estacionamos perto do lago. Se a luz dourada do pôr do sol que se lança sobre as montanhas e a água já não fossem mágicas o suficiente, então não sei nem o que dizer sobre as pequenas velas espalhadas pelo deque ao redor de um edredom e vários cobertores. Continuo sem conseguir falar enquanto Wyatt me conduz ao deque, onde nosso encontro está esperando.

Agora que chegamos mais perto, vejo pratos embrulhados cheios de queijos, carnes, pães e vegetais deliciosos, além de garrafas de bebidas.

É quase idêntico a uma das fotos do Pinterest que eu coloquei no meu painel de visão essa semana.

— Quando você fez tudo isso? — pergunto, mal conseguindo articular as palavras em meio ao estado de choque.

Wyatt fez muitas coisas que eu não esperava nesse último mês, mas *isso* é o mais surpreendente. Ele é um romântico, né?

Talvez o universo *estivesse* me escutando esse tempo todo. Talvez tudo que eu venho passando, toda a mágoa e toda a cura, estivesse me conduzindo para cá.

Para... ele.

Wyatt dá de ombros, espera eu me acomodar nas almofadas, e então se junta a mim. Ele se senta de modo que seu joelho toque o meu, depois se inclina para trás, com um braço atrás de mim.

— Tive um tempinho enquanto o pessoal estava indo embora.

— Está perfeito — confesso, entusiasmada com toda aquela arrumação, o trabalho que ele teve, e aquele nosso cenário dourado e sereno que dá o toque final a tudo. Acho que nunca vou me cansar disso. A beleza, o acolhimento, a natureza. Eu poderia ficar olhando para esse cenário por décadas.

Quando me viro para Wyatt, é para mim que ele está olhando, os olhos escuros transformados em um tom âmbar graças à luz ao nosso redor. Como se eu fosse mais linda do que qualquer coisa que o Rancho do Pôr do Sol pudesse oferecer. E eu nem questiono, porque... talvez hoje eu seja mesmo.

Wyatt abre um sorriso e se inclina para me dar um beijo suave.

— Não tão perfeito quanto você — diz ele ainda com os lábios tocando os meus, selando as palavras com mais um beijo.

Embora parte de mim queira enfiar a mão nos cabelos de Wyatt e dar uns amassos nele sob o pôr do sol e as luzes das velas, eu não tinha percebido quanto estava faminta até olhar para a comida, então rapidamente nos servimos. Contamos histórias da nossa infância — a matéria favorita na escola, o trabalho dos sonhos, os amigos que sumiram — e discutimos durante muito tempo se era mais fácil ser o irmão mais velho ou o caçula.

Tentar descobrir a correspondência entre os anos de ensino médio na Inglaterra e nos Estados Unidos também se provou bem mais complicado do que o esperado, então simplesmente desistimos dessa conversa. Bebi um gole da vitamina de frutas em uma das garrafinhas — o sabor mais próximo da vitamina de frutas vermelhas do Sitting Pretty que Wyatt conseguiu encontrar no mercado — e adorei ver sua animação me contando toda a história de sua amizade com Sawyer, Duke e Wolfman, e como eles se aproximaram jogando futebol.

Ele quase me empurra no lago quando pergunto quem ele escolheria se precisasse deixar um dos caras namorar Cherry.

Durante toda a conversa, nos tocamos. Seja um joelho apoiado na perna, os pés cruzados um sobre o outro, dedos que acariciam de leve os braços e os quadris. Eu lembro que, há um mês, Wyatt se contorcia todo e ficava paralisado quando tínhamos qualquer contato. Mas agora é como se ele sempre quisesse mais, como se desejasse a sensação do meu corpo contra o dele. E, sinceramente, eu sinto o mesmo.

Parece que, quando estamos conectados, a sensação é que tudo é mais forte, mais brilhante, mais seguro. Como se fôssemos duas correntezas desviadas que agora finalmente conseguem fluir, livres.

Fico eufórica ao descobrir que uma das garrafas tem chocolate quente, então Wyatt procura outro copo para servir nós dois. Com os copos na mão, nos aninhamos um pouco mais perto, o cobertor jogado em cima de nós, embora o anoitecer de verão ainda não esteja tão frio assim. Apoio a cabeça no ombro dele e a curva que sustenta meu pescoço parece ter sido feita sob medida para esse encaixe.

A água é quase da mesma cor dos olhos de Wyatt agora que a noite finalmente caiu e levou embora os últimos raios de sol. Meu coração está tão pleno, como acontecia quando eu era mais nova e me sentava aqui com minha tia-avó. Parte de mim se pergunta se tia Grace deixou o rancho para mim não porque achou que eu o queria, mas porque sabia que eu *precisava* dele.

Talvez ela soubesse quão tumultuados podem ser os vinte e poucos anos, como é fácil se perder mesmo quando você acha que está seguindo o caminho certo. E que eu precisaria do rancho para me centrar novamente, e me lembrar do que importa na vida, afinal.

Tipo encontros românticos à beira do lago com um caubói lindo e gentil.

Às vezes tia Grace fazia coisas, ou me dizia coisas, como se já soubesse que iriam acontecer. Sugerir que eu corresse atrás da minha paixão por internet e bem-estar pareceu tão natural para ela, que nem considerou qualquer outra opção, como se já tivesse visto o futuro e soubesse que ia dar certo. Ou talvez ela só soubesse que tudo sempre dá certo, então não importa que caminho você escolha, em algum momento ele vai te levar ao seu destino. Queria poder dizer isso à Rory mais jovem.

— Se você pudesse voltar no tempo e dar um conselho à sua versão mais jovem, o que diria? — reflito em voz alta.

Wyatt dá uma risada e vejo que ele está mordendo o lábio, as sobrancelhas franzidas, observando. Então ele ri de novo, e dessa vez se mexe muito, me fazendo sentar mais reta. Levanto as sobrancelhas e espero que ele diga alguma coisa.

— É engraçado, porque se tivesse me perguntado isso um mês atrás, acho que minha resposta teria sido *muito* diferente.

— Como assim?

— Antes eu diria a mim mesmo algo tipo: continue com o futebol ou vá logo trabalhar no rancho para evitar decepcionar as pessoas. Eu sei que escolhi o que me faz feliz, mas não vou fingir que já não imaginei todos os "e se". E se eu tivesse continuado no futebol? Teria sido contratado por um bom time? Ou: e se eu tivesse ido pra faculdade de Direito? Aquilo teria sido ambicioso o suficiente pra, bem, Holly naquela época?

Estaríamos sentados aqui se ele tivesse feito essas coisas?

Wyatt balança a cabeça e afasta alguns cachos caídos. Enquanto fala, seus olhos se fixam no lago, e então ele se vira devagar para mim, pisca e pigarreia.

— Mas já não me importo com nada disso. Eu diria à minha versão mais jovem para fazer o que parecesse certo naquele momento. Não diria a ele para fazer nada de diferente, porque não importa quão complicada tenha sido a minha trajetória, sei que foi a coisa certa porque me trouxe até aqui... — Wyatt engole em seco. — Até você. Todas as decisões difíceis, as curvas erradas, todas as perdas e corações partidos só estavam me guiando para onde estou agora. Em casa. Com você, Aurora.

O sorriso que aparece quando ele diz meu nome é de pura esperança. Se ele me beijasse agora, teria gosto de recomeços, construção de sonhos e promessas luminosas. Tudo que eu nem tinha percebido que precisava.

Ser escolhida.

É, sem dúvida a tia Grace me deixou esse rancho por um motivo.

Eu me sento no colo de Wyatt e seguro seu rosto com as mãos, sentindo sua barba por fazer. Quero desesperadamente me perder naqueles olhos escuros como a noite, tão cheios de fascínio. Ele põe a mão no meu quadril, me acariciando logo acima da linha do short, a pele exposta da minha cintura.

— Eu não mudaria nada também, sabia? Faria tudo de novo, apesar de saber que ficaria assustada, perdida e de coração partido, porque ia valer a pena. Mesmo que fosse só por esta noite. — Com a ponta dos dedos, percorro a linha de seu queixo, e ele se deixa levar pelo toque, piscando os olhos. — Não sei o que o futuro reserva, mas sei que eu estava destinada a voltar ao Rancho do Pôr do Sol. Estava destinada a te conhecer.

Quando Wyatt me beija dessa vez, é como se repetíssemos tudo o que dissemos com as bocas coladas e as línguas entrelaçadas. É desesperado e ao mesmo tempo terno, apaixonado e suave. Me faz achar uma bobagem todas as vezes que duvidei de mim mesma ou me questionei, porque neste momento, nos braços de Wyatt, eu me sinto inestimável.

— Ah, tem mais uma coisa que eu diria à minha versão mais jovem. — Ele interrompe o beijo para falar. Beija cada canto da minha boca antes de explicar. — Eu diria a ele que, se algum dia for a um encontro com uma ruiva excêntrica e maravilhosa à beira de um lago à noite, precisa chamá-la para nadar pelada com ele.

Já estou me levantando, tirando o top e correndo pelo deque, gritando:

— O último a chegar vai limpar todos os chalés da pousada!

30.
Aurora

— E essa? — pergunta Wyatt, passando o dedo sobre a palavra "Grata" tatuada no meu quadril, logo acima do biquíni. Ele está com a cabeça na minha barriga, meus dedos brincando com seus cachos sedosos enquanto o sol da tarde nos ilumina.

"Perfeição" seria a melhor palavra para descrever esse momento. O mundo ao nosso redor está muito quieto, a não ser pelo sussurro ocasional do vento na grama do pasto, ou os barulhos estranhos dos cavalos pastoreando ali perto depois do nosso passeio. Mas também mal posso esperar para voltar ao estábulo e escovar os cavalos — uma das coisas que mais me acalmam hoje em dia. Comecei a passar mais tempo com eles agora que me sinto mais confiante para montar, e não imaginava que seria tão tranquilizante estar com criaturas tão majestosas e fortes.

Nem tento esconder minha alegria quando vejo borboletas passando, um lembrete de que estou exatamente onde deveria. Eu me sinto completamente em paz, apenas eu, o lindo rancho onde moro e o homem que de alguma maneira me ajudou a me fortalecer ao longo do último mês.

O homem que me ajudou a construir um lar aqui.

Eu sinceramente não conseguiria me imaginar em nenhum outro lugar. Às vezes até esqueço que só estou no rancho há pouco menos de dois meses. Essa última semana, desde que o evento-teste do retiro terminou, foi bastante sossegada. Acordar com os lábios de Wyatt roçando minha testa antes de sair para trabalhar. Pegar sol nas nossas cavalgadas juntos na hora do almoço. Até minha escrita está fluindo, as palavras e ideias brotando tão fácil à medida que descrevo como o Rancho do Pôr do Sol me ajudou a acreditar mais em mim.

Eu sempre tentei romantizar a vida ao máximo, exatamente como a tia Grace me ensinou, mas fazer isso é muito fácil aqui no rancho. A toalha confortável de piquenique faz parecer que estamos flutuando numa nuvem, e os raios quentinhos do sol dourado sobre mim fazem eu me sentir leve, sem nenhuma preocupação na cabeça. Estou quase tentada a dizer que me sinto de novo como a velha Rory.

— Princesa. — Wyatt me cutuca no quadril e vira a cabeça para olhar meu rosto. — É melhor não dormir e me deixar aqui sozinho.

— Ainda estou acordada, não se preocupe — digo, dando risada, embora a cavalgada tenha me deixado mais cansada do que eu imaginava.

Viro a cabeça de leve para olhar em seus olhos. Parecem brilhantes, felizes, como costumam estar quando ele me acorda de manhã me cobrindo de beijos.

Solto um suspiro satisfeito.

— Fiz essa tatuagem para nunca esquecer que sempre teremos algo para agradecer nesta vida, não importa a situação.

— E pelo que você está grata agora? — murmura Wyatt na minha pele, parecendo sonolento demais para alguém que acabou de me dar uma bronca por cochilar. Mas, em sua defesa, ele trabalhou nas plantações de feno a manhã inteira.

Passo os dedos em seus cabelos, devagar, e admiro os cílios escuros em seus olhos fechados, o queixo anguloso coberto pela barba por fazer e seu corpo firme e seminu ao meu lado. Tudo nele grita força e dureza, mas eu sei onde fica sua suavidade. Dá para ver na forma gentil como ele acaricia minha pele, no sorriso sutil e no modo como ele está colocando parte do peso nos braços cruzados, em vez se apoiar todo em mim.

— Sou muito grata por ter feito amigos tão legais quanto o Sawyer e o Wolfman.

Wyatt abre um dos olhos.

— E o Duke?

Ele franze a testa.

— Que foi? — digo, rindo e mordendo o lábio.

— Era pra você ter dito *eu*.

Reviro os olhos e cutuco as costas dele.

— Não seja tão convencido... Além do mais, isso é óbvio, né?

— É, verdade. Você é obcecada por mim. — Wyatt sorri, orgulhoso, e joga os braços ao meu redor, me apertando com força. Ainda que ele esteja certo, não vou ser a primeira a admitir.

— Se você diz... — Dou de ombros, numa tentativa ridícula de demonstrar indiferença, considerando quanto estou sorrindo para ele. Mas ele está sorrindo de volta, e isso tira as minhas forças. — Tudo bem, sua vez agora. Já te falei da minha.

Bagunço seu cabelo de propósito para acordá-lo. Ele está deitado em mim só de calça jeans, as costas fortes reluzindo sob o sol e exibindo aquelas tatuagens cujo significado ainda não decifrei.

— Tá bom, tá bom. Qual primeiro?

— Os números romanos são aniversários ou algo assim? — suponho, passando os dedos por eles. Sua pele se arrepia em resposta.

— Isso, de todo o clã Hensley.

Nossa, eu amo como ele se importa com a família. Ainda que viva às turras com Cherry e reclame dos pais, há um amor inegável por eles em tudo que Wyatt faz. Eu ficaria honrada se ele fosse da minha família.

— Que fofo.

— Aurora. — Wyatt quase rosna, e a combinação de sua respiração na minha barriga e aquele olhar escuro faz meu corpo se retesar. — Sabe o que acho quando você me chama de fofo.

— Desculpa, desculpa... Eu quis dizer de um jeito muito masculino.

— Melhor assim. — Ele assente e se aninha de novo na minha barriga.

Dou uma risada de deboche e cutuco a outra tatuagem — um homem alado caindo. Tenho certeza de que já vi alguma arte parecida em algum lugar, mas não consigo dizer ao certo.

— E essa?

Ele solta um suspiro antes de responder:

— É Ícaro caindo. Teoricamente para me lembrar de não voar perto demais do sol.

— Por quê? — Passo de novo os dedos por seu pescoço até os cabelos e percebo a tensão que tomou conta de seu corpo.

— Porque preciso de um lembrete para não me deixar levar demais pelos meus sonhos... — Ele abre os olhos, mas estão virados para baixo, como se sua mente tivesse ido para outro lugar. Um lugar aonde eu não posso ir junto. — Porque nada dura para sempre. As coisas sempre acabam desmoronando.

— Wyatt. — Eu me sento e o obrigo a se sentar também, e ele solta outro suspiro. — Por que você ia querer se lembrar de algo assim? Isso não é legal.

Ele passa a mão nos cabelos e evita fazer contato visual.

— Não, mas é... ou era, a realidade.

— Mas... você está sempre me dizendo que posso conquistar o que eu quiser. Está sempre me incentivando a ir atrás dos meus sonhos.

Acho que em nenhum momento em que fiquei preocupada com o retiro, a carreira de influenciadora ou com qualquer coisa que minha ansiedade tenha cismado ele deixou de me dizer que acreditava em mim. Falou isso tantas vezes que voltei a acreditar em mim mesma. Por que não consegue fazer isso por si próprio?

Seu rosto se suaviza, a expressão mais radiante quando ele se vira para me olhar. Entrelaça os dedos aos meus, e eles parecem carregados de eletricidade.

— Sim, porque você não merece nada menos do que isso, Aurora. Quero que você tenha tudo que sonha.

— Bem, você também merece isso.

Solto as mãos e as coloco em seu maxilar, ficando de joelhos para chegar mais perto dele. Para poder olhar direito dentro daqueles olhos escuros como a noite. Para ver as fagulhas de medo neles, aquelas que me lembram de que nós dois estamos em processo de cura. Juntos.

— Wyatt, você é uma pessoa maravilhosa e merece tudo que quiser na vida. Vamos lá, se pudesse ter qualquer coisa na vida, o que ia querer?

Wyatt olha para baixo, as mãos roçando minhas coxas. Observo quando elas vão subindo pelos meus quadris e param na cintura. E me lembram de onde eu sinto mais estabilidade. Ele então abre um pequeno sorriso, os olhos enrugados.

— Acho que tenho tudo que eu poderia querer neste momento.

Meu peito se enche quando ele encara meus olhos, o sorriso se alargando devagar no rosto. Preciso me obrigar a respirar quando ele me olha daquele jeito, com tanta admiração que me deixa paralisada.

— É?

— É... E eu sei que não estou acostumado a pensar positivo como você, mas estou tentando, Aurora. Quero ser a versão de mim que não acha que tudo vai desmoronar. Que não se preocupa que um dia você vai resolver que essa vida aqui não é suficiente pra você. Que talvez eu não seja suficiente pra você, porque, por mais que seja difícil de acreditar, eu acho que eu poderia ser, sim.

Agora estou segurando seu pescoço e encostando a testa na sua, saboreando aquela conexão e olhando bem no fundo de seus olhos escuros.

Minha âncora. Meu lar.

— Bem, eu acredito. Eu sei que você é suficiente. Não quero que você seja nada além de você mesmo, Hensley. Porque eu já gosto demais de você do jeitinho que você é.

Os olhos de Wyatt brilham, surpresos, e também há algo parecido com esperança — o tipo de esperança que, acho, ele não se permitiu sentir durante anos.

— Que bom, porque eu gosto demais de você também, princesa. E não pretendo te deixar ir embora.

31. Wyatt

Essa deve ter sido a primeira noite em que o bar do Duke foi agraciado com a voz de Hannah Montana. Ou com a tentativa de Aurora e Cherry de relembrar o máximo possível da coreografia de "Hoedown Throwdown".

Não sei muito bem como Aurora conseguiu convencer Duke a deixá-la pôr a música, mas considerando que ele decidiu tirar parte da noite de folga para ficar com a gente uma vez na vida, acho que ele não deu muita trela. Além do mais, parece estar se divertindo tanto quanto a gente vendo as duas pagando esse mico.

Ainda assim, o clima no bar parece mais vibrante que o habitual, cheio de risadas contagiantes e conversas animadas ao nosso redor. Talvez tenha sido sempre assim, mas tudo que sei é que a vida parece bem mais radiante onde Aurora Jones está.

Exatamente como foram as últimas duas semanas desde o fim do primeiro evento-teste. Estou amando saber que não preciso criar pretextos para vê-la ou tocá-la. Em vez disso, posso acordar ao lado de seu lindo rosto alguns dias de manhã, e em outros encerrar o expediente sabendo que posso voltar para casa e ouvi-la falar animadamente sobre o que fez no dia e depois fazê-la gozar gritando meu nome.

A melhor coisa a respeito de Aurora é que ela me lembra que há muitas razões para acordar sorrindo todos os dias. Não apenas por causa dela, porque sei bem o que pode acontecer quando você deposita toda a sua felicidade em apenas uma pessoa. Mas sem dúvida ela corresponde a noventa por cento dessas razões, principalmente quando estou com o rosto entre suas pernas ou ela ajoelhada diante de mim.

Mas é por causa do modo como ela vive a vida intensamente. Por exemplo, como saboreia cada garfada da comida e mal pode esperar para me dizer quanto estava deliciosa. Ou como, toda vez que deita na cama, ela adora passar as mãos pelo lençol e apreciar sua maciez. Ou como sempre para e contempla todo pôr do sol enquanto me escuta falar sobre meu dia. E como sempre encontra maneiras de me tocar, mesmo se for um leve roçar dos dedos nas minhas costas, como se estivesse se certificando de aproveitar cada momento comigo.

Isso me faz sentir... digno. Mais do que nunca na vida. Me faz pensar que talvez eu estivesse errado todos esses anos. Que algumas coisas podem, sim, durar para sempre.

Quando estou com Aurora, é mais fácil deixar de lado todas aquelas dúvidas que pairam sobre mim quando ela fala sobre objetivos de longo prazo para o rancho e eu fico pensando se ela realmente vai querer essa vida para sempre. Ela faz com que o caminho à frente pareça um pouco mais reto, diferente da estrada sinuosa atrás de mim. E torna mais fácil para mim tentar ser a versão que se permite sonhar com nosso futuro sem medo.

Balanço a cabeça e bebo um gole de cerveja observando Aurora dançar, mas sei que neste momento ela está tão consumida pela alegria que não se importa nem um pouco com o que os outros estão pensando. E é exatamente assim que ela merece viver a vida, porque sua essência vale ouro, mesmo que às vezes o cérebro dela se esqueça disso.

Mesmo que eu também não tenha percebido isso logo de cara.

Ainda assim, é difícil não notar que, desde o sucesso do primeiro evento-teste do retiro, eu não tenho precisado ajudá-la a sair das pequenas crises de ansiedade que ela teve antes. Ela mal pode esperar para me contar suas novas ideias para o livro e não está mais com medo.

Ofegante por causa da dança e das risadas que jorram de seus lábios cor de morango, Aurora se joga no assento ao meu lado. Cherry senta perto de Duke do outro lado e na mesma hora entra na conversa com Wolfman e ele.

Aurora se recosta em mim sem rodeios, seu calor se espalhando pelo meu corpo, queimando minha pele. Não gosto que isso me deixe paralisado por um segundo, pensando nas pessoas ao nosso redor. Pessoas com quem estudei na escola, que adoram cuidar da vida dos outros e nem tentaram esconder que estão de olho em Aurora a noite inteira. Provavelmente se perguntando o que ela está fazendo comigo e quanto tempo vai ficar antes de...

Espera, não. Essa é a minha versão antiga.

Eu preciso estar no próximo nível, aquele em que acredito em mim mesmo. Por ela.

Aurora dá um tapa na minha coxa, a mão disparando uma corrente elétrica em meus músculos. Deixa claro como o dia que sou dela, e pisca os olhos, sedutora, para mim. Ela então passa os dedos na minha calça jeans e eu estremeço quando eles sobem um pouco demais.

Dou uma olhada séria para ela, sentindo o calor crescer nas minhas bochechas e em outros lugares. Não preciso que ela me provoque no meio de um monte de gente. Ainda mais quando já estou nervoso porque me irritei com cada homem que olhou com desejo para ela hoje. E foram muitos, já que o short jeans rasgado e o top branco rendado não estão deixando muito para a imaginação.

E aquilo é torturante para mim, já que sei *exatamente* o que há debaixo deles. O paraíso embaixo de apenas algumas camadas de roupa...

Aurora morde o lábio, deixando-o mais vermelho, enquanto seus olhos castanhos brilham de malícia. Porra, eu quero morder esse lábio. E o pescoço também. E os seios. Para os quais, agora percebo, estou olhando fixamente e...

— Pelo menos tenham a decência de não se comerem com os olhos na frente da irmã caçula dele — diz Sawyer, colocando a cabeça entre nós e me tirando daquele transe cheio de tesão no qual Aurora me colocou.

Fecho a cara para ele, que está com um sorrisinho no rosto quando chega à mesa acompanhado de uma mulher de cabelo escuro que deve ter arranjado a caminho do bar. Ela se senta ao lado de Cherry, que parece reconhecê-la, e as duas começam a conversar.

Aurora aperta minha coxa mais uma vez e então diz:

— Já volto, vou ao banheiro.

Eu a observo caminhar, depois digo que também vou ao banheiro. Ninguém parece perceber nada, todos naquele estado perfeito de embriaguez em que não se presta atenção a nada além da própria conversa.

A não ser por Sawyer, que levanta a sobrancelha com a garrafa de cerveja nas mãos e diz:

— Nossa, que sutil.

— Eu tenho culpa? — admito ao passar por ele, e sei que só está me sacaneando porque é o que eu faria com ele. Deus sabe que Sawyer já teve sua cota de transas no banheiro.

Felizmente só preciso dar alguns passos para chegar até Aurora.

— Espera aí, princesa.

Eu seguro seu pulso quando viramos para o corredor dos banheiros e a viro para mim. Ela coloca as mãos no meu peito, e depois sobe logo para o pescoço, as bochechas rosadas emoldurando um lindo sorriso. Um sorriso de quem sabe exatamente por que estou aqui. Um sorriso que me faz pensar em quem, na verdade, teve essa ideia.

Cara, acho que realmente encontrei meu par perfeito.

— Você demorou — brinca ela.

Nem me importo se alguém está olhando quando lhe roubo um beijo e depois vamos até o fim do corredor. Entramos no último banheiro, agradecendo Duke por ter feito banheiros unissex e individuais quando reformou o bar.

As luzes se acendem, jogando um brilho fluorescente na pele dourada de Aurora, fazendo reluzir o suor da dança. Minha ideia é fazê-la reluzir ainda mais. Quero vê-la brilhando de suor e orgasmos.

Com as mãos cruzadas nas costas e o peito para a frente, Aurora recua até a porta e me observa, na expectativa de quando vou atacar. Mas ainda estou aproveitando e saboreando a visão dela, apesar do meu pau já estar bem duro.

Mordo os lábios e me apoio na beira da pia.

— Tira o short.

Aurora solta uma das suas risadas ofegantes que eu adoro. É uma pequena demonstração de seu lado inocente, mas a faísca em seus olhos me diz que ela está excitada. Ansiosa para mergulhar em seu lado oculto e sensual. Aquele que se mostra em cada uma das suas tatuagens. Tatuagens que pretendo lamber hoje.

Ela começa a desabotoar o short, mas se vira de costas, se inclina para a frente e me proporciona uma visão perfeita de sua bunda. Não consigo evitar um assobio quando meu corpo todo grita de tesão. Quando ela se levanta, vira a cabeça para mim com um sorrisinho convencido. Fica com os olhos fixos nos meus enquanto desliza a calcinha preta pelos quadris e a deixa cair no chão.

— Você gosta de provocar.

Ando na direção dela, os arrepios cobrindo minha pele quando Aurora deixa escapar a risada de novo. Mas dessa vez ela é mais maliciosa. Passo meus dedos bem de leve sobre seus quadris até a cintura, e os enfio por baixo do top. Eu o tiro por cima da cabeça dela, jogo no chão junto com suas outras roupas e seguro seus seios. Aurora encosta a bunda em mim e começa a esfregar, soltando um leve gemido.

Aquele som dos deuses me obriga a virá-la, desesperado. Quero que seus gemidos deliciosos se sobreponham a qualquer outro som. Grudo os lábios nos dela e a pego no colo, e suas pernas na mesma hora envolvem meu quadril quando a empurro contra a porta. Ela vira a cabeça para me beijar mais fundo, deixando a língua entrar e saborear o gosto doce de sua boca deliciosa. Aurora chupa meu lábio no meio do beijo, com força, até eu começar a gemer de prazer.

— Camisinha? — pergunto, ofegante.

— Na minha bolsa. — Ela mal consegue responder de volta.

Com as mãos em sua bunda, eu me abaixo para pegar a bolsa e então levo Aurora para a bancada da pia, com as pernas dela ainda ao meu redor, mal me dando tempo para abaixar a calça e a cueca. Aurora pega a camisinha. Enquanto tiro a camisa, ela pega no meu pau e dá algumas bombeadas lentas antes de pôr a camisinha. Vou ter que me segurar muito se só aquele toque já está me deixando alucinado.

Com mais um beijo ávido, numa fome brutal, eu apoio Aurora na bancada, o que dá espaço para roçar o pau no meio das pernas dela e deixá-lo coberto de todo aquele fluido. Esfrego a cabeça do meu pau no clitóris dela, o que lhe causa um estremecimento e um sobressalto. Quero provocá-la um pouco mais, obrigá-la a implorar por mim, mas ela está tão divina, o rosto sardento revelando aquela avidez irresistível, os olhos castanhos prontos para revirar. Tudo que eu quero é deixá-la nas nuvens.

Então, coloco minha mão em sua cintura e enfio o pau nela, gemendo ao sentir quanto Aurora está molhada, e me acomodando com cuidado dentro dela.

— Ai, Deus. — Ela tem um leve sobressalto, e acho que nunca vou cansar desse barulho. Da sensação de calor deslizante enquanto ela se abre para mim. A visão de nós dois unidos desse jeito.

— Meu Deus, você se encaixa tão bem em mim, princesa — digo, soltando o ar, esfregando o polegar em seu clitóris. A velocidade das estocadas vai aumentando, assim como o volume de seus gemidos.

Ela está indo muito bem, as mãos apoiadas na pia atrás de si, os seios total e deliciosamente à mostra. Mas eu quero sentir mais.

— Bota as mãos no meu pescoço — ordeno, e ela rapidamente obedece.

Com meus braços sob suas pernas, o que me permite um ângulo para ir bem fundo, talvez eu perca os sentidos. Principalmente quando Aurora começa a gemer meu nome, a respiração quente fazendo minha pele formigar. Cada um dos meus sentidos se perde nela — seu cheiro revigorante, sua respiração acelerada, os dedos enterrados em meus ombros enquanto meto mais forte e mais fundo.

— Se toca pra mim — mando, a voz rouca por causa da respiração ofegante e dos grunhidos de prazer. — Quero você tremendo no meu pau.

Ela faz que sim com vontade, lambe os dedos e começa a esfregar o clitóris, o que imediatamente a faz gemer mais alto. O barulho de pele contra pele ecoa pelo banheiro a cada estocada frenética, desesperada e sem dó na tentativa de arrancar todo o êxtase possível dela e, ao mesmo tempo, lhe dar mais prazer do que nunca.

Porra, já consigo sentir o orgasmo chegando. Estou tão viciado em ficar dentro dela que nem sei se consigo parar. Não quando seus olhos estão revirados e as pernas tremendo ao meu redor.

Eu quero sentir isso pelo resto da vida.

— Meu Deus, Aurora, você é muito incrível — digo, metendo ainda mais forte.

Aurora abre os olhos, que ficam fixos nos meus enquanto seu rosto se contorce, os lábios cor de morango se abrem e soltam um gemido delicioso. É tudo que eu preciso para gozar, dando uma última socada forte, a testa encostada à dela enquanto eu gemo.

Estamos os dois tentando recuperar o fôlego com os lábios a poucos centímetros um do outro, então lhe dou um beijo e saio de dentro dela. Com os lábios, vou traçando uma linha pelo queixo, pescoço, chupando cada pedacinho, até estar com a língua em seu peito, em seu mamilo, sugando-o. Eu a deslizo pela tatuagem de borboleta, passando pelo "Grata" em seu quadril, até que chego ao clitóris. Eu o roço e chupo devagar, e então enfio dois dedos nela, dobrando-os para alcançar exatamente o ponto certo, e o modo como ela se contorce em resposta me diz que alcancei.

Aurora me segura pelos cabelos, empurrando minha cabeça até estar basicamente se esfregando na minha cara. Saber quanto ela quer gozar, quão livre ela se sente para exigir isso de mim desse jeito, me dá um baita tesão.

— Porra, Wyatt, não para — sussurra ela.

Sua boca permanece aberta, os gemidos baixinhos, os olhos fechados com mais força a cada segundo. Posso sentir seu corpo suado ficando mais tenso ao meu redor, até que seus dedos agarram com mais força meus cabelos.

Suas pernas começam a tremer nos meus ombros, e então ela grita e arqueia o corpo. Continua estremecendo e eu sigo devorando-a, querendo que Aurora saiba que eu lhe daria todo o prazer que ela pedisse. E que eu desistiria de qualquer coisa para ter essa oportunidade.

32.
Wyatt

— Ei, princesa — chamo ao me aproximar da escada da varanda dos fundos. — Tudo pronto e no lugar.

Aurora está encolhida no balanço, concentrada no celular, os cabelos ruivos lançando sombra na metade de seu rosto franzido, até que me ouve e se empertiga, as feições ficando mais suaves. Um sorriso radiante e animado aparece em seu rosto, daquele tipo arrebatador que ela precisa morder o lábio para disfarçar.

Porque ela está feliz em *me* ver.

Às vezes, eu me pergunto se essas últimas semanas foram só um sonho.

— Ei, Hensley — diz ela, quase ronronando.

Sinto uma leveza percorrer meu corpo ao me aproximar dela, liberando o estresse corriqueiro de uma semana de trabalho. É como se essa mulher fosse minha recompensa por trabalhar duro, um lembrete de que tudo que eu faço vale a pena. De que tentar ser essa versão mais esperançosa de mim mesmo é a escolha certa.

Não há a menor dúvida de que Aurora fica bem com qualquer roupa, principalmente se for uma das minhas camisetas para dormir. Mas tem alguma coisa que me deixa boquiaberto, sem palavras, quando ela está com roupa de academia, como hoje. Talvez seja porque em Aurora elas parecem tão casuais, como se fossem roupas sem graça do dia a dia, e ela nem se dá conta de como essas peças realçam cada curva escultural de seu corpo. Nem se dá conta de que se destaca com as cores fortes de todos os seus conjuntinhos, como se fosse um farol de esperança no meio do meu mundo chato.

— Aquela meditação ajudou você a se sentir melhor ou precisa sentar na minha cara para se acalmar? — pergunto ao chegar perto do balanço. O sol do meio-dia banha a casa com uma luz dourada.

Ela abre a boca, dá uma risada inocente e pisca os olhos arregalados e brilhantes para mim.

— Você tem a boca mais suja que já vi, Hensley.

— E ainda assim você me deixa fazer o que eu quero com ela, então não deve ser tão ruim — respondo, e sento no balanço. Pego suas pernas e as apoio no meu colo, e Aurora se estica, seu calor passando para mim.

Com os olhos fixos nos dela, a cabeça levemente inclinada, vou subindo os dedos pelas suas pernas bem devagar, me deliciando com a maneira como seu corpo responde ao meu toque, e continuo subindo pela coxa. O rubor nas bochechas, os arrepios na pele, o estremecer no peito. Cada centímetro do corpo dela está gravado na minha memória e sinto que poderia percorrê-lo de olhos fechados, assim como as estradinhas que sempre pego para ir até a cidade.

A única pedra no meio do caminho até onde quero levar meus dedos é o telefone dela, bem em seu colo. Cutuco o aparelho e pergunto:

— No que estava tão concentrada?

Aurora leva alguns segundos para voltar à realidade. Ah, eu adoraria saber o que estava se passando na cabeça dela, mas tenho certeza de que vou descobrir mais tarde, depois que todos os hóspedes chegarem e se instalarem.

— Era só uma postagem para hoje à noite. — Aurora dá uma risada quando acha a foto e então a mostra para mim. Lá estou eu cavalgando Dusty, conduzindo o passeio no último retiro. Nem sei como ela conseguiu tirá-la. Só fico feliz que não seja aquela maldita foto que ela tirou quando me obrigou a fazer ioga.

— Obrigado por pedir minha permissão — ironizo, balançando a cabeça.

Nem adianta tentar pedir para ela apagar. Ainda que eu goste de pensar que sou forte, sei que jamais ganharei uma batalha contra Aurora; ela só precisa me olhar de forma bem sedutora, e eu já estou de joelhos. E nem tenho vergonha de admitir isso. Sempre disse que sou um homem fraco quando o assunto é ela.

Aurora faz um gesto de desdém com a mão e se aproxima, nos deixando mais entrelaçados.

— Você estava tão gostoso lá em cima do cavalo, parecendo um caubói de verdade, que não consegui resistir. Mas... — Ela franze o nariz sardento. — Pelo jeito não sou a única que pensa assim. Tive que me segurar muitas vezes e lembrar que não posso xingar meus seguidores nos comentários e dizer pra eles saírem fora que você é meu.

— Todo seu.

Dou um beijo em sua testa sem nem pensar antes de dizer isso. Vejo o leve choque em seu rosto quando me afasto, mas é verdade: sou total e completamente dela.

Não sei muito bem como cheguei a esse ponto, considerando que, dois meses atrás, eu teria feito de tudo para ela ir embora, e agora não consigo mais me imaginar vivendo sem ela. Aurora está emaranhada a este rancho e à minha vida. É meio assustador.

Mas aí ela apoia a cabeça debaixo do meu queixo, os braços ao meu redor me abraçando mais forte.

Certo. Isso aqui parece a coisa mais certa do mundo.

— Além do mais — murmura ela —, eu não devia gastar minha energia com meus seguidores, mas guardá-la para a próxima vez que precisar enfrentar a Holly.

Balanço a cabeça.

— Não seja boba. Na verdade, duvido que ela se importe agora que está noiva.

Aurora fica levemente tensa.

— Espera aí. Você sabia que ela estava noiva?

— Sabia, minha mãe me contou quando eles vieram jantar... Como é que você soube?

— Ah.

Aurora estica a coluna de repente, o rosto todo franzido. Ignora por completo a minha pergunta, os olhos fixos no meu ombro, a mente viajando para algum lugar bem longe de mim.

Faço um esforço para tentar dissipar o aperto no meu peito. Tem alguma coisa errada, o ar ficou pesado de repente. Tudo começa a desbotar, a luz nos olhos de Aurora vai morrendo.

— Algum... problema?

— Ah, hum... — Ela olha para mim e o sorriso que tenta abrir é de dar pena, mal estica os lábios. Essa não é a Aurora Jones com quem eu estava conversando agora mesmo. A risada desconfortável que vem em seguida também não. — Só é meio estranho saber que você me beijou logo depois de descobrir que sua ex estava noiva.

Merda.

Certo, isso não pegou muito bem. Mas *eu* sei que o fato de a Holly estar noiva não teve nada a ver com meus sentimentos por Aurora — no máximo, só provou quanto eu gosto dela, porque nem dei bola para o noivado.

Alarmes começam a tocar na minha cabeça à medida que Aurora se afasta, as pernas antes emaranhadas agora separadas das minhas.

Diga alguma coisa, Wyatt!

— Beijar você não teve *nada* a ver com a Holly, eu juro.

Seus olhos vagam na direção do chão. Tirando o peito que sobe e desce cada vez mais rápido, ela está praticamente imóvel. Eu já a vi desse jeito, e em geral significa que a ansiedade a está dominando. Que está duvidando de si mesma. Mesmo que estivesse animadíssima ao longo de toda a última semana e hoje de manhã para o próximo evento-teste.

Preciso resgatá-la. Será que ela não percebe quanto significa para mim?

— Ei. — Eu me viro na direção dela, pego suas mãos no colo. — Posso saber no que está pensando?

— Desculpa, eu... estou achando difícil não ligar as duas coisas. Depois de tudo que você e os rapazes me contaram sobre esse relacionamento...

— Olha. — Aperto seus dedos com uma das mãos e, com a outra, seguro sua bochecha e interrompo qualquer absurdo que ela estivesse prestes a dizer. — Quando descobri que Holly estava noiva, eu não liguei... porque eu só sabia pensar em você. — Aurora assente, com vontade, como se estivesse tentando se obrigar a ouvir. — Você...

— Rory? — ecoa a voz de um homem, seguida de um barulho de batidas.

Teoricamente ainda temos pelo menos uma hora antes de os hóspedes começarem a chegar.

O rosto de Aurora fica branco e qualquer restinho de brilho se apaga na hora. Sua postura, que enfim começava a relaxar, volta a ficar rígida. Posso jurar que chego a ver um tremor percorrer seu corpo.

— Rory? Você está aí? — grita o homem de novo, forçando Aurora a se levantar. Ela passa os dedos nos cabelos freneticamente.

— Quem... — começo a perguntar.

— Por favor, só fique aqui — corta ela, irritada.

Nem tento contestar, chocado com o tom sombrio de sua voz enquanto ela desaparece dentro de casa. Quem em Willow Ridge poderia deixá-la assim tão puta?

Respiro fundo tentando processar nossa conversa quando ouço Aurora levantar a voz. Não gosto nada disso — é tão diferente de sua personalidade ensolarada e de seu charme radiante de sempre. Sei que todo mundo sente todo tipo de emoção — inclusive estou descobrindo isso em mim mesmo —, mas a raiva de Aurora em geral costuma surgir com uma ira voraz, não com dentes cerrados e falas ríspidas.

O que quer que esteja acontecendo ali, ela não deveria estar sozinha. Não quando estava tão animada e pronta para receber todo mundo hoje.

Meu instinto fala mais alto e eu saio caminhando rápido pela casa, o tom de voz raivoso de Aurora ficando cada vez mais claro à medida que me aproximo do corredor. A porta da frente está aberta, então vou até a varanda e a encontro de pé, os braços cruzados com força, olhando de cara feia para um homem alto e loiro, muito familiar. Há uma mala perto de seus pés cheia demais para o meu gosto, sobretudo porque ele não é um dos hóspedes que Aurora me mostrou.

Ao me ver, ele estremece, olha para Aurora, depois para mim, e solta uma risada ofegante.

— Caramba, Aurora, não achei que ia superar assim *tão* rápido.

— O Wyatt trabalha aqui — rebate ela, e eu deixo de lado a vontade de responder. Porque Aurora ainda nem olhou para mim, mas vejo que ficou ainda mais tensa. Algo que não imaginei ser possível ao vê-la praticamente tremendo de tão nervosa.

Porra, não gosto nada, nada de vê-la assim. Ela está *magoada*. Como alguém poderia querer ferir algo tão precioso quanto ela? Sinto uma necessidade avassaladora de protegê-la.

Aurora é minha.

Ninguém machuca o que é meu.

Então, de repente, eu me lembro de onde conheço o cara. Das fotos que Cherry me mostrou uma vez no Instagram.

É o ex dela.

Aquele que a traiu quando ela estava no enterro de Grace. Que a fez duvidar de si mesma quando até mesmo sua alma é puro ouro.

E ele ainda tem a pachorra de dizer que ela superou muito rápido.

Que porra ele está fazendo no nosso rancho?

Meu lado selvagem começa a borbulhar dentro de mim. Garras tentando rasgar a postura calma que tentei me impor.

Ainda assim, forço um sorriso ao me virar para ele.

— Ah, você deve ser o ex-namorado.

Ele olha para mim meio cabreiro, mas mantenho o corpo relaxado, nada ameaçador, e o sorriso agradável. A certa altura, ele estende a mão.

— Jake Thomas.

Levanto a mão para cumprimentá-lo. E aí lhe dou um soco na cara.

33.
Aurora

— Meu Deus, Wyatt! — grito ao ver Jake girar e cair em cima do cercado depois do soco.

Mas não posso negar a profunda satisfação que percorre meu corpo e o leve calorzinho no peito. A maneira como os olhos de Wyatt estão escuros e sombrios, com as feições tensas e cada músculo do corpo ainda mais definido é irritantemente atraente, de dar água na boca.

E ele fez isso por *mim*.

Mas quando Jake consegue se reequilibrar e vejo o corte em sua bochecha, o sangue já escorrendo, a realidade cai como uma bomba na minha cabeça. Quão forte Wyatt bateu nele?

— Quê? — Wyatt dá de ombros, mas está com os dentes cerrados, o maxilar tenso, tentando se acalmar. — Ele tropeçou e caiu de cara no meu punho.

Não sei se quero rir ou gritar com ele. Que besteira.

— Que porra é essa, meu chapa? — Jake vem andando com os punhos cerrados. Eu me enfio entre os dois, embora duvide que minha estatura seja suficiente para impedir qualquer coisa se os ânimos se acirrarem.

Meu Deus, que confusão.

Isso é tudo de que eu não preciso agora. Não quando tem gente chegando daqui a uma hora.

— Jake, deixa pra lá — digo, e a raiva volta a se infiltrar em mim ao olhar para ele. Ao lembrar que a última vez que o vi foi quando ele saiu correndo para ir atrás da garota com quem estava me traindo. Estou fazendo um esforço mental imenso para não deixar essas memórias me dominarem. Para elas não me deixarem mais fora de mim do que já estou.

— Honestamente, *meu chapa* — rosna Wyatt. — Você mereceu.

— Wyatt! — Eu me viro para ele, meus olhos quase saindo das órbitas de tão arregalados. Sinto minha cabeça começar a latejar. — Você *não* está ajudando.

— Tudo bem, mas não vou sair daqui até ele ir embora — anuncia Wyatt, cruzando os braços ao chegar mais perto de mim.

— Ah, é? — Jake ri e levanta os ombros.

Aperto a parte de cima do nariz. Bom, isso vai ser meio difícil, já que Jake acabou de me dizer que veio para o retiro — Rowan ofereceu a vaga a ele sem me avisar. Então ele vai ficar aqui até eu convencê-lo a pegar outro avião pra casa.

Jesus, não pode ser.

Estava me sentindo tão confiante e animada para o próximo evento-teste, e agora…

Uma onda de indiferença fria me cobre. É minha única opção — há tantas emoções confusas dentro de mim que, se eu me permitir sentir tudo, vou me afogar nelas.

Principalmente porque eu ainda nem tinha me recuperado da notícia desconcertante de que Wyatt me beijou na noite em que descobriu que Holly estava noiva.

Eu não devia me importar. Eu *realmente* não devia me importar. Mas não posso negar que esses últimos meses com ele foram muito libertadores. Tudo que eu faço, os lugares aonde vou, sinto que há uma parte dele comigo, sua voz ao fundo sempre me incentivando e torcendo por mim. Quase como se nossas almas estivessem aos poucos se entrelaçando, de modo tão natural quanto nossos dedos.

Mas também significa que estou me martirizando mais com o que de fato nós somos, porque quanto mais o tempo passa, mais eu me apaixono por ele, e estou chegando àquele ponto em que não dá para voltar atrás. E depois de descobrir que Wyatt sabia sobre o noivado, a imagem daquele sexo que fazemos só para superar o ex passou pela minha cabeça por um segundo, ainda que eu não quisesse.

Parte de mim sente que nenhum de nós puxou a conversa ainda sobre em que ponto da relação estamos porque, sendo realista, as coisas dependem do sucesso do retiro? E se não funcionar... o que acontece?

Mas vou lidar com todos esses sentimentos e redemoinhos de pensamento mais tarde, porque agora preciso resolver esta situação sem desmoronar.

Eu sou forte. Eu consigo fazer isso.

— Está tudo bem. Eu consigo lidar com ele — respondo, cruzando os braços igual a Wyatt e ignorando as bufadas de Jake atrás de mim.

— Aurora. — Os olhos de Wyatt brilham quando ele solta uma risada incrédula. — Você estava prestes a ter um *colapso* ali, e agora isso. Acho que não está bem para ficar sozinha com ele.

Colapso. Odeio que isso me lembre de que não estou totalmente curada, não recuperei toda a minha força. Faz eu me sentir um fardo. E odeio que ele me veja desse jeito.

Eu respiro bem fundo, com a maior calma possível.

— Bom, não posso recorrer a você toda vez, né? — Wyatt pisca os olhos, aturdido, e o maxilar fica mais tenso. — Por favor, acho que vai ser melhor se nos deixar conversar um pouco.

Ele simplesmente balança a cabeça.

— Não. Não o quero no meu rancho.

— Não é *seu* rancho, é meu. — Não consigo dizer isso sem irritação, elevando a voz. Porque meu equilíbrio está por um fio, um fio muito fino. Mas vejo que Wyatt recua, as sobrancelhas bem franzidas.

Eu solto um suspiro e passo os dedos trêmulos no rosto.

— Desculpa, eu... eu só preciso que me deixe resolver isso sozinha.

Seus olhos encaram os meus em busca de algo. Ele então fecha os olhos, uma expressão de derrota em seu rosto quando deixa cair os braços e respira fundo. Passa por Jake que, para minha diversão, não consegue esconder o tremor quando Wyatt para e aponta para ele.

— Se a fizer chorar, saiba que tenho uma espingarda.

Ele então desce os degraus e caminha em direção à sua casa, me deixando ali com Jake e um passado que não quero encarar.

— Acha que vai precisar de pontos? — pergunta Jake, segurando o gelo sobre o corte na bochecha, que está com bem menos sangue agora que limpamos. Mas vejo que a pele ao redor vai ficando cada vez mais roxa.

— Não, acho que Wyatt te acertou em cheio, mas não é pra tanto.

Eu me sento diante dele na mesa de jantar, os braços cruzados, encarando-o. Não acredito que ele está aqui.

Jake solta uma risada ofegante.

— Não sabia que você tinha contratado um guarda-costas.

Não sei se a careta que ele faz depois é por causa da dor ou porque meu rosto permanece frio e impassível desde que ele chegou.

— Por que está aqui, Jake? — pergunto, com um suspiro.

Por que ele tinha que aparecer e perturbar esse mundinho perfeito que eu criei?

— Certo, não é hora de fazer piada. — Ele morde o lábio e coloca o gelo sobre a mesa. — Eu achei que seria bom pra gente pôr tudo em pratos limpos. Você simplesmente desapareceu e eu… nunca tive a chance de explicar.

— Porque você me deixou lá sozinha… Além do mais, não preciso pôr tudo em pratos limpos. — Eu fiz isso quando queimei tudo que me lembrava dele. — Não importa por que você fez o que fez, só o ato em si. Não vai fazer diferença.

— Só achei que ia ser bom ao menos pedir desculpas. Você me bloqueou em tudo. Como é que eu ia falar com você?

Eu meio que esperava que bloqueá-lo deixasse claro que eu não queria mais falar com ele, mas também pensei que, por termos um relacionamento fechado, ele não ia me trair, então acho que não posso presumir que ele entenda alguma coisa.

— Certamente você poderia ter encontrado uma maneira que não envolvesse mentir pra mim, *de novo*.

— Eu sei, eu sei — diz ele, e levanta as mãos, se rendendo. — Olha, sinto muito pela mentira, eu não planejava vir até aqui. Mas quando Rowan me contou o que você estava fazendo, ele achou que seria uma boa eu vir conversar com você, além de me tornar uma pessoa melhor nesse período.

Eu aperto os olhos.

— Como assim?

— Eu ando... me sentindo muito perdido há meses, Rory, mesmo quando ainda estávamos juntos. Não tenho sido minha melhor versão há muito tempo. Acho que foi por isso que fiz o que fiz... porque eu sentia que não era bom o suficiente e precisava de mais do que você para me fazer sentir assim... Eu sei! — dispara ele quando tento contestar essa desculpa esfarrapada. Sinto a raiva começar a brotar dentro de mim. — Sei que não é um motivo decente, mas pode ser que esse retiro me ajude a perceber do que preciso para ser uma pessoa melhor, para me sentir eu mesmo de novo. Não é esse o objetivo deste lugar?

Uma convicção genuína ilumina seus olhos, como se ele realmente acreditasse que aquela era uma boa ideia. Apoio os cotovelos na mesa, massageando as têmporas para tentar compreender tudo. Uma das ranhuras da superfície de madeira belisca minha pele.

— E eu também posso ajudar — acrescenta ele, depressa, mas nem olho pra cima. — Você sabe quantos seguidores eu tenho, provavelmente mais do que as outras pessoas que chamou. Imagine o alcance que posso trazer pro retiro. Vou fazer muitas postagens. Para compensar tudo.

Por mais que aquela arrogância velada nas palavras de Jake me faça querer revirar os olhos, ele não está errado. Antes mesmo de bloqueá-lo, ele já tinha mais seguidores no Instagram do que todos os outros hóspedes juntos.

Tudo acontece por um motivo — tento acreditar nisso porque torna as coisas mais fáceis de digerir, dá significado aos momentos difíceis e sem sentido, e um pouquinho de esperança de que algo bom possa surgir deles.

Embora eu preferisse não ter sido traída e tido minha autoconfiança destruída, não tenho certeza se acabaria vindo parar aqui, passando meus dias nos braços fortes de um rancheiro gato, se isso não tivesse acontecido. Como se o universo precisasse me dar aquele último empurrão forte, mas traumático, na direção do caminho certo. Aquele que me levaria até a pessoa certa.

Até... Wyatt.

Meu Deus, não devia ter sido tão má com ele. Preciso pedir desculpas.

Talvez eu tenha que confiar que o universo mandou Jake aqui por um motivo também. Mesmo que seja só para aproveitar esse número gigante de seguidores e fazer o Rancho do Pôr do Sol sobreviver. Por Wyatt.

Eu sabia que ia acabar esbarrando em Jake algum dia, mas torcia para que tivesse pelo menos uns seis meses para me recuperar primeiro. No entanto, estou surpresa com quão confiante fui até agora, capaz de ficar diante dele e não fugir, como da última vez. Esse é um progresso que vale a pena reconhecer.

Talvez, apenas talvez, o objetivo seja esse. Eu estive aqui todo esse tempo focada em me curar e recuperar minha confiança, em aprender a acreditar que sou suficiente de novo, que de repente o universo quis mandar um teste. Me colocar diante de Jake, mostrar ao mundo que sou essa mulher forte, autoconfiante e independente que sempre afirmo ser. E usar esse retiro para garantir que Jake nunca mais faça uma garota se sentir um nada, além de ainda tirar vantagem de seu status de influenciador.

Não posso dar oficinas sobre ficar confortável com o desconfortável se eu mesma não aceitar um desafio. Se esses dois últimos meses não foram a prova de que mergulhar no desconhecido é o que faz você crescer, então não sei mais o que é.

34.
Aurora

Sinto uma onda boa de relaxamento nas pernas ao fazer alguns alongamentos enquanto espero o grupo se preparar para a aula matinal de ioga. Alguns feixes cor de âmbar refletem na superfície do lago ao nosso lado, e uns poucos raios de sol aquecem minha pele, bem como a paisagem. Decidi deixar o canto dos pássaros que vão despertando ser a trilha sonora da nossa aula de hoje, o que me preenche com uma sensação de calma.

Enquanto o pôr do sol sempre foi o momento favorito do dia para a tia Grace, eu gosto mais das manhãs. Elas são o lembrete de um novo começo. O que quer que tenha acontecido ontem pode ficar no passado e ser substituído por um novo dia que nos motiva a fazer o melhor.

E quando vejo um conhecido de ombros largos e olhos escuros vindo na minha direção depois de amarrar o cavalo, eu espero muito estar certa. Que nós possamos deixar para trás qualquer discordância que tenha surgido ontem, que ele durma na minha cama hoje em vez de na própria, exausto depois de passar horas cavalgando Dusty para se acalmar. Que ele não saia para trabalhar antes de eu acordar amanhã.

Quando contei a Wyatt a ideia de deixar Jake ficar, ele ficou bem irritado, como eu imaginava, o que não foi um bom começo para meu subsequente pedido de desculpas por gritar com ele. E dessa vez ele não ficou e conversou comigo como normalmente faz quando estou chateada. Não, porque dessa vez ele estava chateado também, e sua maneira de lidar com isso é cavalgar. Sair por aí na natureza.

Ficar longe de mim.

Pela primeira vez desde que cheguei a Willow Ridge, me senti vazia. Desanimada. Aquilo me fez ver muito claramente que não é só a paisagem exuberante que torna o Rancho do Pôr do Sol um lugar libertador. É ele.

Termino meu alongamento e fico de pé quando Wyatt se aproxima, mas ele para bem atrás do grupo, os músculos tensos, como se quisesse chegar mais perto. Porque tenho certeza de que ele gostaria, mas está seguindo a regra que estabelecemos de sermos estritamente profissionais diante dos hóspedes, algo que parece ainda mais pertinente na presença de Jake. Considerando que meu ex conseguiu dar um jeito de se infiltrar no retiro, quero manter pelo menos alguma coisa fora do seu alcance. E se isso significa manter meus olhos e minhas mãos longe de Wyatt durante todo esse segundo evento-teste, eu vou dar um jeito.

Nossos olhos se encontram, eu abro um sorriso esperançoso e, quando ele retribui — com um sorriso recheado da ternura e do calor que eu precisava dele —, meu coração se enche de alegria. Mas o sorriso dura bem pouco, desaparecendo quando ele pigarreia.

— O Colt não está aqui, está? — pergunta Wyatt, olhando para o grupo reunido em seus tapetes.

— Não. — Dou de ombros e franzo a testa. — Eu não o vi por aí, desculpe.

Wyatt coça a cabeça.

— Ele está atrasado pro trabalho. Achei que estivesse perdendo a ioga e vindo correndo te encontrar.

Wyatt olha mais uma vez para os tapetes e inclina a cabeça ao ver um tapete extra esperando por Elio, um influenciador de saúde e bem-estar que ainda não chegou. Supus que o fuso horário deixasse alguns dos hóspedes cansados, então imaginei que ele estivesse um pouco atrasado por isso. Mas então vejo um leve movimento atrás de Wyatt, de onde duas silhuetas distantes vêm caminhando em nossa direção.

Quando chegam mais perto, não consigo evitar um sorrisinho. Elio e Colt, parecendo um tanto exaustos — e não acho que seja por causa do fuso horário —, param ao lado de Wyatt, e suas bochechas ficam coradas quando todos se viram para eles. Parece que Colt ainda está com as mesmas roupas de quando o vi ontem.

Colt coloca as mãos nos bolsos e abre um sorrisinho sem graça para Wyatt, que agora faz uma careta para ele, de braços cruzados.

— Bom dia, Hensley.

— Alguma coisa mais importante que o trabalho hoje? — repreende Wyatt.

O grupo inteiro, incluindo Elio, que é parte do problema, não consegue conter as risadinhas enquanto observa o diálogo. Colt fica boquiaberto e olha para Wyatt, depois para Elio, as bochechas ficando cada vez mais vermelhas. O rancheiro, que é sempre atrevido, agora está com dificuldade de encontrar as palavras.

Então Elio vem em seu resgate e cutuca o ombro de Wyatt.

— Foi mal, cara. Acho que foi culpa minha. Da próxima vez, vou garantir que ele chegue na hora. — Ele então dá uma piscadinha e cutuca Colt com o cotovelo, depois vai até o tapete de ioga esperando por ele.

— Da próxima vez. — Colt fala em silêncio para Wyatt, só mexendo a boca, com um levantar de sobrancelhas e um sorriso orgulhoso demais para alguém cujo chefe ainda está de cara feia, com um olhar que faria qualquer um tremer na base.

Wyatt só balança a cabeça, dá um empurrãozinho de leve em Colt e vai na direção do rancho. Sem nem olhar para mim.

— E aí, Hensley. — Chego perto de Wyatt e recosto no cercado ao lado dele, o mais próximo possível sem dar muita bandeira.

Ele ficou com o rosto contraído a aula inteira, os braços cruzados bem firmes, enquanto observava a tentativa de Flynn de ensinar o grupo a cavalgar. Depois do último evento-teste, ele ficou bastante animado para participar, e Wyatt gostou de lhe dar essa chance. Principalmente porque se recusou a falar com Jake o tempo inteiro, então não sei muito bem como faria para ensiná-lo. Seu olhar fuzilante acompanha Jake, que trota ao redor do curral.

— Ei. — É tudo que ele diz em resposta, rápido e direto, sem nem me olhar. Como se achasse que, se tirasse os olhos de Jake, o cara fosse me levar embora e atear fogo no rancho.

Os poucos centímetros entre nós deixam meu corpo ávido por seu toque, já que ele se manteve distante desde que eu disse que deixaria Jake ficar. Sinto falta do modo como Wyatt sempre encontrava um pretexto para me tocar.

— Ainda está chateado comigo?

Wyatt solta um suspiro e deixa cair os braços. Olha para o chão por um momento antes de falar:

— Não estou chateado com você, Aurora. Só estou esperando você acordar pra vida e ver que ter o Jake aqui é uma péssima ideia. Não me importo se você acha que o *universo* — ele faz aspas com a mão para enfatizar sua descrença — trouxe esse sujeito até o retiro. Diga ao universo para levá-lo embora de volta.

Com o maxilar tenso pela frustração, eu respiro fundo.

— Já te expliquei, Wyatt. Ele está tentando ser uma pessoa melhor e me faz bem ajudar, sabendo que ele me afeta menos a cada dia que passa. Preciso que confie em mim nessa. Por favor.

Ainda que esteja me matando vê-lo tão contrariado com isso. Sentir seus muros subindo de novo. Mas só quero provar a mim mesma, e a ele, que sou forte e posso crescer a partir disso. Imagine quão invencível vou me sentir quando essa semana acabar e Jake for embora pra casa, sabendo que, se eu consigo sobreviver à presença dele aqui no meu novo porto seguro, eu consigo fazer qualquer coisa. Só pode ter sido por isso que o universo o enviou.

Wyatt está com as narinas dilatadas quando enfim olha para mim, os olhos arregalados.

— E eu preciso que *você* confie em *mim* quando digo que ele é problema. Você não percebe os sorrisinhos que ele abre para mim quando vê que estou observando vocês dois, ou como ele encara a gente quando estamos juntos.

Balanço a cabeça com uma risada.

— Acho que isso tem mais a ver com o soco que você deu nele do que com Jake tentando me reconquistar. — Principalmente agora que ele está com um hematoma enorme na bochecha e tem que inventar alguma história toda vez que alguém pergunta. — Você deixou bem claro como se sentia em relação a ele e a mim. Jake só está te provocando.

— Eu te falei. Ele tropeçou e caiu. — Wyatt dá de ombros e olha de volta para o grupo.

— Além do mais — continuo —, ele está se esforçando ao máximo para mostrar o retiro nas redes dele. A quantidade de tráfego que ele trouxe pro meu perfil e o do rancho é impressionante. Pelo menos vamos ganhar dinheiro com essa situação quando abrirmos o lugar de verdade.

— Que seja — diz Wyatt, bufando como uma criança petulante.

Por algum motivo, apesar de aquele mau humor todo me irritar, também me faz sorrir. Mordo o lábio tentando fingir que não, mas a verdade é que estou completamente apaixonada por Wyatt, e acho que nada que ele faça a essa altura vai me fazer querer ir embora.

Eu devia estar mais envolvida nessa aula de cavalgada, mas aqui estou eu, sem conseguir me afastar de Wyatt.

Quando olho para ele, vejo um pequeno sorriso também. Sua expressão está mais suave, e ele encara a paisagem à distância, para além da aula, como se tivesse sido atraído por um sonho bom. E eu espero que seja o mesmo que o meu: em que conseguimos continuar com esse negócio juntos.

Pois me sinto forte o suficiente para fazer isso.

Principalmente com ele ao meu lado.

Depois de alguns momentos de silêncio, os dedos de Wyatt de repente roçam a parte de baixo das minhas costas, desenhando círculos por trás do cercado. Exatamente como eu queria. Eu estaria mentindo se dissesse que meus olhos não marejaram um pouco. Meus ombros também relaxaram, embora eu nem tivesse percebido que estavam tão tensos.

Ele solta um longo suspiro.

— Você sabe que tudo bem pedir ajuda de vez em quando, né? Sei que você quer se sentir forte por conta própria, Aurora, mas não tem problema nenhum recorrer a outras pessoas.

— A antiga Rory nunca precisou recorrer a ninguém para se sentir forte — digo, e deixo aquele toque me acalmar.

Eu me recosto ainda mais no cercado, tentando dar a ele o máximo de mim.

— Talvez haja um motivo para ela ser a versão antiga. — Wyatt espalma a mão nas minhas costas. Ele a deixa lá, como se estivesse me amparando. — E se a evolução para sua melhor versão for justamente pedir ajuda de vez em quando?

Olho para ele e me permito considerar aquela ideia por um momento.

— Talvez.

— De qualquer forma, princesa, quero que saiba que sempre vou estar aqui se precisar de mim.

Exatamente como ele fez ao longo desses meses. Meu Deus, o que eu fiz para merecer esse homem?

Wyatt pigarreia.

— Enfim, quer saber um segredo?

— Diga...

— Eu coloquei no cavalo do Jake as mesmas rédeas que usei para te amarrar.

Meus lábios se abrem e preciso cobrir a boca para sufocar a risada que está prestes a sair. Em vez disso, solto um barulho esquisito e estrangulado pela garganta, o que chama atenção de Priya, uma instrutora de respiração que conheci num festival de bem-estar ano passado. Faço um joinha para encorajá-la na cavalgada.

— Você é terrível, Hensley.

Eu levanto a sobrancelha e mordo o lábio com uma risadinha. Ele abre um sorriso convencido, o que me faz achar que não está tão chateado comigo quanto imaginei.

Fecho os olhos e tento me centrar de novo ouvindo a brisa suave que sussurra na grama, e os sons distantes dos passarinhos batendo as asas. Só precisamos aguentar até o meio da semana, e aí Jake vai embora. Voltaremos a ser só nós dois outra vez, exatamente como eu amo.

E aí, bom, por mais desafiador que pareça, talvez seja a hora de começar a pensar se continuo morando aqui no Rancho do Pôr do Sol ou não.

Só mais alguns dias.

— *Terrivelmente* lindo, acho que foi isso que você quis dizer — fala Wyatt enquanto aperta a minha cintura, e eu então dou um gritinho e me viro para cutucá-lo...

— Ei, pombinhos! — grita Flynn, de repente, acabando com a imagem profissional que estávamos nos esforçando para manter. Acho que esquecemos de avisar a ele. — Já acabaram de flertar e estão prontos para cavalgar com a gente?

Ao caminharmos até nossos cavalos, não deixo de perceber o olhar fuzilante de Jake para nós.

35.
Wyatt

— É legal da sua parte incentivar essa fantasia dela.

A voz sussurrada de Jake vem da escadaria da varanda, enquanto ele desce. Cada músculo do meu corpo fica tenso. Esse sujeito emana uma energia traiçoeira.

Nem me dou ao trabalho de olhar para ele e fico recostado no cercado, de onde observo Aurora e o restante do grupo se despedindo de Elio, o primeiro dos hóspedes a ir embora. Abro um sorrisinho porque Colt também está aqui para se despedir — mas algo me diz que não por muito tempo.

Embora eu tenha gostado de interagir com os hóspedes e conversar de forma tão espontânea sobre a minha paixão pelo rancho e pelos cavalos, saber que este é o último dia tira um peso enorme dos meus ombros. Enfim voltaremos a ser apenas Aurora e eu. Sem nada no nosso caminho.

— Hum? — Tento soar desinteressado para ver se Jake passa direto.

Ele sorri daquele jeito convencido que faz minha mão coçar. Fiz o máximo para ficar longe dele a semana inteira e respeitar o desejo absurdo de Aurora de provar que pode ser forte mesmo com esse cara por perto. Estaria mentindo se dissesse que não fiquei irritado. Talvez estivesse mentindo se dissesse que não passei uma noite cortando lenha, cheio de raiva, quando ela me contou que pretendia deixá-lo ficar, e decidi dar um gelo nela em vez de sentar e conversar, como Aurora provavelmente queria.

Porque o que ela disse me magoou.

Não é seu rancho, é meu.

Quando tudo que eu queria era que fosse *nosso*.

Senti nuvens pesadas encobrindo minha mente durante um bom tempo depois disso. Mas quando ela falou sobre abrir o retiro de forma permanente depois que Jake fosse embora, enfim senti a esperança brilhar no peito.

Porque ela quer ficar — e lembro a mim mesmo disso toda vez que fico irritado. Ainda que me dê um nó no estômago toda vez que Aurora fala que foi o maldito universo que mandou Jake aqui, ela tomou essa decisão por nós. Porque acha que só podemos ser fortes se ela for forte. Pessoalmente, eu a acho a mulher mais forte que já conheci.

— Esse rancho, o retiro — diz Jake, fazendo um gesto para os arredores. — Embarcar nessas ideias bobas e impulsivas que ela inventou para se sentir bem durante um tempo. Até perceber que tem coisa melhor e maior em casa.

Meu peito chega quase a doer quando tento respirar fundo. Não é de espantar que a autoconfiança de Aurora tenha se quebrado em mil caquinhos por causa desse cara — parece que nunca acreditou nela como ela merecia. Cerro as mãos ao lado do corpo porque, por mais que eu queira, não posso bater nele de novo. Não na frente de todo mundo.

— Não é uma ideia boba. — Eu me viro, os olhos semicerrados, e me aproximo para enfatizar os centímetros a mais de altura que tenho. — Ela construiu algo incrível aqui, e todo mundo sabe disso. Além do mais, se é uma ideia tão *boba*, por que se dar o trabalho de vir aqui?

— Ei. — Jake levanta os braços, ainda parecendo relaxado demais para o meu gosto. — Só estou te avisando. Não vai durar.

Não sei se ele está falando do retiro ou da minha relação com Aurora, mas, de qualquer forma, uma fúria começa a se formar. Minhas palavras saem entre os dentes, como um ronco bem alto.

— Só porque não durou com você, não quer dizer que não vá durar comigo. Ou com o rancho.

— O que faz você pensar que vai ter mais tempo com ela do que eu tive? — Tudo bem, então o cretino *está* falando do nosso relacionamento. O sangue pulsando nos meus ouvidos começa a abafar os sons ao redor. — O que você tem aqui que eu ou outra pessoa não poderíamos dar a Aurora lá na Inglaterra, que é o lugar dela?

Eu não sei é a primeira resposta que me vem à mente, porque sempre foi assim que respondi.

Não sei o que mais eu poderia ter dado a Holly para fazê-la escolher ficar comigo e não com Easton, quando ele tinha muito mais a oferecer. Não sei por que Aurora me escolheu... mas estou determinado a dar a ela tudo que ela deseja, cada uma daquelas imagens do painel de visão que ela fez. Então se eu for parte disso, vou lhe dar cada pedacinho da minha alma. Para sempre.

E não vou deixar ninguém ficar no nosso caminho.

— Não se engane, meu chapa — diz Jake, me dando um tapinha no ombro.

Péssima decisão.

— Bom — rosno mais alto do que pretendia, e então dou um empurrão nele. — A única coisa que tenho certeza é que pelo menos não sou um cuzão que nem você.

— Wyatt! — A voz de Aurora ecoa do outro lado, seguida de diversos sobressaltos dos outros.

No rosto de Jake, de repente a expressão é de superioridade e satisfação. Seus olhos brilham, se divertindo.

— Mandou bem, meu chapa. Foi filmado me empurrando e me chamando de cuzão.

Eu me viro e vejo Priya com o celular apontado para nós, uma das mãos sobre a boca aberta. O restante do grupo, incluindo Aurora, nos encara com os olhos arregalados. Até Luke parou no meio do caminho enquanto colocava a mala de Elio no táxi, os braços trêmulos.

Mas meus olhos imediatamente buscam Aurora de novo, e ela vem na minha direção, os olhos castanhos em chamas.

Ela me puxa pela barra da camiseta e me afasta de Jake. Sua voz sai como um grito contido, as bochechas vermelhas.

— Que porra é essa, Wyatt?

— Desculpe. — Passo as mãos nos cabelos. — Eu não devia tê-lo xingado... nem empurrado. Mas ele me tirou do sério falando que o retiro era uma ideia boba, que não ia durar, que *nós* não íamos...

— Não importa o que ele disse, Wyatt — interrompe Aurora. Com as sobrancelhas franzidas, ela solta o ar, meio trêmula. — A única coisa que importa é esse retiro. Que as pessoas falem coisas boas sobre este lugar *e* sobre as pessoas que trabalham aqui. Quando você deixa a raiva te dominar, está prejudicando o *nosso* futuro.

Aquilo me faz estremecer.

Ela tem razão. Eu disse que daria tudo que ela deseja, o futuro glorioso que Aurora merece, mas se as pessoas começarem a comentar que sou grosseiro ou violento, ou se esse vídeo vazar, vai ser muito difícil transformar os sonhos dela em realidade. E eu não posso perdê-la.

Não posso perdê-la de jeito nenhum.

— Desculpe — repito, com um suspiro. — Eu devia deixar você se despedir deles sozinha. É melhor eu não ficar mais aqui. Vou estar em casa. Promete que passa lá mais tarde?

Aurora abre um sorriso fraco e exausto.

— Prometo.

A batida na minha porta é música para os meus ouvidos, ainda mais porque vem mais cedo do que eu esperava. No entanto, quando abro a porta, pronto para abraçar minha princesa, não é ela que está lá.

Mas Holly.

Que merda é essa de todos os ex aparecerem do nada essa semana?

— O que você está fazendo aqui? — pergunto, irritado, e imediatamente faço uma careta ao ver como Holly franze as sobrancelhas, magoada. — Desculpe, só me pegou de surpresa. Está tudo bem?

Ela coloca o cabelo loiro atrás da orelha e abre um sorriso hesitante.

— Hum, na verdade não. Queria muito conversar com alguém.

Holly morde o lábio, a mão esfregando o braço. Conheço bem esse tique de todos os anos que passamos juntos — ela está nervosa. Também fez isso quando admitiu que ia embora para ficar com Easton. Alguns meses atrás, seria um gatilho vê-la aqui, e eu ficaria me perguntando por que o universo estava me testando. Mas, agora, só sinto... nada.

— E você achou que *eu* era a melhor pessoa pra isso?

Holly solta uma risada fraca e inclina a cabeça.

— Bom, nós ficamos juntos por tantos anos, nossas famílias são tão amigas que imaginei que ainda fôssemos amigos também.

Eu a observo por um segundo e percebo os olhos e as bochechas vermelhos. Ela andou chorando. Levando em conta que mal demonstrava qualquer emoção quando estávamos juntos, é um choque. Tem alguma coisa bastante errada.

— Por favor, Wyatt — implora Holly. — Acho que você é a única pessoa que vai compreender o que estou passando.

— Tá bem. — Respiro fundo, saindo da frente da porta, e faço um gesto para ela entrar. Não hesito em fechá-la bem rápido. A última coisa que quero é que alguém veja Holly e sua visita acabe tomando uma proporção exagerada.

Holly vai direto para o sofá e se acomoda nele como se já tivesse vindo aqui centenas de vezes, e não apenas as duas vezes que me visitou quando comecei a trabalhar no rancho, antes de me deixar. E o lugar está bem diferente da cabana com poucos móveis daquela época. Agora é o meu *lar*. E de repente me sinto muito grato por ela não ter participado de nada disso.

— Quer beber alguma coisa? — pergunto, e vou em direção à cozinha.

— Ainda tem aquele uísque com gosto de mel que você costumava beber? — Holly se vira para mim, as sobrancelhas arqueadas. Ela odiava uísque.

— Eu pensei em algo tipo café. — Sem saber muito bem quanto devo me aproximar, eu me recosto na bancada. — As coisas estão tão ruins assim?

— Café está bom, obrigada. E sim. — Holly respira fundo e se joga de volta no sofá. Esfrega a testa com a mão.

Começo a fazer o café e nenhum de nós diz nada até que eu entrego uma xícara a ela e me sento no outro extremo do sofá. Com os olhos semicerrados, Holly olha para mim por alguns segundos, depois para o espaço entre nós e esboça um sorriso.

— Então, o que aconteceu?

— Estou preocupada de estar cometendo um erro ao me casar com o Easton.

— Porra, você só pode estar de brincadeira comigo — resmungo, e aperto a parte de cima do nariz. — É sério isso? Você quer conversar *comigo* sobre casar ou não com o cara por quem você me largou?

— Desculpa, Wyatt. Não queria te deixar desconfortável — insiste Holly, a voz trêmula. — Mas, de todas as pessoas dessa maldita cidade, você sabe bem o que é olhar pra sua vida e se perguntar se está fazendo o que as outras pessoas querem ou o que você quer de verdade.

Ela pousa a xícara na mesa, se vira para mim e põe uma perna sobre o sofá.

— E imaginei que, agora que você *claramente* seguiu em frente com sua nova namorada, a gente poderia conversar como amigos.

Não parei de balançar a cabeça, mas percebo o modo como meu coração acelera, batendo *sim, sim, sim*, quando ela diz *namorada*. Porque, pelo amor de Deus, eu faria qualquer coisa para isso ser verdade. Aurora Jones, minha namorada, soa muito bem.

— Faz quanto tempo que você está se sentindo assim? Você parecia bem feliz da última vez que vi vocês juntos. — Aquela frase soa muito mais sincera do que eu esperava.

— É, essa é a questão... — Holly para de falar e morde o lábio de novo. Quando vê que estou fazendo uma careta para ela continuar a falar, chega um pouquinho mais perto. — Foi quando tudo começou. Quando vi você com a Rory, e vi como vocês olhavam um para o outro, tão apaixonados, foi que eu percebi.

Tão apaixonados.

Mas isso foi semanas atrás.

Holly continua:

— Você olhava pra ela com paixão, intensidade, e tanto amor, que me lembrou de como costumava olhar pra mim. Como eu olhava pra você. A gente se divertia tanto, éramos tão felizes. Mas acho que o Easton não olha pra mim dessa maneira. Acho que não temos essa paixão como vocês. Como nós.

Sinceramente, não estou nem ouvindo direito tudo que ela está falando, porque meu cérebro ficou empacado numa palavra: *amor*.

É isso, então? É por isso que não consigo parar de pensar em Aurora? Por que sempre tenho vontade de parar o tempo quando estou com ela? Por que mesmo quando ela está fazendo a dancinha mais esquisita do mundo ou tagarelando sobre essas coisas de bem-estar que não me interessam nem um pouco, ainda assim ela me tem nas mãos?

Eu não me apaixono há... anos. Acho que tinha me esquecido de como era. Talvez até tenha deixado de considerar essa possibilidade, porque da última vez... da última vez levei um soco na cara de volta.

Mas, de alguma forma, não acho que vá acontecer agora. Por algum motivo desconcertante, graças aos comentários que Aurora tem feito sobre nosso futuro, parte de mim acredita de verdade que a gente pode conseguir transformar aquele painel de visão em realidade.

Caramba, acho que posso estar apaixonado por Aurora Jones.

Eu devia contar a ela, né?

— Wyatt? — Holly me puxa de volta para a realidade e está ainda mais perto de mim, como se estivesse tentando desvendar o que se passa na minha cabeça. Tudo que sei é que preciso mandá-la embora daqui e ir atrás de Aurora. Nada mais importa.

— Desculpa. — Balanço a cabeça. — Olha, Holly, todo mundo fica em dúvida na hora de dar um passo grande como esse, é normal. Você e o Easton combinam, senão você não teria aceitado o pedido de casamento dele. E não pode comparar o que vocês têm comigo e com a Aurora naquela noite, porque era tudo fingimento e...

— Então vocês não estão juntos? — Os olhos azuis de Holly se acendem.

Eu começo a responder de um jeito meio atabalhoado — porque não, tecnicamente não estamos juntos, mas não quero passar nem mais um segundo assim.

Estou prestes a me levantar e pedir que Holly vá embora quando ouço uma batida na porta. Aquilo me distrai, então Holly se lança na minha direção, segura meu rosto e cola os lábios nos meus.

E, naquele momento, a porta se abre.

36.
Aurora

Uma onda de fúria invade todo meu corpo. Não consigo me mexer. Nem quando aquela fúria chega até meu coração e o estilhaça em mil pedacinhos.

Sinto como se estivesse num pesadelo, revivendo os piores momentos da minha vida. Entrar nesse lugar sem noção nenhuma do que ele estava fazendo enquanto eu estava fora. A loira linda agarrada a ele. Aquela com quem eu jamais poderia me comparar e que na mesma hora destrói todos os muros de autoconfiança que eu vinha construindo.

Mas dessa vez é pior, porque essa não é só uma garota que ele segue no Instagram, ela é *a* garota por quem ele vem sofrendo há anos. Aquela que eu, idiota como sou, pensei tê-lo ajudado a superar e até acreditei que ele havia deixado no passado por mim. Eu devia ter confiado no meu instinto naquele fim de semana quando descobri que ele tinha me beijado depois de saber que ela estava noiva.

Estou completamente em choque, cada centímetro do meu corpo paralisado, sem conseguir soltar a maçaneta da porta. Em parte porque tenho medo de desmoronar caso não esteja segurando alguma coisa.

Por que dói tanto?

Não foi assim quando flagrei Jake. Foi doloroso e partiu meu coração, mas não desse jeito. Agora, sinto que estou sendo rasgada por dentro, quebrada em caquinhos. Acho que nunca serei capaz de superar isso.

Eu tinha vindo aqui para me desculpar por ter ficado tão brava com a atitude dele em relação a Jake. Dizer que o retiro é só um pretexto para eu poder ficar aqui com ele, embora eu esteja apavorada de já querer isso tão rápido. Dizer a ele quanto estava grata por ter confiado em mim quando deixei Jake ficar.

Eu sou tão idiota.

Tão, *tão* idiota.

É isso que eu ganho por dormir com um caubói gato quando claramente eu ainda não estava totalmente curada do meu coração partido. Quando estava solitária e perdida. Nunca devia ter confiado naquelas borboletas.

Wyatt empurra Holly e começa a gritar.

— Que porra você acha que está fazendo?

Então ele finalmente se vira para mim. Seus olhos estão fixos nos meus e se acendem quando fica pálido e levanta num pulo.

— Bom, isso parece um déjà-vu — digo, rindo, e imediatamente dou um passo para trás, pronta para bater a porta...

— Aurora, não é o que você está pensando. — Wyatt segura a porta antes que eu consiga fechá-la e eu tropeço um pouco com o tranco para trás. Já ouvi essas palavras antes. Elas não significam nada.

— Você está dizendo que não estava beijando sua ex-namorada agora mesmo? — rebato, irada, entredentes. Meu maxilar chega a doer.

— *Ela* me beijou... Eu não fiz nada, eu juro — insiste Wyatt, os olhos pretos desesperados, brilhando.

Ele tenta dar um passo à frente, mas para quando chego para trás e seguro no cercado, pois preciso de alguma coisa em que me apoiar enquanto todo o resto desmorona.

Porque ele disse que sempre me apoiaria, mas agora parece que puxou o tapete sob os meus pés.

Não sei o que pensar. Não sei o que dizer. Eu confiei em Wyatt, e ele até pode estar dizendo a verdade, mas tudo o que vejo agora são flashes dele e de Holly, e daquela garota com Jake. As cenas estão tão misturadas na minha mente que eu tento balançar a cabeça para ver se consigo separar as duas situações.

— Fala pra ela, Holly — exige Wyatt, quase rosnando ao se virar para a ex, que fica lá de pé e dá de ombros, abre a boca, mas não confirma nem nega nada. — Sério? — grita ele, a palavra parecendo um trovão.

Porra. Passo os dedos pelo cabelo, tirando os nós.

Será que ele faria mesmo isso?

Eu sei o que ele sentia por ela. O modo como os rapazes sempre deixaram implícito que ele nunca a superaria. O modo como era evidente que ela tinha um poder sobre ele, que guardou aquelas roupas por tanto tempo. Tecnicamente nós nem estamos juntos. Não como ele e Holly estiveram por anos. Como é que eu poderia esperar que os poucos meses em que nos conhecemos pudessem superar os anos que Wyatt passou com a namoradinha de escola?

Sobretudo quando nenhum de nós sabe quanto tempo vou ficar aqui. Pelo que eu sei, nossa relação sempre foi efêmera pra ele.

O sangue pulsando nos meus ouvidos é quase ensurdecedor.

A ansiedade está me dominando. E não posso recorrer a ele para me ajudar desta vez.

Preciso sair daqui.

Quando vou em direção à escada, Wyatt dá um pulo para tentar me impedir.

— Aurora, por favor, não vá. Por favor, Aurora.

— Não! — Jogo as mãos para o alto, dizendo para ele não chegar perto de mim. — Você não tem mais o direito de me chamar assim. Pode me chamar de Rory, como todo mundo.

Wyatt se contorce, o maxilar se contraindo, as sobrancelhas franzidas. Tento ignorar o que sobrou do meu coração se despedaçando ainda mais diante da dor em seu rosto. Aos poucos, vejo o fogo em seus olhos se extinguindo. Aproveito esse momento para sair correndo até as escadas, tentando ao máximo me manter inteira, abraçando meu próprio corpo.

Eu consigo chegar em casa sem desmoronar.

Eu consigo.

— Saia da porra da minha casa, Holly.

O grito de Wyatt ecoa atrás de mim. Ouço quando ele me chama e tento acelerar o passo. Estou perto da varanda.

— Aurora, por favor.

Suas súplicas estão cada vez mais próximas, e de repente estão bem atrás de mim, o barulho de seus passos vindo junto com elas. Quando me dou conta, Wyatt segura meu braço e me vira de frente pra ele.

Quero me soltar, mas seu toque imediatamente me aquece e me lembra de todas as vezes em que ele me abraçou, acolhedor, e estive envolvida por ele e seu cheiro de madeira. Cheiro de *casa*.

Mas, agora, também de coração partido.

Por favor, me diga que isso não está acontecendo de novo.

Meus olhos continuam fixos no lugar onde ele segura meu braço com gentileza, os músculos se movendo sob a tatuagem de cordilheira. Tenho medo de que as lágrimas nos meus olhos virem uma cachoeira caso eu olhe para qualquer outro lugar. Então, mesmo quando ele me solta, os dedos acariciando meu braço, eu não me mexo.

— Aurora, por favor. — A voz grave de Wyatt mal passa de um sussurro, como um rio que corre à distância, pronto para me levar se eu chegar muito perto. — Jake pode não ter corrido atrás de você, mas eu vou. Porque você vale a pena. Porque você significa pra mim muito mais do que a Holly significou um dia. Eu juro, com todo o meu coração, foi *ela* quem me beijou.

Você não vai chorar, Rory. Ainda não.

— Mas por que ela estava lá, Wyatt?

— Ela disse que queria conversar. Estava repensando o noivado e... Merda, olha, agora eu percebo que nem devia tê-la deixado entrar. Sinto muito, mas, por favor, não fuja de mim.

Uma única lágrima escorre pelo meu rosto. Wyatt me encara, seus olhos ficando vermelhos. Sei que ele também está prestes a desmoronar — fica muito claro por sua respiração irregular, o modo como seus dedos se contorcem, sem conseguir me tocar, e como cada parte de seu rosto está tensa, trêmula.

Mas toda vez que penso em me mexer para tocá-lo, me vem à mente a cena de corpos entrelaçados, cabelos loiros balançando. Preciso me afastar por um momento. Para pensar e me recompor.

Pelo amor de Deus, eu disse que levaria Jake no aeroporto daqui a algumas horas, porque ele se esqueceu de reservar o táxi e Luke está ocupado. Não posso vê-lo desse jeito, porque certamente não vou querer falar sobre como a traição dele me traumatizou a ponto de não poder confiar em alguém, mesmo quando sei que deveria.

Relutante, começo a dar alguns passos para trás e a olhar para o casarão.

— Eu... eu só preciso de um tempo agora. Não estou com cabeça para conversar neste momento. Por favor. Eu... vou te procurar quando estiver pronta. Prometo.

— Acho que o jeito certo de afogar as mágoas é com álcool, e não com água da torneira. — A voz de Duke me assusta.

Levanto a cabeça, que estava enterrada entre meus braços. Ele pousa um copo com alguma coisa laranja em cima da mesa, empurra para mim e se acomoda em um dos assentos.

— Não que eu esteja incentivando o alcoolismo ou coisa assim, mas ajuda quando a gente tem um bar. — Ele abre um sorriso fraco, um apertar gentil dos lábios que consegue diminuir um pouco minha tensão.

Duke entrelaça as mãos diante de si e fica me olhando. Ele nunca é forçado, nunca exige atenção. Sempre traz uma sensação de calma para o ambiente, sem fazer muito esforço. Minha mente agradece por isso diante de toda a confusão girando lá dentro.

Eu não sabia para onde ir.

Depois que deixei Wyatt lá fora e entrei em casa, eu só sabia que não conseguiria ficar no rancho. Não sabendo que ele estava ali do outro lado da estrada. Não com Jake ali por perto. Esperei o carro de Holly desaparecer à distância, e então peguei minha própria caminhonete e vim a toda velocidade até Willow Ridge.

Só precisava de algum lugar para me esconder. Algum lugar onde pudesse lidar com as emoções que estão me atormentando, fazendo meu coração acelerar e meu sangue disparar nas veias, algo que não acontecia há muito tempo. Diferente dos batimentos sempre regulares nesses meus dias no rancho, em que qualquer pico era acalmado pelo pôr do sol se derramando nas montanhas, pela brisa de verão soprando nos pastos. Ou pelo toque gentil e certeiro de Wyatt.

Para dizer a verdade, não estou aqui por conta de raiva em relação ao Wyatt. Eu devia confiar o suficiente nele para saber que ele não beijaria Holly. A reação que ele teve ao beijo pareceu muito genuína, e não posso negar que fiquei agradecida quando ele veio atrás de mim, ainda que eu o tenha afastado.

Estou é com raiva de mim mesma.

Por deixar isso me afetar tanto. Por imediatamente questionar quanto eu significava pra ele e tentar convencer a mim mesma de que tinha sido estúpida ao acreditar que alguns meses comigo valiam mais do que os anos com Holly. Estou irritada com a minha reação impensada. Que eu nem tenha tentado me fortalecer, como teria feito em qualquer outra situação.

Porque ao longo das últimas semanas eu tinha voltado a acreditar na minha própria força. Eu me sentia merecedora do tempo de Wyatt. Merecedora da minha carreira de influenciadora e de escrever um livro sobre as minhas experiências com o rancho e o retiro.

Eu me sentia eu mesma de novo.

Mas por que isso consegue destruir tudo?

— Vou ter que dirigir mais tarde — confesso, passando o dedo na borda do copo.

Duke pode não ter se oferecido para conversar, mas sinto que está disponível pelo modo como me encara com seus olhos escuros, pela maneira como espera, paciente.

— Não tem nem uma dose de vodca aí, vai ficar tudo bem. Além do mais, era o drinque favorito da sua tia.

Levanto os olhos.

— Você conhecia a Grace?

Duke dá uma risada irônica.

— Todo mundo conhece todo mundo em Willow Ridge.

— Certo.

Quanto tempo vai demorar até se espalhar o boato de que a namorada falsa de Wyatt foi vista no bar, sozinha, provavelmente com o rímel escorrendo pelas bochechas?

— Mas sim — diz Duke, pigarreando. — Ela vinha toda quinta à noite e tomava apenas um drinque. Sentava naquela mesa ali do fundo e só ficava observando as pessoas. Tenho quase certeza que ela conheceu meu avô quando ele era o dono do Duke's.

Eu me pergunto por que não sabia que ela vinha aqui. Embora ela não fosse muito fã de regras, acho que sempre fui muito nova para beber quando a visitava, então nem sei se eu poderia entrar no Duke's. Eu me pergunto se ela alguma vez se sentou aqui, onde os rapazes e Cherry sempre ficam, e se me imaginou sendo parte do grupinho deles. Me pergunto se ela sabia que eu terminaria sozinha neste mesmo lugar um dia, e se todas as frases motivacionais que ela me disse na vida eram justamente para este momento.

O drinque me lembra um pôr do sol, bem laranja na parte de baixo, com um degradê de cores até ficar com um tom de âmbar em cima. Um gole faz minha boca formigar, a bebida doce e reluzente como um sonho.

Claro que era o favorito da tia Grace.

— Você contou pra ele que estou aqui? — pergunto a Duke.

Ele dá de ombros, de uma forma que me lembra muito de Wyatt.

— Não, mas se ele continuar me enchendo, vou ser obrigado a falar. Normalmente nossas mensagens consistem em um joinha e respostas de uma palavra só, então estou meio assustado com esse tanto de mensagem.

Deixo escapar uma risada. É, respostas de uma palavra só são bem a cara de Wyatt Hensley quando o conheci.

Os olhos de Duke brilham quando sorrio de volta.

— Então, se você conseguir fazê-lo parar, eu vou te agradecer pelo resto da vida.

— Eu o flagrei beijando a Holly — solto, e percebo que Duke se contorce diante da confissão.

— Ela o beijou — insiste Duke.

— Foi o que ele disse.

— Então é a verdade. Não tenho nenhuma dúvida. — Cada palavra que Duke diz tem um tom categórico, sério.

— Mas como você sabe?

— Porque eu conheço o Wyatt. Ele não faria isso. E a não ser que ele tenha te dado algum motivo para não confiar nele, você também deveria acreditar que ele não faria.

Duke levanta os ombros, o peito estufado quando ajeita a coluna, pronto para discutir comigo para defender o amigo. Há uma lealdade muito feroz na sua firmeza. Uma lealdade na qual eu devia confiar por completo também, como a tia Grace me diria. Como Wyatt provavelmente me diria também.

— Mas é a *Holly*. A garota por quem ele estava sofrendo.

— É — diz Duke, rindo. — E você é *você*. Isso devia ser suficiente.

Sinto um nó na garganta. Devia ser suficiente, ele tem razão. Mas por que não sinto que é?

Cada coisinha que Wyatt me disse, ou fez, foi uma promessa para mim. Que nós estarmos juntos era inevitável. Como o dia e a noite, nossas vidas sempre nos levariam um ao outro.

Por que não consigo acreditar nisso sem questionar?

Duke solta um suspiro, o corpo mais relaxado.

— Até onde eu sei, o Wyatt nem *olhou* pra outra mulher desde que vocês começaram no retiro. E ele tem sorrido, tipo, muito esses dias quando você está por perto. Me dá até um pouco de medo.

Tenho dificuldade de reprimir um sorrisinho.

— Olha. — Ele chega para a frente e se apoia na mesa. — Eu nunca gostei muito da Holly. Mesmo quando eles namoravam, eu tinha dificuldade para interagir com ela. Holly sempre quis o que não podia ter. Provavelmente entrou em pânico ao ver você e o Wyatt se beijando naquela noite porque se deu conta de que ela finalmente o perdeu. De que ele está apaixonado por outra pessoa.

Aquela palavra me atinge como uma tonelada de pedras.

Apaixonado.

Alguma coisa aperta no meu coração, cada vez mais e mais forte.

— Mas... mas aquele beijo foi fingimento. Ele não estava apaixonado por mim.

O modo como Duke me encara, a cabeça pendendo para o lado, me faz sentir a garota mais idiota do mundo. Como se ele não pudesse acreditar que fui tão inocente...

Fui mesmo tão inocente assim?

Eu sei que venho tentando ignorar meus próprios sentimentos, com medo de que sejam demais considerando o pouco tempo que passamos juntos. Que era impossível estar pronta para amar de novo, mas... tia Grace sempre dizia que as melhores coisas aparecem quando não estamos procurando por elas. Eu não procurei Wyatt — na verdade, estava disposta a esquecer os homens por uns bons meses quando vim para o rancho.

Mas lá estava ele.

A reviravolta do meu filme.

Ele estava lá, me oferecendo qualquer um dos seus dois lados sempre que eu precisava, fosse o forte ou o sensível. E agora seus braços parecem mais o meu lar do que qualquer casa onde morei.

Toda música que eu ouço me lembra dele. Toda manhã enevoada me lembra de seus olhos sonolentos e o cabelo bagunçado quando ele acorda ao meu lado, resmungando. Todo pôr do sol me lembra que foi um lindo dia porque eu vi seu sorriso.

Ai, meu Deus, eu... o amo.

Eu amo Wyatt Hensley.

E acho que ele me ama também.

As borboletas estavam certas!

Balanço a cabeça, o sorriso radiante fazendo minhas bochechas doerem. Preciso contar a ele. Primeiro vou levar Jake até o aeroporto, assim posso deixar tudo isso para trás e ficar com a mente completamente desocupada. Então volto para nossa casa e conto a ele.

— Obrigada, Duke, de verdade. — Bebo rapidamente mais um gole do drinque laranja para acalmar os nervos. Mas agora estou feliz. Porque vou confessar meu amor para Wyatt Hensley. — Você é um amigo muito sábio. Como é que está solteiro?

— Ah... — Ele aperta os lábios, quase abrindo um sorriso. — Tem algumas coisas que me impedem.

Coisas? Estou prestes a pedir mais detalhes, mas ele pigarreia e rapidamente acrescenta:

— Enfim, já falei demais. Vai lá buscar seu homem. — Duke mexe a cabeça e acena para mim quando me levanto e aperto seu ombro, agradecida.

Sento no banco do motorista da caminhonete e sinto o celular vibrar. Talvez seja Wyatt, depois de não receber nenhuma notícia de Duke. Eu devia mandar uma mensagem para ele, na verdade.

Mas resmungo bem alto quando pego o telefone e a tela se acende com a mensagem:

Jake: O voo está atrasado, não sei por quanto tempo. De repente podemos ir jantar para enfim pôr as coisas em pratos limpos?

37.
Wyatt

Eu só preciso de um tempo agora.

Eu costumava ser um grande fã de dar um tempo. Nos últimos quatro anos, passei praticamente todas as noites de domingo e manhãs de segunda-feira sozinho. Mas, agora, o silêncio é ensurdecedor. A ausência de seu corpo quentinho encaixado ao meu me deixou arrasado.

Tudo parece vazio. As sombras que cobrem as paredes do meu quarto parecem mais escuras, e vão chegando mais e mais perto de onde estou deitado à medida que os raios fracos do nascer do sol se infiltram pelas cortinas. Como se estivessem se preparando para me cercar e me arrastar de volta para as profundezas da escuridão onde eu vivia. Para me lembrar de que a luz dela era apenas passageira nessa tempestade que é minha vida.

Porque nada dura para sempre.

E eu fui um idiota de pensar o contrário.

Toda vez que penso naquela única lágrima escorrendo pela bochecha de Aurora, rasgando sua inocência, sinto meu coração se despedaçar um pouco mais. Porque sei que sua mente devia estar transbordando de pensamentos que tentavam minar a autoconfiança e a força que ela reconquistou nos últimos dois meses.

Só de pensar em Aurora se questionando se é o suficiente para mim, tenho vontade de abrir outro buraco na parede. Mas já machuquei os dedos fazendo isso quando Holly foi embora.

Se ela precisou fugir para outro continente para superar o que aconteceu com Jake, o que vai ser preciso para ela se sentir melhor depois disso? A gente pode se conhecer há apenas dois meses, mas não tem como negar que temos uma conexão profunda, espiritual.

Se fosse comigo, eu estaria destruído.

Eu nunca devia ter deixado Holly entrar.

Vou te procurar quando estiver pronta. Prometo.

Mas ainda não recebi nenhuma mensagem dela. Nenhuma ligação perdida. Ela voltou ontem com a caminhonete e depois desapareceu de novo para levar Jake ao aeroporto. A caminhonete está parada do lado de fora da casa desde ontem à noite, mas não tive nenhuma notícia. Não sei quanto tempo mais eu vou aguentar.

Preciso confiar que ela acredita em mim. Era isso que eu diria para ela se fosse o contrário, para esperar e crer que o que nós temos vai trazê-la de volta. Que talvez eu seja o homem mais sortudo do mundo e ela me ame também. Ela só precisa de um daqueles discursos motivacionais que faz para si mesma e depois vai vir falar comigo. E eu estarei aqui, de braços abertos, pronto para ajudar a reconstruir seu mundo.

Eu faria tudo para ser sua âncora no fundo do oceano, ficar lá pelo resto da eternidade, só para seu navio poder continuar na superfície.

Finalmente me arrasto para fora da cama, porque ainda tenho um rancho para cuidar, e me visto, relutante. Nem me dou o trabalho de comer, porque sei que vou me sentir melhor nos campos, montado em Dusty.

Mas quando me viro para fechar a porta, vejo a caminhonete de Aurora acelerando pela estrada, deixando nuvens de poeira para trás. O sol mal nasceu. Aonde ela está indo?

Então vejo Flynn vindo do casarão em minha direção. Ele acena, tenta abrir um breve sorriso que parece mais uma careta. Continuo olhando para ele e para a caminhonete à distância, agora quase um pontinho sob a luz difusa da manhã, e sinto pequenas doses de pânico correndo pelas minhas veias.

Tem alguma coisa errada.

— Ei — chamo, e vou correndo até Flynn. — Falou com a Aurora agora? Ela está bem?

— É, hum... — Flynn coça a cabeça, os olhos sombrios. — Não tenho certeza. Ela parecia nervosa, estava falando sem parar. Mas pediu para te dizer que estava indo pro aeroporto resolver as coisas com o Jake, ou alguma coisa assim, e para dizer adeus.

Não, isso não pode ser um adeus.

Ela não ia tentar se reconciliar com Jake.

Esse é o *meu* futuro, não o dele.

Aurora está bem no centro do meu maldito painel de visão. Ela é a coisa que mais quero na vida.

Mas... é isso que sempre acontece comigo, né?

Quando finalmente me permito embarcar nos meus sonhos, o universo vem e tira algo de mim. Eu posso ter conseguido vencer o universo ao impedir que Aurora se desfizesse do rancho, mas ele não ia deixar barato. Permitiu que eu me apaixonasse perdidamente por ela, ficasse a seus pés, pensasse que enfim poderia ter tudo que eu queria — só para roubá-la de mim. Arrancá-la das minhas mãos.

Passo os dedos nos cabelos, rindo. Se eu a tivesse deixado lá chorando naquela noite. Se eu tivesse ignorado meus sentimentos por ela. Se eu nunca a tivesse beijado e deixado aqueles lábios doces roubarem meu coração...

Na verdade, foda-se tudo isso.

Eu não me arrependo de nenhuma dessas decisões. Aurora Jones talvez seja a melhor coisa que já me aconteceu, e de jeito nenhum vou deixá-la escapar.

Dessa vez, vou lutar pelo que eu quero. Porque *ela* me fez perceber que eu mereço realizar todos os meus sonhos. Não existe a menor chance de ela ter vindo até o Rancho do Pôr do Sol e me despertado para a vida com sua luz a troco de nada.

Aurora está destinada a ser minha.

Ela *é* minha.

— Ela disse mais alguma coisa? — pergunto, mas Flynn balança a cabeça e franze a boca. Eu me viro para ir embora e mal ouço minha própria voz, por causa do sangue que pulsa nos meus ouvidos, quando grito para Flynn: — Você está responsável pelo rancho hoje. Fica esperto!

Numa velocidade sobre-humana, volto para casa, pego o papel que preciso mostrar a ela, subo na caminhonete e saio em disparada pela estrada. Ela só saiu há alguns minutos, então acho que consigo alcançá-la.

A viagem inteira é como um borrão. A sensação é de que tenho incontáveis cavalos selvagens galopando no peito. Fico realmente chocado por não bater em ninguém, porque estou percorrendo as estradas como um desesperado atrás dela. Ainda não a encontrei, embora esteja pisando fundo no acelerador. Eu já não deveria tê-la alcançado a essa altura?

Paro no estacionamento mais próximo e torço para tê-la ultrapassado, então fico perto da entrada, onde posso vê-la passar. Corro pelo estacionamento olhando para os carros, na esperança de não encontrar o...

Merda. É a caminhonete dela.

Os músculos das minhas pernas gritam enquanto corro na direção do aeroporto tentando atingir a velocidade com que eu corria no ensino médio na esperança de pegar a bola no último jogo. A defesa que leva a um *touchdown* do tipo que vai fazer todo mundo invadir o campo para me abraçar, me deixando nas alturas.

Mas nem mesmo esse sentimento se compara a estar com Aurora.

A ouvi-la rir, com barulhinhos de sinos e alegria radiante.

— Aurora! — grito na entrada, desviando das pessoas em busca daqueles cabelos ruivos. Mas só vejo tons de cinza, rostos sem vida me encarando. — Aurora Jones! — tento de novo, agora girando no mesmo lugar, as mãos na cabeça à medida que sinto minhas chances diminuindo.

Como é que vou vê-la se ela não está brilhando para mim?

E o rancho? E o retiro? Com certeza todo o nosso trabalho juntos não foi à toa.

Por favor, me diga que não cheguei tarde demais.

Não era para terminar assim...

— Wyatt? — chama uma voz doce.

Eu me viro e solto um suspiro profundo quando enfim a vejo.

Meu Deus, ela está absolutamente deslumbrante. A luz brilha sobre ela, bochechas radiantes sob os olhos castanhos grandes, de pé no meio de uma pequena multidão. Boquiaberta.

— O que está fazendo aqui?

Aurora franze as sobrancelhas quando vou em sua direção, desenrolando o papel que amassou um pouco no meu punho cerrado enquanto eu corria. Mostro a ela e observo seu olhar percorrer a colagem de fotos meio bagunçada que fiz — nem um pouco parecida com o painel perfeito dela.

Mas ainda assim é bastante inspiradora, cheia de fotos do Rancho do Pôr do Sol, de Willow Ridge, abraços calorosos ao lado de fogueiras e mãos dadas. Tudo que eu quero para nós. Pode ser exatamente o que já fazemos agora, mas é essa a ideia. Não quero viver uma vida em que eu não acorde ao lado de Aurora ou não a abrace enquanto vemos o pôr do sol ao lado da fogueira, em que não goste de trabalhar aquele um pouquinho a mais no rancho porque sei que agora ele é tão parte dela quanto de mim.

E bem no meio de tudo está a selfie que tiramos no carro depois que ela me beijou. O exato momento em que eu soube que não havia outra opção a não ser me dedicar totalmente à existência dela.

Minhas mãos estão trêmulas, o que faz o papel chacoalhar.

— O... o que é isso? — pergunta Aurora, os lábios cor de morango ainda abertos. Ela segue piscando, perplexa, os olhos brilhantes se alternando entre as imagens, minhas mãos trêmulas e meu rosto.

— É nosso futuro, Aurora. — Tenho que colocar o papel sobre o peito para poder apoiar minhas mãos em algum lugar e fazê-lo parar de sacudir. — Desde que você chegou no rancho, comecei a ver cores que nunca tinha visto antes. Você me ensinou a deixar a luz entrar no meu mundo, a começar a sonhar para além do cinza com o qual minha vida tinha sido pintada. Você me mostrou que eu merecia ter o que eu desejasse, que eu merecia *ser* desejado. Você me mostrou como deve ser o amor.

Os olhos de Aurora brilham quando ela ouve a palavra *amor*. Ela respira, meio trêmula, e então engole em seco.

— E isso. — Mostro o painel de visão de novo. — Isso é o que eu quero. Você, Aurora, é o meu lar. Esse rancho foi feito para *nós*.

— Wyatt, eu...

— Não, por favor.

Dou um passo para a frente e me aproximo dela com os olhos arregalados e suplicantes. Os lábios de Aurora tremem, e eu seguro uma de suas mãos, entrelaçando os nossos dedos.

— Deixa eu terminar. Confia em mim só por um momento. Sei que não passamos muito tempo juntos, e que estou pedindo muito de você, que tem uma vida inteira lá na Inglaterra. Mas não acho que você estava destinada a vir aqui só para encontrar inspiração para escrever e ir embora de novo. Acho que o universo sabia que precisávamos um do outro, que fomos feitos para ficar juntos. E acho que a Grace também sabia.

Mordo o lábio e penso em todo o tempo que desperdicei lamentando o que perdi. Mas isso, agora percebo, era para abrir espaço para algo tão incrível quanto ela.

— Eu nunca me permiti sonhar com um futuro muito distante, nunca tive certeza se o para sempre existia. Mas se existir um para sempre nesse mundo maluco, sei que só pode ser você. Você me faz tão feliz que chega a dar medo. É tão linda, perfeita, engraçada e... Meu Deus, eu daria *qualquer coisa* para ter apenas uma fração da sua luz iluminando a minha vida.

Estendo a mão para secar uma lágrima que escorre por sua bochecha sardenta. Aurora inclina a cabeça em direção ao meu carinho, piscando, as mechas ruivas caindo numa das laterais do rosto.

— Porque, bem, eu te amo, Aurora Jones.

Um sorriso trêmulo, mas de parar o trânsito, aparece.

— Eu também te amo, Wyatt Hensley — diz ela, os olhos castanhos brilhando.

Então Aurora me abraça e aperta bem forte, como se quisesse chegar ainda mais perto. Eu a acomodo no meu corpo e deixo seu calor se infiltrar nos meus ossos, e então apoio a cabeça nela para inspirar o máximo possível daquele perfume cítrico e gostoso. Aquele que faz eu me sentir vivo.

Eu já abracei Aurora antes. Já senti o gosto e o toque de cada centímetro do seu corpo. Conheço cada uma de suas curvas como a palma da minha mão. Mas esse abraço é diferente. É como se nele estivessem todas as palavras não ditas e os desejos que tentamos esconder um do outro nesses dois meses. As promessas que sempre quis fazer a ela, de lhe dar uma vida que nunca mais a faça se questionar de novo. E talvez ela me dê essa vida também.

Se eu pudesse, congelaria esse momento para toda a eternidade. Só eu e ela, juntos. Nada mais importa, porque eu a amo e ela me ama. Isso aqui é o meu para sempre. É tudo pelo que quero viver.

— Eu não beijei a Holly, eu juro — sussurro em meio aos cabelos dela, e depois dou vários beijos em sua cabeça, imerso naquelas ondas ferozes que adoro.

As palavras saem meio irregulares, mas preciso me certificar de que ela saiba disso.

Aurora assente, os braços mais apertados ao meu redor do que imaginei ser possível, os dedos acariciando o local onde está a tatuagem de Ícaro. Vou ter que encontrar outro significado para essa tatuagem agora.

Posso ter voado perto demais do sol e posso ter caído, mas acontece que o fundo do oceano onde fui parar era ainda mais lindo do que eu poderia imaginar. Eu caí, sim, mas foi de amores.

— Eu sei — diz Aurora, com um pequeno soluço. — Desculpe por não te ouvir. Eu confio em você. Confio de verdade.

— Por favor, não vá embora.

Ela fica tensa, se afasta para me olhar e então admite, meio rindo.

— Em nenhum momento eu ia a lugar nenhum, Wyatt.

Embora cada um dos meus músculos tenha relaxado com aquelas palavras, jogando esperança em todas as minhas feridas, olho para Aurora um tanto confuso.

— Mas Flynn disse que você estava indo embora com o Jake. Que tinha mandado me dar adeus.

Balançando a cabeça, as mãos ainda nas minhas costelas, Aurora explica:

— *Não*, eu pedi pro Flynn te dizer que eu precisava ir ao aeroporto resolver as coisas com o Jake. O voo dele foi cancelado ontem e não conseguimos arranjar outro até hoje de manhã. Eu estava dando adeus pra *ele*. Ia voltar pra casa e dizer que te amava quando enfim estivéssemos sozinhos.

Eu abro a boca, mas não sai nenhuma palavra.

É claro que Flynn vai passar o próximo ano inteiro catando cocô de cavalo.

— Não reparou que não tem nenhuma mala comigo? Além do mais, por que eu viria com meu próprio carro e o deixaria no estacionamento se não fosse voltar pro Colorado?

— São boas perguntas… — Faço um muxoxo e solto uma das mãos dela para coçar minha testa. Os cachos ali estão úmidos de suor depois de correr e grudam na pele.

— Você é tão idiota — diz ela, rindo, e aquele som provoca arrepios em toda a minha espinha.

Aurora fica na ponta do pé, envolve meu pescoço com as mãos e me puxa até nossos lábios se tocarem.

Eu não tinha percebido quanto precisava disso, beijá-la mais uma vez, quando vim correndo até aqui pensando que talvez nunca mais experimentaria as estrelas cadentes que vinham junto com o gosto de seus lábios. Meu sangue corre, alucinado, ao senti-la nas minhas mãos e pulsa ainda mais forte quando seguro seus quadris e a encaixo em mim. Eu já a beijei centenas de vezes, mas cada uma delas sempre me deixa querendo mais. Acho que nunca vai ser suficiente.

Aurora se afasta primeiro, deixando um espaço mínimo entre nossos lábios. Ela encosta a testa na minha, olhando nos meus olhos, duas piscinas castanhas gloriosas que encaram as minhas. Ela já me olhou desse jeito antes, há quase dois meses, e tive medo de não poder dar o que ela queria. Mas, do jeito que sua expressão relaxa desta vez, sei que ela encontrou.

Ela me encontrou.

— Eu te amo — sussurra ela, a respiração quente nos meus lábios. — Nunca tive tanta certeza de nada na minha vida. Eu quero estar nos seus braços, e só neles, Hensley.

— Eu também te amo, princesa.

Passo meus braços sobre seu ombro e saímos assim do aeroporto. Não quero ficar nem mais um segundo sem sentir sua pele na minha.

Quando chegamos lá fora, Aurora dá mais uma risada.

— Não acredito que *você* fez um painel de visão.

Aperto os olhos para ela.

— Vamos deixar isso só entre nós?

— Ah, mas eu vou contar pra *todo mundo*. — Dessa vez ela solta uma gargalhada maliciosa, os ombros sacudindo sob meu braço. — De repente vou até emoldurar, sabia?

— Não me faça voltar e te colocar num avião — provoco, sem conseguir fazer uma cara séria quando ela abre um sorrisinho e morde o lábio.

Meu Deus, essa mulher me tem nas mãos.

— Pergunta rápida: o que a Priya fez com aquele vídeo meu?

Aurora dá uma risadinha e faz um gesto de desdém com a mão.

— Não se preocupe, ela jurou que apagou. E ninguém vai falar nada sobre o que aconteceu. Acho que no fundo estava todo mundo torcendo por você, na verdade.

Sinto um alívio enorme, e então Aurora coloca a mão na bolsa e ouço o barulho de chaves. Eu as pego da mão dela e enfio no meu bolso de trás. Ela arregala os olhos em chamas, os cabelos ruivos sacudindo quando ela se vira, pronta para reclamar. Vou fazer bom uso de todo aquele fogo mais tarde quando a fizer gritar "eu te amo" com a cara entre suas pernas. E provavelmente mais algumas vezes depois disso.

— Eu pego sua caminhonete depois. De jeito nenhum vou voltar pra casa sem você do meu lado. Não depois de pensar que nunca mais ia te ver de novo.

— Casa — repete Aurora, apertando os lábios cor de morango. Mas não é suficiente para esconder o sorriso que toma seu rosto, daquele tipo que aparece quando é impossível conter a felicidade.

Ainda com o braço ao redor de seus ombros, eu a puxo para perto e saboreio o modo como ela se encaixa perfeitamente em mim. Sempre soube que ela tinha sido feita para mim, cada pedacinho criado para ser a última peça do quebra-cabeças que é a minha vida.

— É, princesa, nossa casa.

Epílogo
Wyatt

Aurora agarra meus cabelos com mais força e puxa à medida que sua respiração vai ficando mais profunda e mais longa com cada movimento da minha língua e cada toque dos meus dedos. As pernas douradas e torneadas começam a tremer sobre os meus ombros, exatamente onde foram feitas para estar. É em momentos como este, envolvido em nada além de devoção e do prazer de Aurora, que eu me pergunto se existe algum tipo de ser superior. Porque não é possível que duas pessoas tenham uma sintonia tão perfeita só por coincidência.

E quando ela grita meu nome, uma melodia para meus ouvidos, enquanto os tremores de êxtase percorrem seu corpo, eu me convenço que sim.

Depois de absorver os últimos gemidos de seu orgasmo, eu me deito ao lado dela e a puxo para perto de mim, sua perna apoiada em meu quadril. Preciso de cada gota de autocontrole para não começar a me esfregar em Aurora, rolar e colocá-la montada em mim. Mas sei que hoje não temos tempo — bem, pelo menos não o tempo que eu gostaria de passar enrolado nos lençóis com ela.

— Ajudou a acalmar os nervos, princesa? — pergunto, desfrutando do brilho atordoado em seus olhos.

A luz do sol entra pelas frestas da cortina, um pedacinho da manhã banhando Aurora e fazendo sua pele reluzir. Tão angelical.

Ela mal conseguiu recuperar o fôlego, mas abre um sorriso pleno.

— Acho que pode resolver, sim.

— Que bom — digo, dando um beijo em sua testa e me levantando da cama. — Porque você precisa levantar, senão vamos deixar seus pais plantados no aeroporto.

Aurora resmunga e tenta esconder o rosto com as cobertas. Eu a descubro, revelando seu rosto franzido, e preciso de um segundinho para agradecer por ela ser minha. Mas também consigo ver um leve brilho de preocupação em seus olhos.

— Ei — sussurro, roçando os lábios em seu queixo sardento. — Eles vão amar o que fizemos com o Rancho do Pôr do Sol, está bem? Estão muito orgulhosos de você e do negócio que construiu, e eu também.

Aurora sorri, assente, e aquilo me dá um quentinho no peito. Orgulhoso não chega nem perto de definir como eu me sinto em relação ao duro que ela vem dando — frequentemente embasbacado talvez seja um jeito melhor de descrever.

Manter o retiro funcionando não foi fácil, principalmente porque tivemos que pensar nas estações mais frias, quando é mais difícil atrair os hóspedes. Mas conseguimos adaptar as atividades ao clima e à época do ano quando foi possível e, quando chegou a primavera, já estávamos lotados. Desde então, tem sido uma montanha-russa conhecer tanta gente nova e até precisar contratar mais alguns funcionários para ajudar na expansão. Agora estamos construindo uma cozinha comunitária e um refeitório para os hóspedes.

Mas entendo de onde vem o nervosismo dela. A família pode até já saber de tudo em que trabalhamos ao longo do último ano, mas vai ser a primeira vez que eles vão ver pessoalmente. Tudo que a fez escolher ficar aqui em vez de voltar para casa, como planejado.

E se tem alguém que entende o medo de os pais não apoiarem suas decisões, sou eu. Então, eu me sento ao lado dela por trinta minutos, seguro sua mão e fazemos uma meditação juntos, sabendo que às vezes ela só precisa que alguém entenda como ela está se sentindo, sem julgamentos. Depois, tirei seu pijama de seda e usei a língua para mostrar exatamente quão orgulhoso estou dela.

Por mais que eu odeie admitir, sempre me sinto melhor depois de meditar com ela. Um ano atrás, eu teria ficado chocado com as coisas que Aurora conseguiu me convencer a fazer. Naquela época, eu não percebia que me importava mais com o amor dela do que com o que as pessoas achavam de mim. O que é bom, porque já fui obrigado a participar de muito mais postagens no Instagram desde então. De alguma forma, ela me coagiu até a participar do podcast de uma amiga junto com ela.

Dou mais um beijo em seu pescoço, roçando os dentes na pele sensível.

— Além do mais, seus pais me amam, então mesmo se não gostarem do retiro ainda vão ficar orgulhosos de você por ter descolado esse partidão.

Aurora dá uma risada de deboche e me empurra, enfim se levantando da cama.

— Você está se achando a última bolacha do pacote ultimamente. Acho que eu preferia quando era mal-humorado e autodepreciativo.

— Ah — digo, sem esconder meu olhar ávido para seu corpo nu quando ela vai até a porta do quarto e pega o robe de seda pendurado na parte de trás. — Os bons e velhos tempos.

Aurora abre a porta e então olha para mim por cima do ombro com um sorriso.

— Nada é melhor do que agora.

Quando ela entra no banheiro para se maquiar, eu bufo. Porque se tem alguém que deveria estar nervoso hoje, sou *eu*.

Fui eu quem mal dormiu a noite inteira, pensando em todas as coisas que preciso dizer ao pai de Aurora para convencê-lo a me dar a mão dela. Eu só o encontrei uma vez, quando viajamos para passar as festas de fim de ano na Inglaterra, mas sinto que nos demos relativamente bem. Nos conectamos pelo esporte, principalmente, mas também por nosso pouco apreço por *Simplesmente amor*, enquanto Aurora, a mãe e a irmã tentavam nos convencer a assistir ao filme pela terceira vez.

Acho que a família de Aurora vir até aqui e testemunhar quanto ela se sente viva no Rancho do Pôr do Sol vai ajudar nos meus argumentos. De que eu estou onde ela precisa estar. Onde ela floresce.

Mas eu acho que o pai dela não vai ser o pior — depois de enfim pedir demissão do emprego de professora, Sofia também está vindo com a família Jones. Pelas conversas que temos durante as videochamadas com Aurora,

Sofia já deixou claro que vou precisar passar também pelo crivo dela antes de fazer o pedido. Algo que, dado quanto ela gosta da nossa ruivinha, vai demandar muita puxação de saco.

Mas não aguento mais esperar para fazer o pedido.

Aurora é o meu lar e não existe a menor chance de eu perdê-la.

Meu corpo inteiro está trêmulo. Em geral, isso pediria uma voltinha com Dusty, mas não tenho tempo para isso, e Aurora iria desconfiar. De qualquer forma, não posso ficar aqui parado no quarto. Preciso de ar fresco.

Quando já estou vestido e no andar de baixo, checo o bolso interior da jaqueta para conferir se a caixinha do anel ainda está lá, e sinto uma onda de alívio ao constatar que sim. Abro a porta da casa, que já é a *nossa* casa, mas paro diante de uma enorme caixa de papelão na varanda.

Ela sempre recebe pacotes aleatórios das marcas com que trabalha, então estou acostumado a encontrar pilhas de caixas na varanda, mas essa é gigantesca.

— Você encomendou alguma coisa? — grito lá pra cima, e pego as chaves para rasgar a caixa. Quando me ajoelho ao lado dela, ouço os passos de Aurora atrás de mim.

— Ah, acho que são meus livros! — grita ela, pulando por cima de mim para olhar a caixa e me dando uma visão privilegiada de sua bunda perfeita na legging lilás que está usando.

Adoro o fato de não precisar fingir que não estou olhando. Porque, meu Deus, ela está incrível, com aquele mesmo conjuntinho lilás da primeira vez que a vi. Cada centímetro de sua pele dourada e sardenta resplandece sob o sol. E aquela linda cachoeira de ondas ruivas que sempre fica tão bem quando está enrolada na minha mão.

Como foi que consegui não beijá-la por tanto tempo desde o dia em que nos conhecemos é um mistério para mim. Wyatt Hensley não estava em seu perfeito juízo naquela época, só vou dizer isso.

Aurora estende a mão, eu lhe entrego as chaves e com a parte mais afiada ela abre a caixa, então solta mais um gritinho agudo de animação e seu rosto se ilumina. Eu me inclino para a frente tentando dar uma olhada na capa do livro no qual ela trabalhou tanto no último ano, do qual li inúmeras páginas, mas cujo título ela não quis me dizer.

Mas agora que a data de lançamento está se aproximando, Aurora encomendou algumas cópias para deixar nas casas da pousada, incluindo minha antiga casa, que convertemos para poder atender a mais hóspedes, principalmente agora que chegou o verão.

Abro uma das abas da caixa de papelão para ver melhor. A risada de Aurora ecoa de seus lábios cor de morango quando ela me cutuca. Eu solto um suspiro incrédulo enquanto balanço a cabeça.

— Só pode ser brincadeira. — Dou uma risada ao ver as três palavras em letras garrafais e cor-de-rosa na capa.

Aurora beija meu ombro e então apoia a cabeça nele, o calor de sua felicidade pura irradiando para mim.

— Três coisas que contribuem para uma vida linda e bem-sucedida: viver todos os dias como se fosse o último, ter um rancho e amar o mais profundamente possível.

Vida, rancho, amor.

Agradecimentos

Sempre que leio os agradecimentos de um livro, fico superemotiva. Acho que é uma oportunidade linda de demonstrar gratidão a todas as pessoas incríveis que ajudaram a tornar realidade o sonho de um escritor — e agora tenho a oportunidade de escrever os meus para *No laço do amor*.

Aos meus pais e padrastos maravilhosos, por serem a melhor família que eu poderia pedir. À minha mãe, por me ensinar a acreditar em mim mesma e por cuidar de mim com tanta garra. Ao meu pai, por sempre ficar entusiasmado com minhas paixões e por me apoiar desde o momento em que falei sobre escrever um livro (é a sua vez de colocar o seu no papel!). À minha irmã, por ser minha melhor amiga e estar sempre por perto quando precisei. E aos meus amigos incríveis — Izzy, Gina, Jenny e Clare —, é impossível um dia ser sem graça quando estou com vocês.

Ao Dave, por ser um namorado de livro na vida real. Você me apoiou em todos os altos e baixos desta jornada, ouvindo as minhas preocupações e celebrando cada vitória, independentemente de ser grande ou pequena.

À minha agente, Maddy, por apostar em mim e neste livro, e por me ajudar a alcançar o que antes era apenas um sonho no meu diário. Às minhas editoras, Belinda e Tessa, obrigada pelo seu amor e entusiasmo; além de todos que trabalham arduamente nos bastidores da HarperCollins Fiction e Avon HarperCollins, não tenho palavras o suficiente para agradecer.

Aos incrivelmente talentosos Sam e Mel, da Ink and Velvet Designs, pelo trabalho na minha capa do Reino Unido (e por ajudarem a alimentar minha obsessão por cor-de-rosa). À minha revisora sensível e consultora, Kat Lewis, por me ajudar a manter meus personagens tão reais. A todos os meus amigos leitores e autores, que me apoiaram quando eu estava colocando este livro no mundo e o defenderam desde o momento em que foi autopublicado — eu não estaria aqui sem vocês.

À minha eu mais jovem, por nunca deixar sua imaginação tão vívida estagnar e por ser corajosa, colocando no papel aquela ideiazinha aleatória sobre um romance de caubói, algo que se tornou muito maior do que imaginei.

E, finalmente, a vocês, leitores. Sem vocês, Rory e Wyatt não ganhariam vida, então agradeço por escolherem *No laço do amor*, e espero que esta história lhes traga alegria.

Impressão e Acabamento:
BARTIRA GRÁFICA